FOLIOTHÈQUE

Collection dirigée par
Bruno Vercier
Maître de conférences
à l'Université de
la Sorbonne Nouvelle-Paris III

Cervantès

L'Ingénieux Hidalgo Don Quichotte de la Manche

par Claude Allaigre
Nadine Ly
Jean-Marc Pelorson

Claude Allaigre

Nadine Ly

Jean-Marc Pelorson

commentent

L'Ingénieux Hidalgo

Don Quichotte

de la Manche

de Cervantès

Gallimard

Respectivement professeurs émérites des universités de Pau et de Poitiers, Claude Allaigre et Jean-Marc Pelorson ont participé à la traduction de l'œuvre romanesque de Cervantès pour la Pléiade. Claude Allaigre a traduit *La Galatée*, plusieurs chapitres du *Quichotte* et deux des *Nouvelles exemplaires*. Jean-Marc Pelorson a traduit six des *Nouvelles* et *Les Épreuves et travaux de Persilès et Sigismunda* (Cervantès, *Œuvres romanesques complètes*, I et II, Gallimard, Bibliothèque de la Pléiade, 2001).
Professeur à l'université Michel-de-Montaigne Bordeaux III, Nadine Ly a traduit, en collaboration, *L'Eau ferrée de Madrid* de Lope de Vega (in *Théâtre espagnol du XVIIe siècle*, Gallimard, Bibliothèque de la Pléiade, 1994) et co-coordonné l'*Anthologie bilingue de la Poésie espagnole*, Gallimard, Bibliothèque de la Pléiade, 1995.

LISTE DES ABRÉVIATIONS

Pléiade, 2001	Cervantès, *Don Quichotte*, précédé de *La Galatée*, in Œuvres romanesques complètes, I, Gallimard, Bibliothèque de la Pléiade, 2001. Édition publiée sous la direction de Jean Canavaggio, avec, pour ce volume, la collaboration de Claude Allaigre et Michel Moner.
Crítica, 1998	Miguel de Cervantes, *Don Quijote de la Mancha*, Instituto Cervantes-Crítica, Barcelona, 1998. Edición del Instituto Cervantes, dirigida por Francisco Rico, con la colaboración de Joaquín Forradellas. Estudio preliminar de Fernando Lázaro Carreter. Cette édition est accompagnée d'un *Volumen complementario*.

Les indications de page entre parenthèses renvoient aux 2 volumes de la collection Folio classique, *Don Quichotte I*, n° 1900, et *Don Quichotte II*, n° 1901, traduction de César Oudin revue par Jean Cassou, notes de Jean Cassou, présentation de Jean Canavaggio. Les renvois aux chapitres de la première partie sont indiqués par I, suivis du numéro du chapitre en caractères arabes (I, 1 ou I, 36) et, pour la deuxième partie par II, suivis du numéro du chapitre (II, 10 ou II, 74).

Les références au texte espagnol original renvoient aux deux volumes de l'édition des Clásicos Castalia, n°s 77 et 78 : Miguel de Cervantes, *El ingenioso hidalgo don Quijote de la Mancha*, I et II, Edición, introducción y notas de Luis Andrés Murillo, Madrid, 1978.

PRÉAMBULE : UN LIVRE OÙ L'ON SE PERD AVEC DÉLECTATION

On se perd dans le *Quichotte* même après l'avoir beaucoup pratiqué. On peut le citer, en réciter des phrases, des passages entiers, évoquer un plus ou moins grand nombre d'épisodes, mais le lecteur, une fois l'ouvrage refermé, peine à reconstituer sans hésitations ni erreurs le déroulement précis de l'ensemble. C'est ce qu'a bien marqué Borges, admirable connaisseur du *Quichotte*, au moment d'imaginer, sous le nom de Pierre Ménard[1], un monstre de mémoire mimétique, capable de récrire à l'identique des pages entières du roman cervantin : la prouesse de Pierre Ménard demeure limitée à quelques fragments. La difficulté ne vient pas seulement de l'immensité (52 chapitres pour la première partie, et 74 pour la seconde) d'un livre devant lequel, comme l'a dit Flaubert, on se sent constamment « tout petit ». Elle provient plus encore d'une construction sans cesse ouverte, fertile en imprévus.

1. Voir Dossier, p. 246.

On dispose pourtant, avec le personnage central, d'un solide fil conducteur. Défini dès les premières pages comme quelqu'un que la lecture des romans de chevalerie a rendu fou, don Quichotte se lance dans une suite d'aventures selon un programme fixe et répétitif : une monomanie, où le désir, mi-égoïste mi-généreux, de conquérir la gloire tout en servant « la République » englobe des démonstrations de vaillance guerrière (affronter des géants et autres ennemis), des initiatives de justicier solitaire (« redresser les torts », protéger la veuve et l'orphelin), et des manifestations de dévotion à Dulcinée.

L'inscription concrète des aventures dans l'espace géographique dessine progressivement trois boucles, dont le point de départ et de retour est à chaque fois le village de la Manche où l'hidalgo a vécu sans histoire jusqu'à être saisi, vers la cinquantaine, par sa folie littéraire. Dans la première partie du roman, don Quichotte effectue deux sorties, l'une vite écourtée (I, 2-5), l'autre empruntant d'abord le même itinéraire pour s'en écarter et pousser plus avant vers le sud jusqu'à se risquer dans les replis de la Sierra Morena. Dans la seconde partie, c'est l'Aragon — au sens large qu'avait à l'époque ce sous-ensemble de l'Espagne, incluant le comté de Catalogne — qui sert de cadre à la troisième et ultime sortie du chevalier errant. Une fois saisies les grandes lignes de ces parcours, le lecteur peut se sentir mieux guidé pour suivre le déroulement des épisodes ou le reconstituer dans sa mémoire.

Par ailleurs, avec le recrutement, lors de sa seconde sortie, du paysan Sancho

Pança en guise d'écuyer, don Quichotte s'adjoint un serviteur et compagnon qui va se révéler contrepoint permanent de son maître, aussi bien en paroles qu'en actes, et c'est dès lors l'histoire d'un couple antithétique qui se construit et nous devient peu à peu familière.

Mais, à l'aller comme au retour de chaque sortie, tant s'en faut que l'orientation géographique impose un ordre nécessaire et irréversible aux épisodes successifs. Don Quichotte n'a d'autre méthode de voyage, si l'on peut dire, que la libre errance, c'est-à-dire que le hasard ou l'impulsion du moment y jouent un grand rôle : ici le chevalier abandonne les rênes à son cheval et se laisse mener par lui ; là lui vient l'envie subite de se retirer dans un coin sauvage de la Sierra Morena pour y faire pénitence à la façon d'Amadis ou du Roland, « furieux », de l'Arioste.

Les repères temporels ne sont pas moins capricieux que les repères géographiques. La fiction est placée dès le départ à faible distance (*No ha mucho tiempo...*, dit la phrase inaugurale) de l'« actualité », et il semble que l'histoire se rapproche par moments de cette actualité, surtout dans la seconde partie, où une lettre de Sancho à sa femme est datée du 20 juillet 1614 (II, 36), et où don Quichotte rencontre, en Catalogne, le bandit historique Roque Guinart (II, 60), qui défraya la chronique vers les années 1610. Mais, comme l'a bien montré Vicente Gaos [1], le « temps esthétique » du livre n'a pas grand-chose à

1. Vicente Gaos, édition de *Don Quijote*, Madrid, Gredos, 1987, t. III, p. 98-111.

voir avec le temps réel. L'ensemble des aventures de don Quichotte est censé se dérouler en un seul et même été, ce qui crée une densité événementielle si improbable que l'histoire s'en trouve déréalisée. Beaucoup d'épisodes constituent des séquences indépendantes, des micro-unités narratives, dont la succession semble pouvoir se poursuivre indéfiniment.

Il arrive cependant qu'une suite soit donnée à telle ou telle péripétie de l'histoire centrale : c'est ainsi que le petit André, rencontré dans un bois (I, 4), resurgit dans une auberge (I, 31), que le forçat Ginès de Passamont (I, 22) refait surface dans la seconde partie sous les traits d'un montreur de marionnettes (II, 25), etc. Mais ces prolongements sont inattendus. On peut y voir, en un sens, des facteurs de cohésion, puisqu'ils obligent le lecteur à se tourner vers l'amont de l'histoire et à se remémorer l'une de ses péripéties. En sens inverse, ils nous incitent à attendre d'autres prolongements qui ne se produisent pas.

Ce n'est pas que le hasard soit seul à gouverner la succession des épisodes : la quête d'aventures et de gloire qui lance par trois fois don Quichotte sur les chemins s'accompagne par moments de projets plus précis, et qui deviennent autant de leitmotive tout au long de l'œuvre : le chevalier errant, pour récompenser son écuyer, envisage de conquérir pour lui une île et de la lui donner à gouverner ; il veut faire parvenir à Dulcinée des marques de sa dévotion, en sommant certains de ceux qu'il rencontre d'aller trouver sa Dame, en chargeant Sancho de lui porter une lettre (I, 25), et même en se rendant avec l'écuyer au village du Toboso pour rencontrer Dulcinée (II, 8). Mais tout cela tourne court : ce n'est pas don Quichotte, en définitive, qui donnera une « île » à Sancho, les forçats délivrés par le courtois chevalier se mutinent et le détroussent au lieu d'aller voir sa Dame, Sancho perd la lettre qu'on lui a confiée et, pour sauver la face devant son maître, invente une visite au Toboso qu'il n'a pas faite.

Cette visite finit par se faire au début de la troisième sortie, mais l'incursion tourne court elle aussi, puisque don Quichotte ne voit qu'une laide villageoise en celle que Sancho lui désigne comme étant Dulcinée. Se laissant persuader que ce résultat décevant est dû à quelque malveillant « enchanteur », don Quichotte conçoit alors le projet de « désenchanter » Dulcinée, projet qui serpente longuement dans la seconde partie, mais qui finit par s'estomper. Les divers desseins de don Quichotte peuvent donc fournir des fils conducteurs durables, mais ils ne sont jamais fiables : ils finissent tous par s'enliser... et le lecteur avec eux ! Dernier exemple : à la fin de la première partie, don Quichotte annonce son intention d'aller prendre part aux joutes de Saragosse, projet mi-touristique mi-sportif qui oriente effectivement vers la capitale aragonaise l'itinéraire de la troisième sortie, mais bifurque brusquement en direction de Barcelone.

Quant aux raisons de chacun des trois retours, elles varient, et surgissent inopinément : la première fois, c'est le simple hasard qui pousse un laboureur de passage à ramasser don Quichotte, moulu de coups et délirant, pour le ramener chez lui sur une charrette ; la deuxième fois, c'est un groupe de personnages (le curé et le barbier du village auxquels prêtent leur concours des couples d'amoureux rencontrés dans une auberge) qui se liguent pour enfermer don Quichotte dans une cage et le rapatrier sur un char à bœufs, tout en lui faisant croire qu'il est victime d'enchanteurs ; la troisième fois, c'est le bachelier Sanson Carrasco qui, déguisé, vainc le chevalier en combat singulier et lui inflige comme sanction de rentrer chez lui et de renoncer pendant un an au moins à imiter les livres responsables de sa folie. Mais les contraintes ainsi exercées n'ont rien d'inéluctable : don Quichotte pourrait, par exemple, s'évader de sa cage, d'autant qu'on lui permet quelque temps d'en sortir ; l'interdiction d'exercer pendant un an comme chevalier errant laisse ouverte la possibilité d'une quatrième sortie ; et si, en définitive, Cervantès choisit de faire mourir don Quichotte, une fois rentré dans son village, c'est après avoir esquissé, sur le chemin du retour, un possible rebondissement pastoral, puisque le chevalier errant envisage de se faire berger (II, 67).

La mort elle-même est déconnectée de la folle recherche d'aventures glorieuses : don Quichotte meurt banalement de maladie, dans son lit, et sain d'esprit. Certains commentateurs ont voulu voir dans ce retour à la sagesse l'aboutissement d'une longue expérience, la leçon enfin tirée d'une suite d'échecs. Mais n'est-ce pas là plaquer sur le livre de Cervantès les conceptions d'une littérature postérieure : celle des romans d'apprentissage et de formation, où les épreuves successives sont interprétées comme autant d'étapes d'une maturation ? Tant qu'il est fou, la croyance de don Quichotte en ses romans de chevalerie ne cède pas d'un pouce, et sa lucidité sur son lit de mort est le signe, non d'un aboutissement, mais d'une brusque mutation.

La folie de don Quichotte a des aspects complexes qu'on analysera plus loin. Soulignons ici, comme ne cesse de le faire le narrateur et comme le constatent la plupart des personnages qui croisent le chevalier errant, son caractère discontinu et déconcertant. « Intervalles lucides » et accès de fureur alternent de telle sorte que souvent notre attente est prise à contre-pied. Difficile aussi de deviner ce qui va déclencher le délire et l'agressivité, quel détail va accrocher l'imagination de don Quichotte : une lance appuyée à un arbre, un porcher soufflant dans un cor, des ailes de moulin que le vent fait tourner, un vacarme répétitif dans la nuit, deux troupeaux de brebis enveloppés de poussière, un plat à barbe luisant sur la tête d'un « cavalier », des propos jugés offensants... En général l'accès de folie est sanctionné par un échec retentissant : chutes, rossées, dents cassées, plaies et bosses, mais, là encore, rien n'est joué d'avance : il arrive que don Quichotte se tire à son avantage d'un affrontement, comme lors de sa première rencontre avec le bachelier Sanson Carrasco.

Non moins complexe que sa folie, la relation du chevalier errant à son écuyer, paysan madré et pourtant crédule, tantôt niais et tantôt malin. Les deux hommes ont beau s'habituer l'un à l'autre, ils ne cessent de s'étonner mutuellement. Couple indissociable aux yeux du lecteur, et qui menace pourtant de se défaire, lorsque Sancho, au début de la seconde partie, las de « servir à merci », c'est-à-dire d'attendre une récompense (l'île promise) qui ne vient pas, ose réclamer salaire à son maître. Rien n'illustre mieux le caractère mouvementé des relations entre les deux hommes que le moment prodigieux (II, 7) où le lecteur découvre un don Quichotte capable de raisonner inopinément en chef d'entreprise moderne, s'estimant libre d'embaucher et de congédier qui il veut, cependant que Sancho, éperdu à l'idée que son maître pourrait se passer de lui, capitule en rase campagne et retourne à l'attachement « féodal » qui l'unissait à son seigneur !

Par ailleurs, à l'histoire de don Quichotte et de Sancho viennent s'entrelacer la nouvelle interpolée du *Curieux impertinent* (I, 33-35), les aventures amoureuses du « Captif » (I, 39-41) ou celles d'autres couples d'amoureux rencontrés dans une des auberges-carrefours de la première partie du roman, et, dans la seconde, divers épisodes seconds, comme celui du Morisque Ricote et de sa fille (II, 54). Selon un procédé de double imbrication, ces épisodes interrompent l'histoire centrale et sont interrompus par elle brusquement, par exemple lorsque don Quichotte, dormant pendant qu'on lit à haute voix la nouvelle du *Curieux impertinent,* perturbe cette lecture par un délire subit (I, 35), ou lorsque Cardenio, que l'amour a rendu fou, surgit des replis de la Sierra Morena pour conter ses malheurs et agresser soudain le chevalier errant.

Outre ces épisodes transversaux, la voix sarcastique du narrateur vient interrompre, à l'improviste et presque à tout moment, l'histoire centrale. Dès le célèbre incipit — si prisé et si bien commenté par Marthe Robert[1] —, le ton est donné : à peine un premier repère (« en un village de la Manche ») nous est-il offert, que celui qui nous l'offre assume une impertinente rétention d'information (« du nom duquel je ne me veux souvenir »). Voici donc le village laissé dans l'anonymat. Puis un flou systématique versé sur les âges de la gouvernante, de la nièce et du personnage central lui-même. Puis une hésitation affichée au sujet du patronyme originel (Quesada, Quijana,

1. Marthe Robert, *Roman des origines et origines du roman*, Seuil, 1972.

Quijada ?), qui sera transformé en « Quijote ». « Effets de réel », puisqu'on rencontre ce genre d'incertitude quand on fait connaissance avec des personnes de la vie. Mais, en même temps, ruptures de l'illusion mimétique, le lecteur sentant bien que la feinte ignorance du narrateur recouvre l'omniscience et l'arbitraire tout-puissant d'un créateur.

Ce jeu, engagé dès la préface, où « l'auteur » se présente sous les traits d'un pauvre diable, affolé à l'idée d'être publié, et cherchant à renier la paternité de l'œuvre, se poursuit tout au long du roman : la première personne qui point à la phrase initiale prend par la suite des aspects mouvants, contradictoires et protéiformes : vulgaire compilateur, recueillant et tentant d'harmoniser divers témoignages tant écrits (documents prétendument conservés dans les « Annales de la Manche ») que légués par la tradition orale (rumeurs diverses de l'opinion publique au sujet de don Quichotte) ; simple transcripteur d'une histoire qui aurait déjà été écrite par quelqu'un d'autre, constatant à un moment donné l'interruption du manuscrit utilisé (I, 8), puis assurant en avoir miraculeusement retrouvé la suite dans un souk de Tolède, sous forme d'une chronique rédigée en arabe par un « More », nommé Cid Hamet Ben Engeli.

Après cette invention, on pourrait s'attendre à ce que le narrateur initial s'efface entièrement au profit de ce prétendu chroniqueur, qu'il déclare avoir fait traduire en castillan ; mais il n'en est rien : le narrateur initial devient désormais une sorte d'annotateur ou de scoliaste occasionnel, s'interrogeant sur la fiabilité du More, lequel, à son tour, s'exprime en son nom propre pour estimer apocryphes certains passages de son récit ! Ultime feinte : à la dernière page, Cid Hamet Ben Engeli vient déposséder le narrateur initial de l'incipit de la première partie, puisque c'est au More qu'est attribuée la décision de n'avoir point précisé la patrie de l'hidalgo manchègue « afin que tous les villages et les bourgs de la Manche disputent entre eux l'honneur de l'avoir produit, de même que firent les sept villes de la Grèce pour l'amour d'Homère » (II, 74, p. 300).

On pourrait poursuivre ce recensement des surprises du récit dans le *Quichotte*, montrer notamment que, si le lecteur s'attend, de chapitre en chapitre, à des passages de dialogue, tant il est vrai que tous les personnages sans exception sont des bavards, et tant le « dire » alterne avec le « faire », l'alternance n'en est pas moins capricieuse, et les proportions respectives du récit et des prises de parole extrêmement variables et inattendues. On pourrait montrer aussi comment les effets de surprise se ramifient à la moindre phrase, comment l'ordre des mots du récit crée un suspense conforme aux célèbres incertitudes qui viennent perturber la perception ou enflammer l'imagination de don Quichotte ou de Sancho. Mais par souci d'économie on s'en tiendra à un dernier exemple, dont l'importance et la complexité exigent qu'on lui consacre, dans le dernier chapitre de cet essai, un développement particulier. Il s'agit de la procédure de mise en abyme instaurée par Cervantès à la charnière entre les deux parties de son roman.

Ce n'est pas sortir de l'œuvre que de rappeler, à cette occasion, le formidable succès de la publication de 1605, les longues années d'attente — tant pour le public que pour l'auteur lui-même — qui lui succédèrent (Cervantès allait-il parvenir à donner la suite promise, lui qui n'en finissait pas d'annoncer et de reporter celle de *La Galatée* ?), et le plagiat publié en 1614 par « Avellaneda », coup déloyal, mais aussi stimulant défi. Tout cela se trouve intériorisé à la fiction, grâce à trois effets de mise en abyme disposés de loin en loin dans la seconde partie : tout d'abord le bachelier Sanson Carrasco rapporte de Salamanque un exemplaire de la première partie et informe don Quichotte et Sancho, mi-fiers mi-inquiets, qu'ils sont imprimés et célèbres (II, 3-5). Puis le chevalier errant et son écuyer rencontrent, en pays d'Aragon, un duc et une duchesse qui ont lu la première partie (II, 30) et qui vont s'amuser à lui offrir des prolongements. Enfin, don Quichotte découvre le plagiat d'Avellaneda, décide du coup de se rendre à Barcelone plutôt qu'à Saragosse pour démarquer « son » histoire de celle du faussaire, et démontre à l'un des personnages imaginés par Avellaneda qu'il a été victime d'une imposture (II, 69). On comprend que Lucien Dällenbach ait fait une place à part, et une place d'honneur, à ce cas singulier de mise en abyme dans son analyse de la diversité des « récits spéculaires [1] ».

1. Lucien Dällenbach, *Le Récit spéculaire. Essai sur la mise en abyme*, Seuil, coll. Poétique, 1977. Voir Dossier, p. 274.

Contentons-nous ici de noter que, déjà surprenante en soi, la mise en abyme est en outre un élément intermittent de la deuxième partie, et que sa disparition momentanée aussi bien que sa résurgence sont imprévisibles : entre les révélations inaugurales de Sanson Carrasco et la rencontre avec les ducs aragonais, don Quichotte et Sancho croisent quantité de personnages, mais aucun d'eux (même don Diego de Miranda, ce gentilhomme campagnard qui a une petite bibliothèque), ne se trouve avoir eu connaissance de la première partie et le couple central n'en souffle pas mot. De même, si les bourles du château ducal aragonais et celles de la prétendue île nommée Barataria constituent une masse considérable du récit après le chapitre 30, la mise en abyme ne subsume pas pour autant tout le restant de la fiction. Qu'il y ait ou non retour de l'œuvre sur soi, que la référence à la première partie devienne obsédante ou qu'elle s'estompe, Cervantès se montre à tout moment capable d'innover, soit en lançant des fils inédits, soit en formant de nouveaux dessins avec des fils déjà utilisés.

En somme, parcours semi-erratiques, paradoxes mouvants de la folie, de la niaiserie, et du couple déconcertant qu'elles forment avec don Quichotte et Sancho, entrecroisement, aux carrefours des chemins ou des auberges, d'histoires diverses, rareté des repères spatio-temporels, méta-discours sarcastique entrelacé au récit, et affecté lui-même d'une histoire à rebondissements, alternance capricieuse de l'action et des prises de parole, intermittence des retours de l'œuvre sur soi créent un clignotement de l'illusion, par lequel le lecteur se voit tour à tour détrompé et repris, intrigué et mystifié, doté et dépossédé d'un « pacte de lecture », en un mot déboussolé.

On est loin des agencements ordonnés des histoires « aristotéliciennes » (comme Cervantès savait très bien en composer lui-même, témoin certaines de ses *Nouvelles exemplaires,* ou, en plein *Quichotte,* la nouvelle interpolée du *Curieux impertinent*), avec leur logique sous-jacente, leur façon de nouer et de dénouer une intrigue, leur souci permanent de vraisemblance : aucune nécessité, ni spatiale, ni temporelle, ni logique, ne régit de façon durable la succession des épisodes dans le roman cervantin ; beaucoup d'entre eux pourraient être permutés, ou même retranchés, sans que la progression de l'histoire s'en trouve compromise. Tout ou presque dépend donc de la fantaisie d'un créateur qui tient le lecteur sous le « charme », au sens fort et premier du terme. Don Quichotte lui-même le dit fort bien : « [...] l'auteur de notre histoire doit être quelque sage enchanteur » (II, 2, p. 34).

Au seuil du présent livre, auquel il incombe de proposer pistes de réflexion et repères à qui souhaite être guidé, il peut paraître paradoxal, voire déplacé, d'exalter, comme on vient de le faire dans ce « préambule » ou déambulation de première reconnaissance, le plaisir de se perdre dans le monde « enchanteur » et déconcertant du *Quichotte.* Mais en mystifiant ses lecteurs, Cervantès ne leur lance-t-il pas un défi, ne les invite-t-il pas à tenter de se hausser vers son intelligence suprême de grand créateur malicieux ? Il y a aussi un plaisir de mieux comprendre, de « s'y retrouver », et qui n'élimine pas celui de se perdre, comme en font l'expérience tous ceux qui, en dépit d'une longue pratique du *Quichotte,* redécouvrent, chaque fois qu'ils s'y replongent, un peu du délicieux désarroi de leur lecture première.

Si don Quichotte continue de fréquenter la mémoire et l'imaginaire collectifs, c'est, à n'en pas douter, parce que le personnage a acquis le statut d'*antonomase.* Il n'est pas donné à tous les écrivains d'avoir forgé un « don quichotte », une « dulcinée », une « maritorne », ou encore un « don juan » (Tirso de Molina) et un « tartuffe » (Molière). Êtres d'encre et de papier, l'ingénieux hidalgo et la Non-Pareille et, dans une moindre mesure, la souillon d'auberge, sont devenus des symboles ou servent à désigner des types physiques ou des comportements humains. L'étude qui va suivre rend compte des personnages dont la notoriété, souvent, a pu faire oublier et l'écrivain et le livre, mais elle s'est surtout donné pour objet d'entrer dans la substance vive du roman et dans la complexité de l'écriture. Elle est aidée, dans cette entreprise, par une bibliographie d'une très grande richesse, par tous les écrivains qui, de près ou de loin, se sont déclarés influencés par Cervantès, ainsi que par les suggestions multiples du roman lui-même. Il n'en reste pas moins qu'un choix sévère a dû être opéré entre les perspectives, les orientations et les interprétations possibles, qui se réduisent ici à seulement trois points de vue, trois parcours destinés à guider une première approche du texte.

Le préambule est, littéralement, un itinéraire guidé pour qui souhaite s'engager dans l'enchevêtrement des aventures. Le premier chapitre, « La folie quichottesque : caractéristiques et fonctions » propose de questionner la folie et d'en faire apparaître l'ambiguïté et la fonction : celle d'un puissant moteur de création. Il en va de même pour le deuxième chapitre, le plus étendu, intitulé « Questions de rire » qui restitue le *Quichotte* à sa toute première vocation d'œuvre de divertissement. Il rend aussi au rire sa gravité et son émotion, quand il ne l'évoque pas « mitigé » ou cruel : s'impose alors, à travers la parodie, l'ironie et l'humour, sa profondeur philosophique. Enfin, sous le titre « La modernité du *Quichotte* et ses aléas » — troisième et dernier chapitre —, sont évoqués les divers aspects de l'invention romanesque qui ont valu au *Quichotte* d'être universellement reconnu comme le premier roman de l'époque moderne.

I LA FOLIE QUICHOTTESQUE

En dehors du peu qu'il a bien voulu nous dire de lui-même (la blessure de Lépante, l'hydropisie tardive, une esquisse d'autoportrait), nous ne savons pratiquement rien de ce qui nous importerait le plus sur « l'homme Cervantès », et, par exemple, pourquoi la folie lui tenait tant à cœur. De l'extérieur, on peut songer à divers types de rencontres : avec le traumatisme collectif que la démence de « Juana la loca », mère de Charles Quint, puis celle de don Carlos, fils de Philippe II, ont représenté pour les Espagnols, du moins pour ceux qui, comme Cervantès, étaient dotés d'une conscience historique ; avec la tradition des bouffons de cour, plus ou moins simulateurs de folie ; avec la tradition carnavalesque, où la folie prend figure de personnage semant un effroi comique sur la foule, mais symbolisant aussi la « docte ignorance » de « l'innocent » ; avec les petites histoires drôles de pensionnaires d'asile, du genre de celle que raconte le « Prologue au lecteur » de la seconde partie du *Quichotte* ; avec l'*Éloge de la folie* par Érasme ; avec le *Roland furieux* de l'Arioste, etc. Mais la multiplicité même de ces fils disparates nous renvoie au problème de l'investissement *singulier* marqué par la place que Cervantès accorde à la folie dans son roman majeur, ou encore dans ses *Nouvelles exemplaires*, témoins ce Licencié qui se croit fait de verre, et les délires mentaux de ces sorcières, au cœur du *Colloque des chiens*, tant admiré par Freud[1].

1. Edward C. Riley, « Cervantes, Freud and Psychoanalytic Narrative Theory », *The Modern Language Review*, n° 88-1, 1993.

Du fait que cet investissement ne s'est jamais exprimé sur le mode tragique (il n'y a pas de roi Lear chez Cervantès), on a souvent eu tendance à le sous-estimer. Pourtant, ne devrait-on pas se dire, surtout au pays de Molière, que ce dont on rit peut être chose à prendre au sérieux ? Don Quichotte ne serait-il qu'un pantin dérisoire, d'emblée déshumanisé et sans rapport avec les douloureux cas cliniques de la réalité ? Ou alors sa vérité humaine ne prendrait-elle consistance que si l'on gomme le fait différentiel de la folie ? C'est à quoi tendent les résumés forcément schématiques de bien des dictionnaires, quand ils voudraient mesurer tout l'immense roman cervantin à l'aune du (trop) célèbre épisode des moulins à vent : ce don Quichotte, nous disent-ils, qui prétend voir et attaquer des géants, c'est

« l'idéaliste », et Sancho, qui crie « Non, ce sont des moulins ! », le « réaliste » et l'homme de « bon sens ». Mais outre que Sancho est ailleurs présenté comme un niais, et parfois comme un fou lui aussi, on ne saurait, si l'on y réfléchit, inférer de l'incontestable idéalisme de don Quichotte que tout idéaliste est comme lui.

Il faut donc lutter contre les idées reçues, et tenter de cerner dans sa spécificité cette folie quichottesque, telle qu'elle se manifeste à travers l'ensemble du livre. On y gagnera d'être mieux à même de comprendre sa ou, plutôt, ses fonctions.

CARACTÉRISTIQUES

UNE ÉMERGENCE EN TROMPE L'ŒIL

Quand et pourquoi commence la folie de don Quichotte ? S'il fallait se fier au narrateur à l'instant précis du texte où est signalée l'émergence de cette folie, elle serait due à l'effet conjoint d'un manque de sommeil et d'un excès de lecture : « Et par ainsi, du peu dormir et beaucoup lire, son cerveau se sécha de telle sorte qu'il en vint à perdre le jugement » (I, 1, p. 69).

Certains commentateurs et annotateurs ont pris cette phrase au pied de la lettre. En effet, nous disent-ils doctement, une tradition médicale venue de Galien faisait du manque de sommeil une des causes de la diminution de l'humidité du cerveau. Or, selon la théorie générale des humeurs, un tel dessèchement favorisait l'expansion de l'imagination, et pouvait dégénérer en « manie ». Le médecin Huarte de San Juan, dans son *Examen des esprits*[1] (*Examen de ingenios*, 1575) — livre très apprécié par Montaigne, et connu de Cervantès, qui y a puisé l'idée d'un épisode de son *Persilès* —, définit la « manie » comme une altération (*destemplanza*) chaude et sèche du cerveau. Il se trouve que la nièce de don Quichotte, évoquant les accès de délire de son oncle, signale qu'il retrouve calme et santé en buvant un grand cruchon d'eau fraîche (I, 5). Voilà donc le « cas » don Quichotte expliqué, semble-t-il, à merveille.

Mais devrait-on s'en tenir à une explication physiologique aussi grossière ? Don Quichotte, tout au long du roman, boit de l'eau en grande abondance et sans jamais guérir pour autant. Du reste, la phrase de sa nièce, si on la cite intégralement, précise avec un comique involontaire que don Quichotte présente cette eau fraîche comme un bienfaisant élixir que lui aurait procuré certain « enchanteur » : quel retour y a-t-il là à la santé mentale ? Et comment ne pas percevoir dans la phrase du narrateur citée plus haut, plutôt que le docte diagnostic de quelque disciple de Galien, la voix naïve et superstitieuse de quelque personne rustique, attribuant un pouvoir maléfique aux livres, ces inventions récentes et coûteuses, pour l'achat desquels don Quichotte a dû vendre des

1. Juan Huarte de San Juan, *Examen des esprits pour les sciences*, traduction de J.B. Etcharren, préface de R. Saez, Atlantica, Biarritz, 2000. V. dossier p. 220.

terres, comme on l'apprend un peu plus loin ? On croirait entendre, déjà, les imprécations de la gouvernante et de la nièce analphabète contre la bibliothèque du maître de maison.

Or tout ce qui, dans le premier chapitre, précède cette phrase pince-sans-rire suggère, sans jamais la dire, une autre explication, bien plus subtile et convaincante. L'admirable incipit, par petites touches objectives, fait surgir la folie d'un excès de vie raisonnable : un gentilhomme campagnard, vieux garçon, fin de race et fin de vie (la cinquantaine, vers 1600, est un âge avancé), un cavalier qui n'a sans doute jamais voyagé, ni en tout cas guerroyé (les armes des ancêtres rouillent au râtelier), qui pratique la chasse comme ersatz de la guerre, bref quelqu'un à qui il n'arrive jamais rien, se met à acheter non pas n'importe quels livres, mais ceux d'une certaine littérature d'évasion, et, au lieu de se replier jusqu'à la mort dans les rêves de la lecture, ou de les prolonger par l'écriture (il renonce à l'idée, qui l'effleure un instant, de se faire romancier), décide de vivre sa vie comme un roman. C'est par ce passage à l'acte que don Quichotte signe sa folie, et se différencie des hidalgos ordinaires, des quinquagénaires ordinaires et... des lecteurs ordinaires.

Mais aussi des fous ordinaires, car la folie de don Quichotte est singulière, inédite avant Cervantès, et si étroitement liée à son génie que toute « folie littéraire » proposée par des romanciers ultérieurs est immédiatement sentie comme plagiat ou *rifacimiento*. Non que le « cas » de l'hidalgo ne puisse être rapporté par certains aspects à des descriptions cliniques. Mais son originalité résiste à toutes les tentatives d'étiquetage.

La « mélancolie », au sens qu'avait le terme dans la théorie des humeurs léguée par Hippocrate et Galien, caractérise assurément don Quichotte. Tantôt parodique et risible (surtout dans la première partie), et tantôt susceptible de dignité intellectuelle, de fureur inspirée, de génie, la mélancolie est bien une composante fondamentale du tempérament de l'« ingénieux hidalgo », ce qui l'anime en permanence, et ce qui, au dire du médecin assistant à son agonie, « le fais[ait] mourir » (II, 74, p. 595). Tout comme l'Alceste de Molière a pu être considéré, selon le sous-titre du *Misanthrope*, comme un « atrabilaire » face au « flegmatique » Philinte, la folie du héros cervantin relèverait donc de la théorie des humeurs. Toutefois, comme le remarque Augustin Redondo[1], don Quichotte ne peut être entièrement logé dans la case de la mélancolie : son teint jaunâtre, ou encore la chaleur de son imagination seraient

1. Augustin Redondo, « La melancolía y el *Quijote* de 1605 », in *Otra manera de leer el* Quijote, chap. I-4, Madrid, Castalia, 1997.

plutôt caractéristiques d'une humeur « colérique »...

« Mélancolie », « hypocondrie », selon la redéfinition qu'ont donnée à ces vieux termes médicaux diverses terminologies cliniques postérieures à l'époque de Cervantès, pourraient convenir jusqu'à un certain point pour caractériser la folie quichottesque. La mélancolie peut faire partie du « tableau dépressif » de la psychose « maniaco-dépressive », au sens complexe où l'entend Kraëpelin. Don Quichotte « maniaco-dépressif » ? Oui, cela combine bien deux aspects effectifs de son tempérament. Mais, d'un autre point de vue, on pourrait parler à son sujet de « paraphrénie », psychose chronique caractérisée par un délire d'une grande richesse imaginative, et qui n'altère pas, du moins au début, le fonctionnement du reste de l'appareil mental : le chevalier errant, prompt à imaginer des armées entières dans un nuage de poussière, a par ailleurs des « intervalles lucides », où il raisonne sainement, et se montre temporairement adapté au réel. Seulement, lorsque don Quichotte délire, ses élans imaginatifs se prolongent en actes, il « réalise » son délire, ce que fait rarement le paraphrène...

Autre symptôme de la folie quichottesque, aisé à identifier et à nommer : sa mégalomanie. Le chevalier errant rêve de grandeurs, et, dès le début de ses aventures, s'adresse en pensée à son futur chroniqueur (ce qui fait que la découverte, au début de la seconde partie, qu'il est devenu un personnage imprimé et célèbre n'est pour lui qu'une demi-surprise). En ce sens, on peut dire don Quichotte « paranoïaque ». À défaut de se rendre compte des complots effectifs qui se nouent autour de lui, il s'estime persécuté par de malveillants enchanteurs. Et l'addition de psychose maniaco-dépressive, de paraphrénie et de paranoïa peut suggérer un diagnostic de schizophrénie. Mais à quoi bon, en définitive, cette avalanche de termes cliniques ? Le « cas » de don Quichotte, qui recoupe partiellement et combine diverses catégories cliniques, les transgresse et les dépasse toutes. Son histoire a une complexité grandiose à laquelle n'accèdent jamais les malheureux schizoprènes de la réalité, elle demeure singulière, tout en exerçant sa force d'irradiation.

UNE FOLIE CONTROVERSÉE

De ces caractéristiques de la folie quichottesque, divers personnages du livre et le narrateur lui-même discutent abondamment, sans jamais parvenir (eux non plus !) à des conclusions nettes. L'une des tentatives d'évaluation les plus poussées est celle à laquelle procède don Diego de Miranda, le « gentilhomme au Vert Caban » (II, 16, p. 139), dans la seconde partie (II, 16-18). Ce gentilhomme campagnard a vu don Quichotte faire des choses insensées (comme retirer sa tête d'un casque empli de fromages dégoulinants, et affronter un lion dans sa cage) puis lui tenir des propos calmes et avisés. Il en déduit que le chevalier errant parle en sage et agit en fou. Mais le narrateur souligne que don Diego, au moment où il esquisse cette distinction, n'a pas les moyens de bien juger, parce qu'il ignore l'origine littéraire de la folie de don Quichotte. Don Diego n'a d'ailleurs pas de livres de chevalerie dans sa bibliothèque personnelle.

Son fils, étudiant en droit venu de Salamanque, fera-t-il mieux ? Le père le charge de « tester » don Quichotte, et, pour ne pas fausser l'évaluation, lui cache soigneusement l'histoire des fromages et celle du lion. Après avoir écouté cet hôte étrange lui chanter les louanges de la chevalerie errante, le jeune homme livre à son père une saisissante conclusion : « C'est un fou bigarré et plein d'intervalles lucides » (II, 18, p. 156). Ce verdict nuancé perçoit l'alternance de la raison et de la folie au cœur même des paroles de don Quichotte, qu'on ne saurait donc disqualifier *a priori*, comme le fait pour sa part le narrateur — décidément aussi peu fiable que possible, fausse instance auctoriale — quand il soutient à plusieurs reprises que l'hidalgo déraisonne, tant en actes qu'en paroles, dès lors qu'on l'aiguille sur sa manie d'imiter les romans de chevalerie.

Quand l'amant platonique de Dulcinée prend parti pour les droits du cœur contre tout chantage (épisode de Marcela, I, 13) ou contre la puissance de l'argent (noces de Gamache, II, 20-21), cette attitude « libérale » a manifestement la faveur de Cervantès lui-même, si l'on considère sa façon de traiter les histoires d'amour d'un bout à l'autre de sa production romanesque, et elle est conforme aux aspirations sentimentales des romans de chevalerie.

Ce n'est là qu'un exemple de la complexité de l'attitude quichottesque, par-delà les aspects simples et monotones de sa manie.

UNE FOLIE COMPLEXE

Plus on avance dans le roman, plus on découvre la formidable effervescence cérébrale que met en mouvement cette folie. Il y a tout d'abord, sous le crâne du chevalier, une prodigieuse mémoire, qui a emmagasiné quantité de lectures, et qui le dispense d'aller consulter ses livres : peu importe, dans ces conditions, qu'on les lui détruise et qu'on mure sa bibliothèque, il est à lui seul, dans sa tête, une bibliothèque ambulante. Ces lectures, don Quichotte va les plaquer sur la « réalité », mais d'une façon moins mécanique et arbitraire qu'on ne l'a dit trop souvent.

Car il faut entendre ici, par « réalité », la version que donne la fiction cervantine de l'ordre des choses, version qui leur prête presque toujours, au moment de faire déraisonner don Quichotte, un aspect insolite et étrange. Inventions techniques, peut-être moins récentes qu'on n'a pu le dire, les moulins à vent, à l'époque, avaient peut-être de quoi surprendre un voyageur non averti. Un exemple d'étrangeté : ce n'est pas tous les jours qu'un promeneur se protège de la pluie en se coiffant la tête d'un plat à barbe qui se met brusquement à miroiter au soleil revenu et ressemble à s'y méprendre à un heaume, etc. La folie du chevalier errant n'est pas indifférence totale à la « réalité », ni projection mécanique des mots des livres sur les choses. Elle se laisse prendre au piège des apparences, mais cela veut dire que, d'une certaine manière, elle prête attention au monde extérieur.

Il est vrai que don Quichotte dispose de plus d'une ruse pour se mettre à l'abri des objections et pour fonctionner en circuit fermé. Sa mémoire est sélective, il bricole ses lectures : c'est ainsi qu'il n'a pas souvenance que des chevaliers errants aient jamais versé d'argent à leurs écuyers, et il s'en autorise pour faire lanterner Sancho, qui, ne sachant pas lire, s'en laisse d'autant plus aisément conter. À la limite, quand on le pousse dans ses retranchements, don Quichotte recourt à un argument d'autorité, en prétendant avoir un lien secret, de type ésotérique, avec ce qui est dit dans tel ou tel roman (I, 13 et 15).

Face aux déconvenues que lui oppose le « réel », il a un autre argument imparable : les enchanteurs. Ce sont eux, dit-il, qui le trompent par moments dans sa perception du monde, ou qui font que les autres ne voient pas comme lui. Mais cette capacité de repli autarcique ne l'empêche pas, ailleurs, de s'adapter aux circonstances : bien qu'il ne se rappelle pas avoir jamais rencontré, dans ses livres, d'écuyer « asinesquement monté » (I, 7, p. 111), il fait contre mauvaise fortune bon cœur et s'accommode du grison de Sancho. Cette ruse bricoleuse transparaît aussi quand il louvoie au moment de mettre à l'épreuve telle ou telle de ses inventions : lorsqu'il se confectionne un casque, au tout début de ses aventures (I, 1), et le démolit du premier des deux coups qu'il lui donne avec son épée, il le refait en le renforçant pardedans avec des barres de fer, « et, sans en vouloir faire une nouvelle expérience, il l[e] réputa et l[e] tint pour un casque articulé de la plus fine trempe » (I, 1, p. 71).

En dépit de son « idée fixe », don Quichotte n'est jamais monotone au cours des nombreux et longs plaidoyers qu'il développe en faveur de la chevalerie errante. Les exemples, les arguments varient selon les interlocuteurs. Ce maniaque rusé sait s'adapter à l'autre. Il peut bluffer Sancho et s'en donne à cœur joie, mais face à de fins connaisseurs de romans tels que le barbier, le curé, ou le chanoine, il se fait plus précis, plus soigneux et plus éloquent. Et, découvrant que le fils de don Diego de Miranda, étudiant juriste, a une vocation contrariée pour les belles-lettres, il lui explique que la chevalerie errante est la reine des sciences et qu'elle est aussi une forme de poésie.

Quichotte sème ainsi, éphémèrement, étrangeté et merveilleux. On pourrait multiplier les exemples. En voici un, où, pour une fois, le fou ne répand nul désordre, n'agresse personne, ne se cogne à rien. Il s'agit d'un moment de poésie sereine, où la rencontre et la fusion progressive entre le prosaïsme et le merveilleux se font par simple juxtaposition : maître et écuyer croisent des chevriers, qui leur offrent bon accueil, sans s'inquiéter de l'étrange accoutrement du chevalier (I, 11). Celui-ci entonne alors un grand discours sur l'Âge d'or, que ses hôtes rustiques, tout en mâchant leur nourriture, écoutent sans rien dire et sans comprendre un traître mot de ce « jargon ». Effet de réalisme. La folie du chevalier, capable ailleurs de s'adapter à son auditoire, semble ici fonctionner en circuit fermé. Toutefois, c'est bien la vue de ces bergers qui a réveillé en don Quichotte sa nostalgie d'un ordre naturel paradisiaque, et, à mesure qu'il parle, les chevriers se transfigurent aux yeux du lecteur : en marge des propos du fou, les voilà promus légende de son discours, avatars des Arcadiens mythiques, dignes officiants du vieux rêve écologique. Effet de poésie.

UNE FOLIE INSTRUCTIVE

Par le jeu d'analogies et de contrastes qu'elle déclenche avec tout ce qu'elle vient à croiser, la folie quichottesque a une fonction de révélateur ou de catalyseur, qui donne un relief saisissant aux choses et aux êtres. C'est vrai de la sottise, qui n'est jamais autant sottise que lorsqu'elle se détache sur fond de folie. On sait, à cet égard, quel couple indissociable, tantôt antithétique et tantôt fusionnel, forment *Locura* et *Necedad* (« Folie » et « Bêtise ») à travers le compagnonnage entre don Quichotte et Sancho.

Quant aux autres sots du roman, ce sont tous ceux qui croient pouvoir regarder de haut l'hidalgo et qui révèlent ainsi leur propre suffisance. Une inversion satirique s'esquisse alors, notamment lors du touffu épisode de Barataria, dans la seconde partie, où le pédant médecin, de Tirteafuera, qui affame Sancho, fait pendant au grincheux ecclésiastique du palais ducal, magistralement remis en place par don Quichotte, cependant que le duc et la duchesse, organisateurs de la bourle, sont éclaboussés d'un soupçon de sottise.

Juxtaposée et comparée à la folie quichottesque, la démence amoureuse de Cardenio révèle de même sa spécificité : comme le chevalier errant, Cardenio a des accès de fureur (don Quichotte lui-même en fait les frais) et des intervalles lucides. Mais alors que don Quichotte joue plus que jamais à être fou lors des épisodes de la Sierra Morena, Cardenio, lui, souffre de se savoir fou quand la lucidité lui revient, et s'en excuse humblement auprès de ceux qu'il a agressés. Dans la nouvelle interpolée du *Curieux impertinent*, la folie du jeune Anselmo est elle aussi une vraie souffrance.

Que dire à présent de ceux, nombreux dans le roman, qui prétendent guérir la folie quichottesque, sinon qu'ils sont pris de « fou rire » et s'amusent comme des « petits fous » ? Suivons les démarches du curé et du barbier : ils commencent par murer la bibliothèque de don Quichotte et par invoquer le sortilège de quelque enchanteur malveillant pour expliquer cette disparition au maître de maison ; remède plus dangereux que le mal puisqu'il confirme le chevalier dans ses croyances ; plus loin, le curé se déguise en demoiselle, avec l'idée d'implorer la protection de don Quichotte et de parvenir ainsi à le ramener au bercail ; là-dessus, s'avisant tout à coup que ce travestissement serait indécent pour un homme d'Église, voilà que le curé demande au barbier de prendre la relève ! Dorotea, à peine réchappée de ses pathétiques démêlés avec le volage don Fernando, se révèle lectrice avertie des romans de chevalerie et grande comédienne pour tenir auprès de don Quichotte le rôle de la princesse Micomicona. Et, dans la seconde partie, le joyeux drille qu'est le bachelier Samson Carrasco s'amuse à se déguiser en chevalier errant pour aller défier don Quichotte, avant d'essuyer une défaite imprévue et cuisante qui transforme en rage vindicative son entreprise ludique.

Une ambivalence traverse la relation de tous ces personnages à la folie ; leur volonté, hautement proclamée, de guérir la folie quichottesque est généreuse, mais leur désir profond est de la prolonger le plus longtemps possible, de flatter la manie du chevalier, et de la relancer. Ils sont en ce sens plus hypocrites que ce seigneur, évoqué par Huarte de San Juan[1], qui souhaite carrément que son page, rendu si spirituel par sa manie, ne guérisse jamais. Et toi — pourrait-on dire ici au nom de Cervantès —, « hypocrite lecteur », que souhaites-tu toi-même chaque fois que don Quichotte, rentré chez lui, semble être revenu à la raison, sinon qu'il récidive ?

1. Voir *supra*, p. 39.

Regardons les choses en face : le ressort principal du suspense du *Quichotte*, c'est le souhait que la folie n'en finisse jamais. Désir qui n'a rien de moral, et qui serait presque inavouable, comme toute cruauté, si le rire qui nous prend se contentait de sanctionner le cas typique, très bergsonien, de « mécanique plaqué sur du vivant » qu'offre effectivement par endroits don Quichotte. Mais, on vient d'essayer de le montrer, la folie quichottesque, en dépit de ses moments d'automatisme, demeure quelque chose de très varié, de très fécond, et qui, sans perdre sa spécificité, et son splendide isolement, noue des relations multiples avec ceux qui se croient « normaux ». Elle les entraîne irrésistiblement vers des expériences ludiques qui font parenthèse récréative dans leurs vies.

Comme dans la fête carnavalesque, et comme dans les jeux d'inversion satirique dont Érasme avait offert un exemple savant, une réversibilité se découvre. Il y a des moments où l'on ne sait plus très bien si c'est don Quichotte qui est inadapté au monde, ou si c'est ce monde qui est inadapté. Prenons un exemple : le thème de la croisade (qui a repris de nos jours l'actualité que l'on sait !). Au début de la seconde partie, quand le curé et le barbier se demandent, à la grande inquiétude du lecteur, si don Quichotte n'est pas définitivement guéri, ce qui relance la folie et l'aventure, c'est la mention, en cours de conversation, du danger que représentent les Turcs et l'Islam pour la Chrétienté. Il n'en faut pas plus pour que l'hidalgo s'enflamme et déclare tout de go que la question des lieux saints pourrait être aisément réglée si la Chrétienté décidait d'y dépêcher une armée de chevaliers errants.

Or Cervantès touchait là à un point sensible : l'Espagne avait obtenu de la papauté que la « Reconquête » opérée progressivement au fil des siècles après l'arrivée des Arabes sur le sol hispanique en 711, fût considérée comme une « Croisade », et parmi les conseils royaux il en était un qui s'appelait *Consejo de la Cruzada*, et qui, toujours par privilège pontifical, était autorisé à collecter des fonds en vue d'une hypothétique reconquête des lieux saints. Plus le temps passait, plus la collecte ressemblait à un détournement de fonds. On voit quel coup de griffe se cache sous l'idée apparemment farfelue de don Quichotte.

Par sa nostalgie du temps passé, la folie quichottesque souligne, de façon générale, la dégradation sémantique que l'usage social a fait subir à divers termes clés : un hidalgo, ou *hijodalgo*, n'est plus au temps de Cervantès (qui le sait par son propre cas) le fleuron symbolique de la noblesse du sang, transmise de père en fils : il est désormais placé au plus bas de l'échelle nobiliaire. Au-dessus de lui, le *caballero* (ce titre qu'usurpe l'hidalgo manchègue en s'affublant du « don ») ne désigne plus le cavalier allant au combat, accompagné d'un fantassin qui porte son écu, mais un gentilhomme qui n'a plus forcément vocation guerrière. L'écuyer est devenu lui-même, dès l'époque du *Lazarille*, un être déclassé par la pauvreté, tout comme son pendant féminin : la duègne, humiliée par ses maîtres et raillée par le personnel domestique qu'elle est chargée de superviser, comme l'illustrent, dans la seconde partie du *Quichotte*, les déboires de doña Rodriguez au château ducal.

Mieux saisis quand on les replace dans le contexte d'une époque, ces aspects satiriques ne livrent pas, loin s'en faut, le dernier mot de la folie quichottesque. Elle a aussi de profondes implications philosophiques et esthétiques, où réside sans doute la raison majeure de sa portée multiséculaire.

Regard original sur la société, la folie quichottesque stimule également toute une réflexion sur l'art et sur l'écriture romanesque. En effet, dès les premières pages, un effet spéculaire se produit : nous ouvrons un livre où l'on voit quelqu'un devenir fou d'avoir ouvert des livres. D'emblée, la question est posée de ce qui différencie une lecture « ordinaire » de celle de don Quichotte, et l'interrogation se prolonge tout au long du roman, chaque fois, notamment, que l'hidalgo réitère sa croyance en l'existence des chevaliers errants.

La réponse la plus profonde a été donnée par Freud, sans référence explicite à Cervantès, et à propos, non pas de la lecture, mais de l'expérience théâtrale : Freud a dégagé l'intérêt psychanalytique de cette propriété mentale (la dénégation) qui permet au spectateur de s'identifier intensément à la fiction sans perdre pour autant la conscience latente qu'il s'agit d'une fiction. C'est pourquoi le spectateur n'interrompt pas la représentation par une intrusion sur la scène. Or c'est ce que fait précisément don Quichotte lorsqu'il assiste à un spectacle de marionnettes (II, 26) : à l'instant où est évoquée la fuite éperdue du preux Gaïferos et de Mélisendre sa bien-aimée, poursuivis par une armée de cavaliers « sarrasins », le chevalier errant tire son épée et fait voler les têtes des marionnettes représentant les poursuivants. Le génie de Cervantès a donc su aller au-devant de la pensée freudienne, en élargissant à l'expérience théâtrale sa méditation du processus de l'identification. Don Quichotte symbolise la position limite — analysée sur d'autres exemples par Octave Mannoni[1] — de l'identification totale, qui n'a plus, c'est le cas de le dire, de « garde-fou ».

1. Octave Mannoni, *Clefs pour l'imaginaire ou l'autre scène*, Seuil, 1985.

À partir de ce cas limite s'ouvre pour le lecteur toute une réflexion sur la création littéraire, que le clignotement incessant de l'illusion et divers passages de métadiscours viennent renforcer au cours du roman cervantin : en s'opposant, non sans les dramatiser pour les besoins de la cause, aux pièges que tendraient les romans de chevalerie, en donnant à la crédulité grossière qu'ils semblent attendre du lecteur l'aspect d'un cas pathologique singulier, Cervantès propose antithétiquement une esthétique — risquons sans hésiter ce terme brechtien — de « distanciation ». Tour à tour lointaine et proche de nous, repoussée et partagée, raillée et admirée, la folie quichottesque est ainsi, comme la haute poésie, ce qui nous aide à penser le monde et l'art *autrement*.

II. QUESTIONS DE RIRE

L'ÉPINEUSE QUESTION DU RIRE

Une anecdote fort connue — Nabokov la rapporte dans son analyse du *Quichotte*[1] — nous conduit naturellement de la folie au rire. On y raconte que Philippe III, penché au balcon de son palais, observait avec intérêt un étudiant qui, assis à l'ombre d'un arbre avec un livre, se donnait de grands coups sur la cuisse en rugissant de rire. Il en conclut que soit l'étudiant était fou, soit il lisait le *Quichotte.* Vérification faite, c'était bien le *Quichotte* qu'il lisait...

1. Vladimir Nabokov, *Littérature III, Don Quichotte*, Fayard, 1986, p. 111.

« QUE LE RIEUR LE SOIT ENCORE PLUS... »

L'expérience du rire, faite par tant de lecteurs de Cervantès, de 1605-1615 à nos jours, et associée par l'historiette à celle de la traditionnelle folie du rieur, atteste que Cervantès, ce créateur ultra-conscient, ultra-exigeant, qui nous met sans cesse sur nos gardes en démystifiant les pouvoirs de sa propre fiction, sait aussi nous prendre au dépourvu quand il nous secoue de franche hilarité. Cette emprise de grand amuseur est mise en exergue dans le prologue de 1605, lorsque « l'ami » qui rend prétendument visite à « l'auteur » lui donne ces conseils primordiaux : « Tâchez aussi qu'en la lecture de votre histoire le mélancolique soit ému à rire, que le rieur le soit encore plus »... (I, p. 58).

Voilà donc — plaisant paradoxe — l'histoire d'un « mélancolique » brandie en thérapeutique pour tous ceux qu'affecte l'humeur noire, et voilà admis d'emblée que « le rieur » est une catégorie de lecteurs entre bien d'autres. Voilà affirmé aussi que cette prédisposition contingente est, elle-même, susceptible de degrés. On ne saurait mieux suggérer, en peu de mots, qu'il y a une subjectivité du rire.

Gérard Genette l'a rappelé avec force de nos jours : « Le "Je ne suis pas de la paroisse" que Bergson étend à bon droit des larmes au rire n'est pas seulement affaire de communauté, mais aussi de disposition individuelle : ce qui fait rire les uns ne fait pas *nécessairement* rire les autres, et "faire rire tout le monde", si cela se produit, n'est qu'un effet empirique et nullement projectible à l'infini », ou encore : « il n'y a pas d'objet comique, il n'y a que des relations comiques, auxquelles simplement certains objets, et certains sujets, se prêtent mieux que d'autres ». [1]

---

1. *Figures V*, Seuil, 2002, p. 148 et 149.

Ajoutons qu'il y a aussi une historicité du rire. Dès l'époque de Cervantès, un poéticien tel que le Pinciano [2] l'avait dit à sa manière.

2. *Philosofia antigua poética*, éd. A. Carballo Picazo, CSIC, Madrid, 1953, t. III, p. 32. Voir Dossier, p. 223.

Pour les Espagnols du XVIe siècle, la grossesse était un sujet courant de plaisanterie et, si le pet involontaire était risible, le rot, lui, ne l'était pas, puisqu'il ne relevait pas du « bas corporel ». Par ailleurs, si voir tomber quelqu'un ou l'imaginer en train de tomber pouvait, chez certain, déclencher un véritable fou rire, parce que toute chute est laide et que la laideur fait rire, tel autre interlocuteur de ce traité dialogué ne se sentait pas du tout ému à rire par ce type de spectacle...

La grande *Histoire du rire et de la dérision* de Georges Minois part du constat suivant : « Le rire fait partie des réponses fondamentales de l'homme confronté à sa situation existentielle. Retrouver les façons dont il a fait usage de cette réponse à travers l'histoire, tel est l'objet de ce livre. Prôner le rire ou le condamner, placer l'accent comique sur telle situation, sur telle caractéristique, tout cela révèle les mentalités d'une époque, d'un groupe, et suggère sa vision globale du monde... Une histoire du rire, c'est en même temps une histoire de la fête, qui pose des problèmes d'ordre différent [...] des dionysies au carnaval et des saturnales à la fête des fous, il est admis que la fête, comme le rire, rompt le cours ordinaire des choses[1]... »

1. Georges Minois, *Histoire du rire et de la dérision*, Fayard, 2000, p. 13-14.

Quichottades et malices sanchopancesques, fêtes du rire et de l'esprit, interrompent aussi le cours des choses et des vies et, si elles ne le changent pas en profondeur, du moins enseignent-elles à porter sur le monde, une fois dissipés les éclats du rire, un regard sensiblement différent.

LES ENJEUX

On va se fixer ici un premier enjeu, qui sera de restituer un certain substrat culturel — littéraire ou encore carnavalesque —, obligatoirement émoussé par l'érosion du temps mais indispensable à quiconque souhaite s'aventurer dans l'historicité du rire et entendre ainsi la gamme, désormais assourdie, des choses risibles que le *Quichotte* explore et exploite. Ce qui confortera puissamment l'entreprise, c'est que le livre, avec ou sans commentateurs, est souvent opérant par lui-même : on rit toujours, comme spontanément, des bourdes du paysan ou des déconvenues du redresseur de torts, surtout si ces personnages sont plaisamment caricaturés. Et l'on verra que Cervantès réussit à nous attirer dans les entrelacs subtils et savants de la parodie pour nous faire rire sans que nous ayons à connaître au préalable les objets parodiés...

Un second enjeu consistera à plaider pour l'impondérable profondeur du rire cervantin, qui nous paraît traverser et transcender les traditions tant littéraires que carnavalesques pour ouvrir sur une authentique méditation, souriante et enjouée, de la vie et de la mort : « J'ai remarqué ailleurs qu'il n'y avait pas de philosophie comique, écrit André Comte-Sponville : c'est une limite pour le rire sans doute (il ne saurait tenir lieu de pensée) ; mais c'en est une aussi pour la philosophie : elle ne tient pas lieu de rire, ni de joie, ni même de sagesse[1]. »

Parions que si le rire cervantin ne tient pas lieu de pensée, il en est le moteur le plus puissant. « Je ris, donc je pense » ou « Je pense, donc je ris » : telle pourrait bien

1. *Petit traité des grandes vertus*, PUF, 1995, p. 320. L'allusion concerne, du même auteur : « L'illusion, la vérité et la moquette de Woody Allen », in *Valeur et vérité*, PUF, 1994, p. 16.

être la leçon que tire de sa lecture tout lecteur du *Quichotte.* Le conseil, suave et rassurant, de l'ami providentiel est en réalité le plus exigeant des défis : l'histoire de don Quichotte doit être capable de dérider et de faire rire Héraclite mais elle doit aussi pouvoir décupler le rire permanent de Démocrite.

LE RIRE « ESPAGNOL »

Quelle place occupe le *Quichotte* au sein du concert européen du rire, dans ce premier quart du XVIIe siècle, c'est-à-dire quelque cinquante ans après l'offensive de la Contre-Réforme ? Georges Minois, dans le chapitre VIII de son *Histoire*, intitulé « L'éclat de rire assourdissant de la Renaissance », évoque les grands noms — Boccace, Rabelais, Cervantès et Shakespeare — qui ont permis au rire d'accéder à un statut littéraire et philosophique. Mais le rire fait aussi résonner le théâtre du XVIIe siècle espagnol, avec les pièces de Lope de Vega[1], Tirso de Molina et Calderón. Bien des *comedias* étaient conçues comme d'éblouissants divertissements dont la légitimité morale était constamment remise en question : en dépit de l'obédience de leur dénouement à l'ordre établi, ces pièces explorent souvent, à travers la fantaisie, le comique et le rire, les champs inconnus de l'inconscient quand elles ne transgressent pas, le temps de leur

1. Voir Dossier, p. 228.

mise en scène, contraintes sociales et tabous moraux.

On ne peut donc souscrire à la réduction — proposée par Minois — du rire « espagnol » au rire picaresque, « même si Cervantès introduit un peu de sentiment, de tendresse et d'humour [1] ». Si l'Espagne a ajouté à la diversité géographique des rires européens la modalité sarcastique et grinçante du rire picaresque et surtout, au milieu du XVIIe siècle, celle du rire lucide, blessant et noir de Francisco de Quevedo, il semble bien que le *Quichotte* fasse la somme des rires macaronique, picaresque, burlesque, humoristique etc., énumérés par G. Minois, sans qu'il soit véritablement possible d'en démêler ni d'en séparer les traits distinctifs.

1. Histoire du rire..., *op. cit.*, p. 272-273.

DE L'HUMEUR À L'HUMOUR

Mais voici le nom de Cervantès associé à la notion d'humour. Anachronisme ? Peut-être moins qu'on n'aurait tendance à le penser, même si le mot tarde à entrer dans les dictionnaires. C'est en Angleterre que se produit l'émergence de l'humour avec Chaucer d'abord (± 1340-1400). Dès 1575 et en Espagne, Juan Huarte de San Juan consacre un développement intéressant de son *Examen des esprits* à la question du rire et à ses fondements psycho-physiologiques, et il dresse même le portrait de celui qu'on appellera plus tard le pince-sans-rire [2]. Un peu plus tard,

2. Voir Dossier, p. 221.

en Angleterre encore, le dramaturge Ben Jonson (1572-1637) observe que la prédominance d'une humeur dans un individu peut lui conférer une bizarrerie comique. Que cet individu en prenne conscience et s'en serve face aux difficultés de la vie — note G. Minois — et l'humeur devient humour.

Don Quichotte, personnage dominé par une humeur et un tempérament, a-t-il de l'humour ? On aurait tendance à répondre : non. Pourtant, le détail de ses propos prouve le contraire. Sancho en aurait davantage ou un humour plus apparent, mais celui qui en a incontestablement beaucoup, et du plus fin, c'est le narrateur de leurs aventures. La dernière partie de ce chapitre aura pour objet de le montrer. Il est temps de partir à la recherche de ce rire, longtemps attesté, puis oublié et parfois méconnu, que s'est donné pour moteur son double livre : l'aventure du rire commence d'ailleurs avec le titre et avec les noms.

RIRE AVEC LES NOMS

Aucun des lecteurs du Siècle d'or ne pouvait rester indifférent au titre même du livre de 1605 : *El ingenioso hidalgo Don Quijote de la Mancha*, dont la charge comique est surdéterminée par chacun de ses termes. L'*ingenio* est la qualité fondamentale de l'esprit, mais il caractérise aussi un tempérament porté à la folie et il peut, par excès, devenir une manie. Que cette qualité ambiguë soit associée au titre *hidalgo* a de quoi faire vaciller les certitudes du lecteur, plus habitué à lire des histoires de chevaliers errants que d'hidalgos.

En fait, le lecteur se trouve pris dans un réseau de notions et de champs de référence qui se recouvrent et se repoussent en même temps. L'hidalgo renvoie à la catégorie la plus basse et la plus méprisée de la hiérarchie nobiliaire mais se comporter en hidalgo c'est faire preuve d'une indéniable noblesse d'âme et de caractère. Depuis le portrait archétypique qu'en donne l'anonyme *Lazarillo de Tormes*, l'hidalgo, misérable et fier, est devenu en littérature la cible des dramaturges, des poètes et des romanciers comme il souffre, dans la société, du mépris des aristocrates et de la hargne des paysans. Au-dessus de lui, il a le *caballero*, gentilhomme et chevalier, qui désigne une catégorie supérieure de nobles, le personnage littéraire du chevalier errant et l'individu doté des qualités chevaleresques attachées à ce statut.

Or, ce titre dérisoire est suivi d'un « don », particule honorifique absolument incompatible avec le statut de l'hidalgo — qui n'y a pas droit — comme le rappelle Sancho à l'ouverture du livre de 1615 :

« Les hidalgos disent que, ne se contenant point dans les bornes de sa noblesse, Votre Grâce s'est attribué le titre de Don, et qu'elle a osé se publier chevalier avec quatre journaux de vigne et deux arpents de terre, un chiffon derrière et un autre devant. Les gentilshommes disent pareillement qu'ils ne prennent pas plaisir que les petits hidalgos s'égalent à eux, et principalement ces hidalgos-écuyers qui enfument et noircissent leurs souliers et ravaudent leurs bas noirs avec de la soie verte » (II, p. 32-33).

La particule, de plus, est comiquement associée à un invraisemblable nom de héros qui rime burlesquement avec celui de Lancelot du Lac, *Lanzarote* en espagnol, mais n'exhibe aucun des toponymes prestigieux ou exotiques qui attestent l'illustre provenance des Amadis de Gaule, Lisuart de Grèce, Florisel de Niquée, Palmerin d'Angleterre ou encore, autour d'Arthur : Hélain des Roches, Mark d'Irlande ou le roi Lot d'Orcanie. Sa patrie c'est la province espagnole de la *Mancha*, terre de moutons et de moulins à vent qui, comble de malchance, est aussi le nom commun qui désigne la macule, la tache et, valeur plus intéressante, signalée par Covarrubias : « un vaste territoire qui se différencie des autres par quelque trait distinctif ». Ce qui permet à Maurice Molho de proposer l'interprétation suivante : « Bref, une *mancha* est une différence : un espace où tout diffère des lieux d'alentour. C'est dire que *don Quijote de la Mancha* signifie essentiellement, par le mot d'esprit complexe que le nom constitue : don Quichotte de la Différence, le Discordant, l'Autre [1]. »

1. Maurice Molho, « Utopie et uchronie : sur la première phrase du *Don Quichotte* », in *Le Temps du récit*, Madrid, Casa de Velázquez, 1989, p. 83-91.

UNE PIÈCE D'ARMURE

Deux sources d'inspiration président à l'acte fondateur de la nomination : les romans de chevalerie dont l'onomastique est empruntée ou pastichée et la Bible, dont le premier livre, la Genèse, identifie nomination et création. Les noms nouveaux dont le héros pare son cheval d'abord et sa dame en dernier lieu, ainsi que celui qu'il s'attribue, sont le fruit d'une élaboration étymologique — si fantaisiste soit-elle — qui a pour effet de conserver quelque chose de la réalité initiale dans le nouvel état, comme en témoigne la démarche qui mène à *Quijote*. Alors que le français *Quichotte* oblitère cette démarche, l'espagnol *Quijote* projette sur son titulaire le halo chevaleresque d'une pièce d'armure tout en conservant un lien au moins phonétique avec le nom initial, dont on ne sait trop s'il était *Quijada* (« mâchoire »... mais édentée, comme le dénonce Sancho lorsqu'il le baptise, après l'épisode de la guerre des moutons, « de la Triste Figure ») ou *Quesada* (qui fait allusion à une préparation culinaire au fromage), ou encore *Quijana*, nom auquel on n'associe pas de référent matériel et qui deviendra *Quijano* à l'extrême fin de la deuxième partie.

La définition académique de *quijote* est : « pièce de l'armure qui recouvre la cuisse » et, dans une deuxième acception : « partie supérieure de la croupe des chevaux et autres montures ».

Quant à *quesada*, c'est un mot forgé sur *queso*, le fromage : comme le signale A. Redondo [1], il fait allusion à la folie dont l'un des attributs traditionnels était le fromage. L'allusion est encore plus claire si l'on sait que la *quesadilla* (diminutif de *quesada*), sorte de gâteau ou de tourte au fromage, était l'un des mets caractéristiques de la période de folie du carnaval.

1. A. Redondo, *Otra manera de leer el* Quijote, Madrid, Castalia, 1997.

L'hésitation sur les noms possibles du héros, leur multiplication signalent d'emblée que l'acte de nomination est malicieusement infesté par les élucubrations des étymologistes et des historiens dont l'outil de prédilection dans la recherche de la vérité des origines était l'usage immodéré du « ou bien... ou bien... ou bien » ! Il en sera de même pour les instances narratives et Cid Hamet Ben Engeli, qui ne ressortiront pas intacts de ce type de traitement.

LE NOM DE DULCINÉE

Comme il a été dit à l'ouverture de cet ouvrage, Dulcinée a acquis, avec don Quichotte, le statut d'antonomase : auprès d'elle pâlissent Oriane, Guenièvre et Mélisendre, car seul son nom de Dame Parfaite est devenu commun, ce qui pour un nom propre est la meilleure des lettres de noblesse. *Dulcinea*, par ailleurs, rime phoniquement et sémantiquement avec *Melibea*, la malheureuse amante de Calixte dans *La Célestine* de Fernando de Rojas.

Cette dernière est de « miel » et Dulcinée, dont le nom — original et savant — est forgé sur le radical *dulce*, est « douce », « sucrée ». Mais la douceur consubstantielle à Dulcinée est aussi celle qu'attribuait autrefois l'étymologie populaire — Covarrubias en témoigne — au prénom féminin *Aldonza*. Or, *Aldonza* est le nom même de la robuste et virile paysanne dont avait été secrètement amoureux don Quichotte et qu'il allait ériger en élégante et douce dame de ses pensées en la raffinant dans l'alambic de son idéalisme.

Dans son *Tesoro de la lengua castellana o española* (1611), Covarrubias reconstruit la généalogie du prénom *Aldonza* qu'il décompose en deux éléments : l'article arabe *Al-* et le nom *Donza*, dérivé de *dolze*, « doux » ou « douce ». Le prénom, ancien, est considéré comme vulgaire et rustique depuis le XVIe siècle. Jadis aristocratique, il avait été porté par plusieurs reines et notamment — rapporte Covarrubias — par la fille de Gilbert, comte de Provence, *Doña Dolze*, épouse de Ramón Arnaldo, comte de Barcelone, qu'on avait fini par appeler *Doña Aldonza*, « Dame la Douce ».

Cervantès connaissait-il cette étymologie ? (On verra don Quichotte se livrer à un exposé étymologique sur d'autres mots en *Al-* en II, 67). On peut le supposer. Car l'interprétation de la syllabe *Al-* comme article arabe n'est pas sans rapport avec le toponyme que don Quichotte de la *Mancha* attribue à sa bien-aimée : Dulcinea *del Toboso*. En effet, le village du Toboso était connu pour être

1. Voir Dossier, p. 217.

largement peuplé de morisques[1]... Loin des merveilleuses utopies des œuvres « modèles », le nom de la dame idéale signifie l'ancrage dans une réalité non seulement familière, banale et prosaïque, mais plaisamment entachée d'impureté originelle.

LE PREMIER DE TOUS LES ROUSSINS DU MONDE

« Et ainsi, après plusieurs noms qu'il forma, effaça et ôta, ajouta, défit et refit en sa mémoire et imagination, enfin il vint à le nommer Rossinante, nom, à son avis, haut, sonore, et significatif de ce qu'il avait été quand il fut roussin auparavant, et de ce qu'il était à présent, qui était devant et le premier de tous les roussins du monde » (I, 1, p. 71).

C'est son cheval que don Quichotte baptise en premier le faisant ainsi entrer dans la lignée prestigieuse des Bucéphale (le cheval d'Alexandre) et Babieca (le cheval du Cid), dont il ternit désormais la gloire et le renom.

Le narrateur insiste pourtant sur la laideur de la rosse efflanquée, sur sa maigreur extraordinaire, sur ses infirmités. Un portrait, qui illustre le combat de don Quichotte et du Biscaïen, le montre « merveilleusement peint, si long et si raide, tant efflanqué et maigre, avec échine si prononcée, et son corps si parfaitement étique qu'il montrait bien à découvert avec quelle justesse et propriété on lui avait donné le nom de Rossinante » (I, 9, p. 125).

Covarrubias confirme que le *rocín* « roussin » est un canasson qui, en raison de sa race ou des mauvais traitements qu'il a subis, ne mérite pas le nom de cheval. Bien que le substantif « rosse » ait supplanté le mot « rossinante », néanmoins attesté dans les dictionnaires mais considéré comme vieilli, le triple coup d'envoi onomastique du *Quichotte* a enrichi le lexique de trois noms communs dont la fortune a largement franchi les frontières espagnoles et qui, tous, font rire ou sourire, car ni un « don quichotte », ni une « dulcinée », ni une « rossinante » n'échappent à leur originelle définition comique ou ridicule.

La malice qui consiste à faire de Rossinante un ci-devant rossard (« quand il fut roussin » veut bien dire qu'il ne l'est plus) pour aussitôt en faire le premier d'entre eux en jouant sur le suffixe *-ante*, non plus « ci-devant » mais « devant », permet à la forgerie d'assumer la fusion entre un passé nécessaire et l'avenir ouvert qui prend appui sur lui : à sa manière le nom du canasson chiffre la genèse du monde nouveau créé par don Quichotte. Il est aussi l'emblème de la fabrique du livre tout entier.

D'autres noms mériteraient sans doute de figurer ici : il nous faudra revenir notamment sur celui de Sancho Pança à propos du rire carnavalesque. Le *Dictionnaire des noms des personnages du* « don Quichotte » *de Cervantès* de Dominique Reyre[1], qui en présente 190, apporte nombre d'informations sur la technique onomastique de Cervantès et sur la signification de ces noms. Mais si, comme l'écrit Roland Barthes : « Le nom propre

1. Présenté par M. Molho, Éditions hispaniques, Paris, 1980.

résume tout le langage. Sa structure coïncide avec celle de l'œuvre. S'avancer peu à peu dans les significations du nom, c'est s'initier au monde, apprendre à déchiffrer ses essences[1] », un épisode qui serait un affrontement de noms nous apprendrait sans nul doute à mieux déchiffrer la malice structurelle du livre et les résonances du diapason du rire. Cet épisode existe : on le trouve au chapitre I, 18, l'un des plus désopilants de la première partie et le plus spectaculaire quant à l'inventivité onomastique.

1. Roland Barthes, « Proust et les noms », in *Le Degré zéro de l'écriture*, Seuil, coll. Essais, 1972, p. 118-130.

LA GUERRE DES MOUTONS

Également définie comme « guerre des nuages[2] », l'aventure pourrait aussi bien s'appeler « La guerre des noms ». Il n'échappera à personne que l'épisode est, en dépit d'une amorce simple et vraisemblable, tout à fait singulier. Rien de plus banal, en effet, que de trouver, sur les chemins poudreux de la Manche, un troupeau de moutons qui soulève un épais nuage de poussière ; rien de plus conforme à l'esprit dérangé de don Quichotte que d'y voir une armée en marche.

2. Pierre Heugas, « La guerre des nuages », *Bulletin hispanique*, n° XCI, 1989, p. 237-253.

Mais voici que la machine se grippe autant du côté du réel que du côté du délire. Premier couac : est-il tout à fait banal que le même jour, à la même heure, sur le même chemin poudreux, arrivent des deux bouts de l'horizon, lancés l'un contre l'autre, deux troupeaux de moutons ? Certes, non, et si la réalité peut ainsi dépasser la fiction ou, du moins l'imiter, on ne s'étonnera plus autant de l'interprétation quichottesque de deux armées fonçant l'une contre l'autre.

Don Quichotte se met alors en demeure de les dépeindre à Sancho Pança et il lui décrit par le menu les guerriers, leurs armes, leurs boucliers et jusqu'à leurs devises. Incrédule, Sancho, qui ne parvient pas à persuader son maître de son erreur (il est vrai que le narrateur insiste sur le fait qu'on ne voit pas ce que cachent les nuages de poussière), en arrive même à être ébranlé. Il assiste impuissant à l'assaut que don Quichotte qui, en bon chevalier, a choisi le camp des faibles, des justes et des bons chrétiens, livre aux moutons qu'il prend pour des soldats, infidèles de surcroît. Les bergers, furieux de voir tuer leurs bêtes, lapident le chevalier et, le laissant pour mort sur le champ de bataille, déguerpissent sans demander leur reste.

Deuxième couac : dans la description cocasse des pseudo-armées que fait don Quichotte à Sancho, Cervantès subvertit les données des romans de chevalerie qui emplissent la tête de l'hidalgo, de sorte que cette description épique, avec ses rois, ses géants, ses chevaliers et ses belles dames, finit par ressembler à une mascarade, où les personnages sont à la fois glorifiés et avilis. De ce conflit comique entre l'emphase et le ridicule, les armes ce sont les noms.

La bataille que fantasme don Quichotte oppose, en effet, le grand empereur mahométan *Alifanfaron* au roi chrétien *Pentapolín au bras retroussé*, qui lui refuse la main de sa fille s'il n'abjure pas sa religion pour se convertir au christianisme. Le nom *Ali-fanfaron* ne requiert aucun commentaire. Cet Ali est seigneur de Taprobane, ancien nom de Ceylan (Sri-Lanka), *Trapobana* en espagnol classique, qui devient aisément *Tropa vana* (« troupe vaine »), au prix de l'une de ces métathèses d'usage courant dans l'argot familier, la *jerigonza*, proche à certains égards de notre actuel verlan.

Son adversaire, tout chrétien qu'il soit, n'est pas mieux loti : *Pentapolín*, d'une étymologie hybride et bouffonne, combine *polín* (proche de *pollino*, « âne ») et le préfixe *penta* (« cinq » en grec) : c'est un âne multiplié par cinq. Il est roi des Garamantes, peuple du sud de la Libye, réputé pour être lâche et peu belliqueux selon Hérodote, ce qui ne contrevient nullement à l'épithète épique de *au Bras retroussé*, burlesquement accolée à son nom. Don Quichotte l'explique : « il engage toujours le combat le bras droit découvert », ce qui sous-entend que son bras droit est un moignon qui n'a pas besoin d'armure et est incapable de brandir une épée ou de manier la lance.

Le troisième guerrier nommé est le chevalier *Laurcalco*, seigneur du Pont d'Argent, qualifié de valeureux par don Quichotte. Mais *Laurcalco* est probablement, par latinisme (*laur-* pour laurier, sans désinence, et *calco* « je foule »), celui qui foule les lauriers au lieu de s'en couronner et sa seigneurie, dite du Pont d'Argent, fait immédiatement de lui un fuyard, comme l'énonce le proverbe archi-connu encore aujourd'hui en Espagne : *Al enemigo que huye, puente de plata,* « l'ennemi qui fuit un pont d'or fais-lui ».

UNE ONOMASTIQUE MACARONIQUE

Les autres noms sont à l'avenant, mais alors qu'il flotte sur ceux d'Alifanfaron, Pentapolín et Laurcalco comme un léger souffle de parodie guerrière — qui n'est pas ici l'essentiel, car bien des noms dans les romans de chevalerie « sérieux » étaient tout aussi extravagants —, l'invention d'une onomastique tendancieusement fantaisiste suggère bien d'autres champs de référence. La luxure, le jeu, les fêtes sont désormais convoqués pour caractériser les chevaliers que don Quichotte ne voit que dans son imagination.

Micocolembo, grand-duc de *Quirocia,* par exemple, évoque directement *mico,* « ouistiti » (comme le nom de la princesse « des simagrées », *Micomicona,* alias Dorotea, dans lequel l'étymon *ad jucundum, mico,* est redoublé par son augmentatif, *micón*) : le grand-duc est donc un singe, animal luxurieux comme l'âne que pouvait évoquer *Pentapolín*. Le nom contient aussi le mot espagnol par lequel les enfants désignent l'ogre, l'épouvantail ou le croque-mitaine : *coco*. Sa désinence *-lembo* peut être lue comme le paronyme de *bembo*, « lippe », ce qui fait de l'épouvantable guerrier un « singe-croque-mitaine lippu » et de son nom un monstre cacophonique africanisé et grotesque. Enfin, le grand-duché de *Quirocia*, dont Micocolembo est le seigneur, rime avec *Escocia*, « l'Écosse », mais peut s'analyser plus sûrement comme syntagme relatif associant l'ancien pronom *qui* (pour *que*) et le verbe *rociar* qui, dans l'argot des joueurs, signifiait : « gratifier d'une somme supplémentaire le créancier qui avançait de l'argent au jeu ».

Le tonitruant *Brandabarbarán de Boliche*, bien que seigneur des Trois Arabies, a un nom formé sur une racine italienne, *brando*, « épée », que l'on trouve dans plusieurs romans de chevalerie, tels que *Brandafuriel* et *Blandimarte*. Néanmoins, la terminaison *Branda-barbarán*, évocatrice de barbarie comme il sied à un prince d'Arabie, contient le mot *barba*, la « barbe », symbole de force et de virilité, et peut rappeler, de loin, *babanca*, dérivé de *baba*, « bave », soit : « benêt » ou « gâteux ». Pour qui connaît le mot, nul doute que les grondements de *Brandabarbarán* ne lui rappellent les roulements du *baraban*, le tambour russe... Quant à la seigneurie *de Boliche*, elle est celle, argotique, du « tripot », ou encore celle du « jeu de quilles » ou du « bilboquet ». Le jeu de bilboquet était souvent pratiqué à l'époque avec une finalité lucrative : dans le meilleur des cas, ce Brandabarbarán de Boliche est un escrimeur ou manieur de bilboquet, barbu et barbare(sque), sans doute pas très futé.

DES NOMS ET DES NATIONS

Timonel de Carcajona, dont on inclinerait à penser qu'il a son fief à Carcassonne, s'appelle littéralement « Timonier de Carquois » (*carcaj*) ou, mieux, « Timonier de Rire aux éclats » (*carcajada*). Le suffixe *-ona*, caractéristique de bien des toponymes (Tarragona, Pamplona ou Carcasona), lui confère terres et domaines pour ses flèches ou pour rire..., car la province de Nouvelle-Biscaye, dont il est prince, le condamne inévitablement à être balourd et grossier, comme l'étaient, de l'avis général des Castillans du temps, tous les Basques. Comme l'indique sa devise, *Miaou*, il a pour dame *Miaouline*, fille du duc *Alfeñiquén*, qui est donc un duc en *alfeñique*, mot qui signifie « sucre d'orge » et, appliqué à un homme, « mauviette » ou « gringalet ». De plus, *Alfeñiquén* est surnommé *de Algarve*, région du Portugal, ce qui explique qu'il soit doublement sucré et fondant, en tant que sucre d'orge et en tant que Portugais : au nombre des préjugés espagnols, figuraient la sensiblerie, les larmes et le sentimentalisme, devenus proverbiaux, de leurs voisins.

Dans un second souffle, don Quichotte (I, 18, p. 199-200) fait défiler les fleuves, les provinces et les guerriers légendaires de l'Antiquité mais aussi les peuples d'Espagne et d'Europe. Pierre Heugas a laissé sur ce fragment des lignes très suggestives et il caractérise en quelques mots la manière dont « la "guerre des nuages" oppose deux types de littérature dans un rendez-vous impossible » :

« Dans ce deuxième discours, Cervantès n'avait pas la même liberté que dans le premier dans lequel il pouvait subvertir à loisir l'onomastique, la toponymie et l'héraldique du roman de chevalerie [...]. La bataille se résume au choc stylistique entre la pseudo-objectivité du roman de chevalerie et le style classique, cadencé dans ses périodes amples et couronnées, comme à la fin d'un vers, par un nom géographique accompagné toujours de son épithète générale [...]. Ce qui fait qu'au prêt-à-porter du style académique, Cervantès ajoutait malicieusement l'érudition pour tous [1]. »

1. Article cité, p. 245-252.

AU-DELÀ DES NOMS

Au-delà des noms et par leur entremise s'animent des mondes divers et contrastés mais si fortement imbriqués que toute tentative d'analyse, c'est-à-dire de séparation, agresse et dénature le texte. C'est pourtant le parti qu'il a fallu prendre en opérant certains choix, d'ailleurs dictés par les lignes de force de l'écriture cervantine. De l'épisode burlesque des nuages de poussière, on retiendra que les victimes de la guerre sont d'innocentes et paisibles brebis que don Quichotte égorge sans pitié. Mais lui-même finit par être la seule victime humaine de cette aventure : main écrasée, dents cassées, côtes enfoncées, il gît sur le sol, bien puni de son entêtement. Or, la structure de l'épisode et sa conclusion rappellent les désordres et la mise à mort finale des fêtes de carnaval : c'est précisément à la veine carnavalesque décelable dans le nom de Sancho Pança et certaines péripéties du roman qu'il convient maintenant de prêter quelque attention.

RIRE COMME AU CARNAVAL

Soupape de sécurité des interdits par la liberté qu'il instaure, fête populaire du gros rire, le carnaval s'articule sur une opposition entre le carême, période de jeûne et d'abstinence, et les jours de festivités et de ripailles qui le précèdent, appelés carême-prenant ou carnaval. Les festivités mettent en scène des personnages grotesques tels que « Sa Majesté » le roi Carnaval, et une cohorte d'autres masques plus ou moins emblématiques de la folie et de ses attributs, qui défilent pour célébrer l'abondance, la liberté et même la licence.

Julio Caro Baroja souligne à juste titre que, plutôt

qu'héritier de survivances antiques, « le Carnaval (*notre* Carnaval), qu'on le veuille ou non, est un enfant (enfant prodigue, il est vrai) du christianisme ; plus exactement, sans l'idée de Carême (Quadragésime), il n'existerait pas dans la forme sous laquelle il a existé depuis les temps obscurs du Moyen Âge européen[1] ».

1. Julio Caro Baroja, *Le Carnaval*, trad. Sylvie Sesé-Léger, Gallimard, 1979, p. 26.

2. A. Redondo, *op. cit.*

Il semble aujourd'hui évident — et Augustin Redondo l'a bien montré[2] — que, parmi les ingrédients comiques qui ont servi à configurer le personnage de don Quichotte, Cervantès n'a oublié ni les thèmes ni les traits que lui offrait la tradition carnavalesque. C'est notamment sous le signe du carnaval qu'il a conçu Sancho Pança. Dès que se forme le couple du chevalier et de son écuyer, le lecteur a sous les yeux l'association du gros et du maigre qui, au moment où Cervantès s'empare des virtualités que présentent ces silhouettes contrastées, a devant elle un bel avenir comique. Dans le couple du chevalier de la Manche et de son acolyte, il s'agit d'incarner deux aspects opposés et complémentaires de la réalité vitale qui se joue dans les festivités carnavalesques.

Par une heureuse coincidence, le contraste risible que forment le gros et le maigre trouve une correspondance dans une contradiction lexicale : le Mardi Gras est autrement et paradoxalement appelé carnaval, mot qui, étymologiquement, signifie « suppression de la chair », de l'italien *carnevale*, contraction populaire de *carne levare*, littéralement « enlever la viande ». L'espagnol *Carnestolendas*, très proche de son étymon latin *carnes tollendas*, a exactement le même sens : le mot désigne la période pendant laquelle la viande, qu'il faudra supprimer, est encore permise.

La caractérisation caricaturale des deux personnages passe par des portraits, notamment celui de Sancho, dont le nom, « figuratif », programme aussi les avanies festives subies par le personnage.

PORTRAITS

Longue silhouette maigre, visage émacié, teint jaune, tel qu'il est dépeint dès le premier chapitre, don Quichotte, avec pour monture une haridelle qui lui est assortie, personnifie le *carême*, et tout son personnage fonctionne sous le signe du jeûne, de l'abstinence et d'une chasteté parfois menacée par les Maritorne, doña Rodriguez et autres Altisidore...

L''illustration, qui représente le combat de don Quichotte et du Biscaïen et où figure Rossinante, dessine enfin l'inoubliable silhouette de Sancho « qui tenait son âne par le licol, au pied duquel il y avait un autre rouleau qui disait : *Sancho Zancas*, et ce devait être qu'il avait, à ce que la peinture montrait, le ventre grand, la taille courte, les jambes grêles, et pour cette occasion on lui donna le nom de *Pança* et *Zancas*, car l'histoire le nomme quelquefois de ces deux surnoms » (I, 9, p. 125).

En réalité le nom de Zancas, « pattes grêles d'échassier », est occasionnel et ne resservira plus. Augustin Redondo fait judicieusement remarquer que, contrairement à ce qui se passe pour don Quichotte, il n'y a pas de portrait de l'écuyer lors de sa première apparition, au chapitre I, 7. On nous dit seulement qu'il avait peu de plomb dans la cervelle et qu'il s'appelait Sancho Pança : quel meilleur portrait que ce nom ? Ses implications sont si évidentes qu'il dispense de toute description physique. *Pança* (*Panza* en espagnol moderne), c'est la panse, le gros ventre, et *sancho*, selon les lexicographes et étymologistes du XVIIe siècle, est une variante populaire de *santo*, « saint ». La signification du nom en devient lumineuse : *Sancho Pança* se lit *Saint-Pansart*.

C'est donc directement que le carnaval est inscrit dans le nom de l'écuyer, qui évoque d'autant plus Saint Pansart, cette variante burlesque du roi Carnaval, que *sancho* (conservé avec le même sens, mais sous la forme *chancho* dans certains pays de l'Amérique espagnole) était l'un des noms donnés au cochon, animal carnavalesque s'il en est, dont la chair constitue la base des agapes de la période qui précède le carême. Avec ce nom qui, ajouté à la mention de la tête vide, le place sous le signe de la folie carnavalesque, on comprend que Sancho Pança — ou Saint-Ventru —, paysan pauvre pétri de culture populaire, soit constamment associé au thème de la faim et de la nourriture.
Julio Caro Baroja signale que les étudiants de Salamanque avaient coutume de célébrer un *Sancto Pança* qui a pu suggérer à Cervantès le nom de son fameux écuyer.

Le *Quichotte* développe plaisamment, au long de ses deux livres, la thématique alimentaire. Dans la première partie, les deux protagonistes « font maigre » car, à l'imitation des preux chevaliers de ses livres, don Quichotte mange peu : du moins affirme-t-il qu'il n'a pas besoin de manger. Néanmoins, rattrapé par la faim, c'est très souvent aux besaces de Sancho, pourvues de pain et de fromage, qu'il a recours. Dans la deuxième partie, les deux héros sont souvent invités à de somptueux ou solennels repas.

Sancho devient même le protagoniste principal de deux épisodes où la nourriture est au premier plan. Aux noces de Gamache le Riche (II, 20), il découvre, en plein air, des cuisines gigantesques dignes du plus réjouissant des pays de Cocagne : murailles de fromages, marmites dans lesquelles cuisent des moutons entiers, outres de vin, monceaux de pain hauts comme des meules et quantité de lièvres, poulets, gibiers variés, tandis qu'un bœuf, farci de cochons de lait, rôtit sur une broche faite d'un tronc d'ormeau. Il y assouvit, avec l'avidité du pauvre — mais aussi avec la timidité de celui qui n'ose croire à tant de généreuse abondance —, sa faim de toujours.

En revanche à Barataria, où il est promu « gouverneur » (II, 47, p. 383-386), le docteur Pedro Recio de Aguero, natif de Tirteafuera, le prive sadiquement de nourriture. Mais avant d'évoquer plus en détail le gouvernement de Sancho, un autre épisode carnavalesque permettra d'apprécier la réinterprétation cervantine des divertissements de carême-prenant.

LE BERNEMENT DE SANCHO

Don Quichotte vient de quitter, furieux, l'auberge où on lui fait l'affront de lui demander de payer le gîte et le souper. Sancho, sollicité par l'aubergiste, refuse lui aussi de payer au motif que la même règle d'hospitalité gratuite s'applique au chevalier errant et à son écuyer. De mauvais plaisants, « qui aimaient bien à rire », le jettent dans une couverture et le lancent en l'air « comme l'on fait des chiens à carême-prenant (I, 17, p. 191-192). Nos ancêtres n'étaient guère compatissants envers les animaux et l'on bernait aussi bien les chiens que ces pantins de son ou de chiffon, tel celui, berné par des jeunes filles et grotesquement désarticulé, que peint Goya, dans ses scènes de la vie espagnole sous le titre de *El pelele*. Berner Sancho revient donc à l'animaliser, à le chosifier. La scène aurait dû être du plus haut comique et faire rire n'importe qui... à moins que le berné, le pantin de carnaval, cesse d'être regardé comme tel. Or, c'est précisément ce que va faire don Quichotte.

L'hidalgo est lui-même dans une posture ridicule : brisé et moulu, il n'arrive pas à mettre pied à terre, encore moins à passer de dessus son cheval sur le mur d'enceinte de la cour, mais une réaction d'authentique noblesse lui fait retrouver toute la dignité des chevaliers d'antan. Une antique tradition, attestée depuis le Moyen Âge, voulait en effet que tout outrage fait à un vassal (fût-il un valet) représentât une injure pour son seigneur.

De célèbres œuvres littéraires illustrent cette conception des devoirs du seigneur vis-à-vis de son vassal. On peut citer, à titre d'exemple, le vieux *romance*, bien connu de Cervantès, des plaintes de doña Lambra : au nombre des affronts qu'elle a subis et qui l'incitent à se venger des Infants de Lara, elle signale l'assassinat de l'un de ses cuisiniers qui s'était placé sous sa protection en se cachant sous les plis de son manteau. Dans *La Célestine*, œuvre admirée par Cervantès, comme le laisse voir, entre autres, un des poèmes liminaires du *Quichotte*, Calixte est en butte à un total discrédit, parce que, tout à ses amours, il ne se préoccupe pas du sort funeste de ses valets.

Voilà qui rend compte du légitime courroux de don Quichotte et des injures et vilenies — si nombreuses que le narrateur se déclare incapable de les écrire (I, 17, p. 192) — qu'il se met à hurler, sans succès, contre les malfaisants.

UN RIRE RÉPRIMÉ DE DON QUICHOTTE

Peu s'en est fallu, pourtant, que don Quichotte ne rie : « Il le voyait monter et descendre par l'air de si bonne grâce et avec tant de prestesse que, si la colère l'eût quitté, je crois pour moi qu'il se fût mis à rire » (*ibid.*).

Voici donc subtilement mis en cause, avec cette intervention d'une instance narrative de première personne, les plaisanteries et le rire carnavalesques. Mais qui revendique un jugement aussi déclarément subjectif ? Celui-là même qui vient de se mettre au spectacle de ce qu'il raconte et qui réhumanise Sancho en lui prêtant, avec humour, une « bonne grâce » et une « prestesse » que le malheureux est bien loin de pouvoir contrôler...

Cependant, la colère de don Quichotte est fondée en raison : le bernement, auquel il assiste, est une réalité qui l'affecte dans son honneur. Il ne comprend pas — à moins que des enchanteurs l'en aient empêché — comment il n'a pu secourir son compagnon et le jeu de carnaval devient, à ses yeux, un méchant tour ou même une « triste tragédie » (la charge est si lourde qu'on se prend malgré tout à sourire...) : il n'est plus crédité d'innocence ni d'innocuité. C'est que le bernement a été appliqué, non à un simulacre, un pantin, un chien, mais à un personnage saisi à travers des liens sociaux, qui lui restituent une épaisseur humaine et fondent sa dignité sur ses droits et les devoirs de son maître envers lui.

Il y a plus. Au-delà de la mauvaise plaisanterie, ce qui est détourné de sa vocation première, c'est le carnaval lui-même.

Détaché de la liesse populaire qui en est la raison d'être — on est ici dans la compagnie restreinte d'une auberge de campagne et des *pícaros* qui y font halte [1] —, isolé du contexte festif et libérateur — de l'Épiphanie au mercredi des Cendres — où la foule des villes et des villages peut donner libre cours à ses appétits de réjouissances, le bernement de Sancho ne saurait susciter qu'un rire partiel et partial, discuté, à l'opposé du rire « populaire » au sens où l'entend Bakhtine. La berne étant par ailleurs crûment évoquée dans le *Guzmán de Alfarache* de Mateo Alemán [2], le rire que provoque le bernement de Sancho ne peut être que picaresque : à ce titre, il est jugé indigne du chevalier.

1. « Quatre drapiers de Ségovie, trois merciers des Haras de Cordoue et deux marchands de la foire de Séville » (I, 17, p. 191).

2. *Primera parte de Guzmán de Alfarache*, éd. Benito Brancaforte, Madrid, Cátedra, 1981, livre III, Chap. I, p. 372.

MASCARADES

Dès le XVIe siècle, dans toute l'Europe, les mascarades et les déguisements font l'objet de condamnations, généralement inutiles. Il est formellement interdit aux ecclésiastiques de se travestir, ce qui n'empêche pas le curé de se déguiser en damoiselle errante quand, littéralement « quichottisé » par le récit que lui fait Sancho de l'extravagante pénitence de son maître dans la Sierra Morena, il invente ce stratagème grossier pour ramener don Quichotte chez lui. Le déguisement, cocasse, est complaisamment décrit à l'entrée du chapitre I, 27 et la brave Maritorne promet même de dire un chapelet pour que Dieu favorise cette entreprise « si difficile et si chrétienne » (p. 306). Quant à Sancho, il éclate de rire en voyant la grotesque demoiselle et son écuyer (le barbier affublé d'une queue de bœuf rousse en guise de barbe) ainsi accoutrés, et le curé finit par renoncer à un travestissement qui profane sa dignité... L'épisode, pourtant, va connaître une remarquable amplification dans la deuxième partie du *Quichotte*. Deux de ses éléments, le déguisement d'hommes en femmes et le motif de la barbe, vont devenir les ressorts d'une extraordinaire mascarade, orchestrée comme un spectacle.

Nous sommes donc au château ducal, la *casa de placer*, « maison de plaisance » ou « de plaisir » d'un couple d'aristocrates riches, oisifs, pour lesquels le plaisir de rire, et surtout de rire des autres, va devenir un moteur puissant de création d'événements. Le duc et la duchesse, en effet, semblent réaliser — aux dépens de don Quichotte et de Sancho, et parfois avec cruauté — le rêve que le chevalier s'était forgé sur l'air du *Un jour tu verras, Sancho*, d'être reçu et honoré dans un vrai château et par un vrai roi (I, 21). Le couple est secondé — et parfois même devancé — dans la mise en scène d'épisodes pseudo-chevaleresques par un intendant d'esprit plaisant et récréatif qui monte, notamment, la farce et la mascarade de la duègne Doloride, alias comtesse Trifaldi

(II, 36-41), enchantée avec ses douze dames par le géant Malambrun.

Les cibles de la farce sont les fantasmagories chevaleresques, certes, mais bien plus encore ces duègnes, vieilles, veuves, lubriques et entremetteuses, comme la Trifaldi qui, dans un discours pathético-burlesque, raconte comment elle a favorisé les amours déshonnêtes et impossibles de sa maîtresse Antonomasie, héritière du royaume de Candaye, avec un simple chevalier, don Clavijo, qui avait réussi à la séduire en lui chantant quelques jolis couplets et sérénades.

Le châtiment est à la hauteur du crime : la comtesse Trifaldi et toutes ses dames, une fois leur épais voile noir enlevé, apparaissent hideusement poilues et barbues. Il est vrai que c'est le majordome du palais qui est déguisé en duègne Doloride alors que douze domestiques ont endossé les robes de ses suivantes. Le succès du spectacle est total en ce qui concerne le duc et la duchesse : ils « étouffaient de rire : car c'étaient eux qui avaient prêté la main à cette aventure » (II, 38, p. 321). Il est moins net pour ce qui est de don Quichotte et de Sancho.

MASCARADES LINGUISTIQUES ET CHUTES DE CARNAVAL

Le majordome, en effet, a beau avoir l'esprit vif et inventif, il est un terrain sur lequel il s'aventure un peu à l'étourdie :

c'est celui du langage. Si les mensonges vestimentaires sont parfaits, le travestissement linguistique trahit des faiblesses qui permettent à don Quichotte et à Sancho de se tirer avec dignité de la farce dont ils devaient être les dindons. En acteur peu expérimenté, il commet d'abord l'erreur de parler de lui au masculin et s'il rattrape très vite ce faux-pas, il excède, par un emploi immodéré des superlatifs, les limites de la bienséance langagière propre à une comtesse, même aux abois : « Je suis assurée, puissantissime seigneur, bellissime dame et prudentissime assistance, que ma misère trouvera place dans vos cœurs vaillantissimes [...] je désirerais savoir si, dans ce sein, ce chœur et cette compagnie se trouvent le purissime chevalier don Quichotte de la Manchissime, et son écuyérissime Pança (II, XXXVIII, p. 320) ».

Sancho, piqué au vif, saisit la balle au bond et, détournant le cours du spectacle, focalise l'attention sur son à-propos linguistique autant que sur la grossièreté de la Trifaldi. C'est alors un étourdissant emballement des superlatifs qui emporte son discours, bien plus drôle que la *captatio benevolentiae* duégnesque : « Le Pança y est, répondit Sancho avant qu'autre parlât, et le don Quichotissime aussi. C'est pourquoi vous pourrez, duégnissime dolentissime, dire ce que vous désirissimes. Car nous sommes tous prompts et prêtissimes à être vos esclavissimes » (*ibid.*)

Loin d'être maladroite, la réponse de Sancho fonctionne comme un véritable révélateur et elle permet notamment à don Quichotte de remettre à sa place la demanderesse (*ibid.*) et à l'écuyer d'enfoncer le clou : don Quichotte ne peut rien lui refuser, car il a besoin de lui pour désenchanter Dulcinée, aussi « sans tant de câlineries, ni tant de supplications, je prierai mon maître... » (II, 38, p. 321).

La farce, néanmoins, va fonctionner : le seul remède à l'enchantement des duègnes est entre les mains de don Quichotte. Il doit enfourcher avec Sancho le cheval volant Chevillard pour se rendre à Candaye affronter Malambrun en combat singulier. Au retour du faux voyage intersidéral, le cheval de bois, bourré de pétards, explose : les deux héros se retrouvent par terre, à moitié roussis. Et là, on a bien affaire à la mise à mort d'un animal factice, comme dans les cavalcades de Mardi Gras.

BARATARIA

De même que la *Mancha* est, étymologiquement, un territoire qu'isole sa différence, Barataria est une *ínsula*, une île, entourée non de mers mais de terres, le territoire où va s'accomplir, à ses dépens, le rêve de Sancho.

Le nom appartient à l'abondante généalogie des mots forgés sur la racine *barat-* (d'origine incertaine, peut-être celtique) qui ne compte pas moins d'une vingtaine de dérivés liés aux idées de tromperie et de fraude, de troc, de friperie ou de braderie (l'adjectif *barato* signifie « bon marché »), à l'univers du jeu (le substantif *barato* peut désigner les sommes perçues — de gré ou de force — sur les gains des joueurs). Le narrateur lui-même envisage l'étymologie du toponyme : « On lui donna à entendre que ce lieu se nommait l'île Barataria, ou parce que le lieu se nommait Baratario, ou bien pour le vil prix à raison duquel on lui avait donné ce gouvernement » (II, 45, p. 370).

Dans cette île de la tromperie, Sancho va occuper la fonction de gouverneur pendant un temps limité, comme le règne du roi Carnaval, et, comme pour ce dernier, son intronisation est une fête pour rire :

« Sitôt qu'il fut aux portes du bourg, lequel était clos de murailles, une grande foule de peuple sortit pour le recevoir ; l'on sonna les cloches, et tous les habitants témoignèrent une allégresse générale. Après on le mena avec beaucoup de solennité à l'église principale pour rendre grâces à Dieu, et avec diverses cérémonies ridicules, on lui présenta les clés du bourg, et on le reçut pour perpétuel gouverneur de l'île de Barataria... » (*ibid.*)

Le grotesque Sancho (son costume bigarré — il est habillé à moitié en « lettré », à moitié en capitaine —, sa barbe, sa grosseur et sa petitesse surprennent ses sujets...) est donc tenu, dans cette île dont le duc lui disait que les armes et les lettres y étaient également nécessaires, d'assumer les fonctions de juge et de chef militaire. Si Sancho se révèle piètre capitaine, il se tire bien mieux d'affaire, lui, l'ignare gorgé d'ail, comme juge. Les solutions données aux trois affaires qu'on lui propose (le procès pour rire du tailleur, l'affaire du bâton creux plein d'écus et celle de la femme prétendûment violée) supposent chez lui une sagacité et une culture bien supérieures à ses possibilités affichées. Ses décisions efficaces (hors de pair même, puisque les lois et règlements qu'il édicte durant sa brève mission demeurent intangibles) relèvent du comique du « monde à l'envers » qui, dans le cas des procès, se greffe sur la cocasserie inhérente à chaque affaire.

Cependant, le traitement infligé au gouverneur dans son rôle de capitaine est beaucoup plus rude. La tradition carnavalesque impose que le pantin représentant le roi Carnaval soit mis à mal et généralement brûlé, dans l'allégresse générale : le sort réservé à Sancho est comparable à cette fin de règne. Sous prétexte d'une attaque contre Barataria, les mystificateurs exhortent Sancho à prendre la tête des troupes de l'île pour repousser l'ennemi. Ils l'attachent entre deux pavois qui, l'empêchant de bouger, le font tomber. Animalisé (il est comparé à « une tortue enfermée dans ses écailles »), chosifié (« comme un jambon dans le creux d'une huche, ou bien comme une barque qui s'échoue en plein sable », II, 53, p. 443), Sancho, épouvanté, reçoit alors sur ses boucliers une grêle de coups qui le laissent moulu et brisé, tandis que, de toutes parts, les farceurs s'agitent, le piétinent et hurlent des ordres comme s'ils étaient en train de repousser l'assaut.

À la fin de son édition critique et annotée du *Quichotte* en huit volumes [1], l'érudit espagnol Francisco Rodríguez Marín consacre l'annexe 20, vol. IX, p. 268, à la dureté des mœurs d'Ancien Régime. Il reprend un fait divers, rapporté par le chroniqueur Cabrera de Córdoba, qui pourrait être à l'origine des déboires de Sancho. En juillet 1605, à Lerma, les princes de Savoie jouent un très mauvais tour au bouffon Alcocer : en pleine nuit, trente de leurs domestiques, armés, encerclent sa maison, en défoncent les portes, l'enlèvent et le promènent sur une mule à travers la bourgade avant de le jeter au fond d'un cachot. Le lendemain, ils le traînent devant la reine Marguerite qui paie son rachat avec une chaîne en or.

1. Miguel de Cervantes, *El Ingenioso Hidalgo Don Quijote de la Mancha*, Nueva edición crítica por Francisco Rodríguez Marín, Madrid, Atlas, 1947-1949 (1927-1928), 10 vol.

Ramené dans son lit après l'échauffourée, Sancho s'évanouit. Loin de rire et de s'esclaffer, les « moqueurs avaient regret de lui avoir fait une si grosse plaisanterie ». Et c'est dans le plus profond silence que Sancho se rhabille, va chercher son âne et s'en va, non sans avoir salué ses bourreaux et prononcé dignement un bel éloge de son état de paysan et de la *aurea mediocritas*, éloge conventionnel, certes, mais ici parfaitement remotivé : « Laissez-moi passer, messieurs, et retourner à mon ancienne liberté... » (II, 53, p. 445).

REVANCHE ET FAUX-SEMBLANTS

L'idée de mettre en scène des aristocrates qui se frottent au carnaval et en trament les farces et les mystifications, pour se voir finalement débordés par ce qu'ils manigancent, est, sauf erreur, propre à Cervantès. Le duc et la duchesse — semblables aux responsables politiques du pays qui, en organisant et en subventionnant les défilés de chars et les mascarades, exercent un contrôle absolu sur les réjouissances populaires — n'acceptent d'être les acteurs de la fête carnavalesque que dans la mesure où la réversibilité propre au carnaval ne les atteint pas. Ils en trahissent donc l'esprit.

De cette trahison, le narrateur tire vengeance. Son ironie s'exerce d'abord sur la duchesse, dont la duègne doña Rodriguez propose, sur le mode « tout ce qui reluit n'est pas or », un intéressant portrait :

« Voyez-vous, seigneur don Quichotte, cette beauté de madame la duchesse, ce teint qui reluit comme une épée bien fourbie, ces deux joues de lait et de carmin, où l'on voit en l'une le soleil et en l'autre la lune, et tout cet extérieur dégagé dont elle semble dédaigner la terre en la foulant, et qui fait paraître qu'elle répand la santé partout où elle passe ? Eh bien, que Votre Grâce sache que, de toutes ces belles qualités, elle en doit premièrement rendre grâces à Dieu, et puis à deux fontaines qu'elle a aux jambes, par où se vident toutes les mauvaises humeurs dont elle est pleine, ainsi que disent les médecins » (II, 48, p. 400-401).

Des ulcères qui vident en permanence humeurs malignes et sanies ! Décidément la duègne a raison d'affirmer qu'aucune de ses dames n'arrive à la cheville de la belle duchesse, pas même Altisidore dont « l'haleine échauffée [...] ne souffre point que l'on demeure longtemps près d'elle » (II, 48, p. 400)...

Le duc n'est pas mieux loti. Dans le lieu carnavalisé qu'est son château, surgit une vraie plaignante : doña Rodriguez en personne, surnommée pour l'occasion nouvelle Doloride, ou dame Angoisse. Sa fille est enceinte des œuvres du fils d'un riche laboureur. Or, ce dernier est le créancier du duc, il a donc barre sur lui : le seigneur, financièrement dépendant, est impuissant à réparer l'affront fait à sa vassale naturelle. L'agencement comique de ce cas, évoqué en II, 48, rebondit deux chapitres plus loin et trouve sa conclusion en II, 56. Mais la leçon du rire est bel et bien dans la mise en lumière de ces faux-semblants et dans la dénonciation d'une aristocratie qui s'endette pour vivre, oublie ses devoirs civiques, organise de somptueuses fêtes et ne manifeste jamais le moindre repentir à l'endroit des victimes de ses luxueux caprices : « Le duc et la duchesse ne se repentirent point de la charge qu'ils avaient faite à Sancho Pança touchant le gouvernement qu'ils lui avaient commis ; d'autant plus que le même jour leur majordome arriva et leur conta de point en point presque toutes les paroles et les actions que Sancho avaient dites et faites. Et surtout il leur fit ressortir l'assaut de l'île, et la peur de Sancho, et sa sortie, dont ils rirent de bon cœur » (II, 56, p. 464).

On voit par là comment sont brassés les sentiments et les réactions des uns et des autres dans ces « réjouissances » organisées, dont certaines sont structurellement carnavalesques, alors que d'autres relèvent simplement de la farce, aimable ou cruelle, les unes ou les autres pouvant être satiriques ou gratuitement burlesques selon les cas, et le rire, omniprésent, y faisant entendre franche gaieté, émerveillement, moquerie ou insensiblité et cruauté.

Fêtes onomastique et carnavalesque, telles que Cervantès les met en scène, nous ont maintes fois menés aux frontières de la parodie. C'est ce territoire qu'il faut maintenant explorer, car c'est à la littérature que, dès son prologue, le *Quichotte* fait fête et que, littéralement, « il fait sa fête ».

RIRE DE, OU AVEC, TOUTE LITTÉRATURE

ANTIROMAN ET PARODIE

Affirmer que : « le *Quichotte* n'est donc en aucun sens une parodie de roman de chevalerie » a certainement de quoi surprendre les lecteurs et les exégètes du livre. Cette déclaration permet pourtant à Gérard Genette de définir le caractère « hypertextuel[1] » du *Quichotte* qui, selon

1. Gérard Genette, *Palimpsestes. La littérature au second degré*, Seuil, coll. Poétique, 1982, p. 165.

lui, serait le véritable « prototype d'un genre — qu'il surplombe, certes, de toute la hauteur de sa génialité... », un genre axé sur la « folie romanesque ». Ce genre comprendrait au moins deux œuvres françaises qui se réclament explicitement du roman de Cervantès : Le *Berger extravagant* de Charles Sorel et *Pharsamon ou les Nouvelles folies romanesques* de Marivaux. À la suite de Sorel, Genette nomme ce type d'œuvres « antiromans ».

La relation de l'antiroman avec la parodie est réelle mais subtile : héros de parodie et héros d'antiromans connaissent des aventures analogues à celles des héros des genres dits nobles ou sérieux. Mais alors que, dans la parodie, les héros ignorent totalement qu'ils parlent et agissent en fonction d'un « modèle » que seuls l'auteur et le public connaissent, dans l'antiroman, au contraire, c'est la folie romanesque du héros qui est l'opérateur des analogies et des identités, car c'est le héros qui décide de vivre, de se conduire et de parler comme un personnage de roman, alors que les lecteurs le voient évoluer dans un univers bien plus prosaïque. De la même façon, l'antiroman est proche du poème héroï-comique qui consiste à traiter en style noble un sujet risible ou humble et repose sur un contraste semblable entre l'histoire elle-même et le discours du narrateur et des personnages.

Cependant, la proposition de G. Genette reste insuffisante. Affirmer, en effet, que le *Quichotte* est un antiroman de chevalerie, c'est reprendre le programme explicite du prologue et s'en tenir globalement aux premières aventures du héros. Or, l'entreprise de démolition à laquelle se livre le roman dépasse de loin le projet affiché et ses prolongements. Ainsi Maxime Chevalier peut-il affimer : « Dans la mesure où le livre est un manifeste ou une machine de guerre, il n'est pas dirigé contre une littérature chevaleresque moribonde, mais bien plutôt contre les romans que forgent Pérez de Hita, Lope de Vega et Mateo Alemán. Cervantès prend le contre-pied des goûts de son temps [1] ».

1. Maxime Chevalier, « Cervantès et Aristote », *Bulletin hispanique*, 1899-1999, t. 101, n° 2, Bordeaux, juillet-décembre 1999, p. 435-440.
2. Sylvia Roubaud, « Fiction sentimentale et roman de chevalerie », in *Histoire de la littérature espagnole*, t. 1, Fayard, 1993, p. 388.

« La prolifération du genre chevaleresque en Espagne au cours du XVIe siècle et l'immense succès de librairie qu'il obtient — écrit Sylvia Roubaud [2] — font de lui, quantitativement, le plus vaste secteur de la production romanesque du Siècle d'or. » Cependant, l'invention chevaleresque s'épuise après 1555 et s'éteint en 1602. Ce sont alors les réimpressions qui foisonnent jusqu'en 1650.

Ginés Pérez de Hita est l'auteur du premier roman historique européen, *Les Guerres civiles de Grenade*, publié en deux parties en 1595 et 1619, qui a connu un très vif succès en Espagne avec une vingtaine d'éditions en un siècle. Hors d'Espagne, il impose l'image littéraire du Maure galant. Quant à Mateo Alemán, il a composé en deux parties (1599 et 1604) *La Vie de Guzmán de Alfarache*, classée roman picaresque. Pour Lope de Vega, c'est l'érudition lourde de son *Arcadia* (1598) qui fait les frais de la caricature cervantine, alors que *El peregrino en su patria* (*L'Étranger dans sa patrie*), de 1604, influencera l'écriture du *Persilès* (1616).

C'est par la réécriture comique, burlesque ou humoristique de modèles canoniques divers que se définit le processus génétique au terme duquel cet « antiroman » de chevalerie devient un « roman ». Placée sous le signe du rire, l'écriture du *Quichotte*, si elle parodie (au sens strict : en citant littéralement et en détournant) des œuvres, joue beaucoup plus sûrement des clichés, des conventions et des genres, pour finir par les emporter dans la dérision. Mais en vertu de son extraordinaire capacité à refuser tout dogmatisme, même le sien propre, c'est à toute la littérature qu'elle rend le plus drôle et le plus profond des hommages, au moment où elle en sape les conventions.

« VENEZ À MA MÉMOIRE, FAITS D'AMADIS... »

Les déclarations d'intention du prologue expriment une claire volonté imitatrice : c'est ainsi qu'est définie une démarche parodique qui ne disposait pas, à l'époque, des termes qui aujourd'hui la désignent. Si le mot « parodie » est attesté en français dès la deuxième décennie du XVIIe siècle, son homologue espagnol *parodia* ne le sera que dans la deuxième moitié du XVIIIe siècle. Il n'empêche que le récit des aventures héroï-comiques de don Quichotte et de Sancho Pança naît d'une imitation singulière qui, loin de brider l'invention, devient moteur d'action et de création.

Chevalier et théoricien de l'art, don Quichotte érige l'imitation de l'excellence en critère de perfection éthique, amoureuse et politique. Sa geste sera le calque de celle des paladins les plus glorieux dont Amadis est sans doute à ses yeux le meilleur parangon : « Là donc, s'exclame-t-il, mettons la main à l'œuvre, venez à ma mémoire, faits d'Amadis, et me montrez par où il faut que je commence à vous imiter... » (I, 26, p. 298).

Mais moulins plus dangereux que des géants, philtre magique qui fait vomir au lieu de soigner, marchands en lieu et place de chevaliers, moutons pour guerriers, auberges au lieu de châteaux, paysan « asinesquement monté » en guise d'écuyer et vieil hidalgo, maigre et laid, jouant les jeunes premiers et perdant le compte des blessures reçues par les héros de ses lectures, ont tôt fait de brosser l'interprétation burlesque de la geste chevaleresque. Le livre n'en reste pas là, on le sait.

En dehors de l'*Amadis de Gaule*, les romans de chevalerie les plus exploités sont *Tirant le Blanc, Palmerin d'Angleterre* et *Belianis de Grèce*. Cependant, comme l'a bien montré Sylvia Roubaud [1], Cervantès, même s'il a lu avec la plus grande attention certains romans de chevalerie, n'en retient que les traits génériques les plus

1. Sylvia Roubaud, « Los libros de caballerías », in *Quijote*, Crítica, 1998, p. CXIX.

saillants comme on peut le voir dans l'admirative énumération — établie par don Quichotte — des qualités chevaleresques censées individualiser chacun d'eux, mais parfaitement transportables de l'un à l'autre (II, 1, p. 25).

Quant à l'invention de Sancho Pança, « miroir » des écuyers fidèles au service du « miroir » de toute chevalerie qu'aspire à devenir don Quichotte, on ne lui trouve décidément aucun antécédent si ce n'est... l'existence de bons écuyers. La définition qu'en donne Cervantès au « bénin lecteur » dans le prologue de la première partie est on ne peut plus tautologique, imprécise et alléchante : « [bénin lecteur] je veux que tu me remercies de la connaissance que tu feras du fameux Sancho Pança, son écuyer en la personne duquel, à mon avis, je te donne marquées toutes les grâces écuyères qui sont répandues en tout le bataillon de ces vains livres de chevalerie » (I, p. 58).

Le personnage de l'écuyer ressort puissamment modifié et totalement original du brassage des éléments qui président à sa naissance, en raison d'un inégalable traitement ironique et humoristique des « grâces écuyères » dont le lecteur impatient attend les manifestations.

« IMITER ROLAND EN SES EXTRAORDINAIRES FOLIES »

On pourrait se demander pourquoi, pendant deux longs chapitres (I, 25 et 26), don Quichotte expose une théorie de l'imitation qui devient, par l'intromission de certains traits cocasses ou absurdes, une parodie de théorie. Pour démontrer une fois de plus sa folie romanesque ? Elle l'a déjà été, et à plusieurs reprises. Pour les besoins de l'action ? Certainement : il décide d'imiter Amadis, alias le Beau Ténébreux, qui, ayant appris le dédain d'Oriane, fait pénitence à la Roche Pauvre, et il envoie Sancho, muni d'une lettre, en ambassade auprès de Dulcinée, pour qu'il lui rapporte les folies que par amour pour elle il accomplit. On connaît la suite : Sancho, le curé et le barbier, partis à la recherche du chevalier, finiront par le ramener chez lui dans une charrette.

La décision d'imitation a une autre portée. Pour don Quichotte, il s'agit de prouver son amour par un acte absolument gratuit. Car il n'a aucune raison de faire retraite ou pénitence, sa Dame ne lui ayant donné aucun motif d'exprimer sa mélancolie ou son désespoir. Pourquoi, alors, cette imitation ? Parce que, étant sans objet, elle sera la plus nouvelle et la plus originale qu'on puisse imaginer : « qu'un chevalier errant devienne fou avec sujet, le beau mérite ! » s'exclame-t-il (I, 25, p. 283), érigeant ainsi la dépense ou la gratuité en qualités amoureuses (ce qu'elles sont) et renvoyant Amadis et Roland à une banalité à peine respectable au moment où il proclame leur valeur de modèles. Plus encore : voici que l'absurde est érigé en thème romanesque.

L'imitation, même dégradée, même parodique, témoigne d'une ambition encore supérieure. Imiter c'est apprendre : don Quichotte apprend — sur le mode comique — son métier et son rôle ou son personnage de chevalier ; et bien que son maître soit l'incomparable Amadis, il l'a néanmoins mis en balance avec le vaillant don Roland, le désespéré, le fou et le furieux, dont il se demande s'il devrait aussi imiter les actes : « lorsqu'il trouva en une fontaine les marques que la belle Angélique avait fait vilenie avec Médor, de quoi il reçut tant de déplaisir qu'il en devint fou et arracha les arbres, troubla les eaux des claires fontaines, tua des bergers, ruina des troupeaux, brûla des chaumières, abattit des maisons, traîna des cavales, et fit cent mille autres insolences dignes d'éternelle renommée et écriture » (I, 25, p. 282).

Lors de l'examen de la bibliothèque de don Quichotte (I, 6), le « censeur » qu'est le curé rend hommage à Boiardo, auteur du *Roland amoureux*, et il vante les mérites du « chrétien poète Ludovic Arioste » à condition que son *Roland furieux* (publié une première fois en 1516 puis en 1532 pour la version définitive) soit lu en version originale (I, 6, p. 102). Le curé fait alors allusion à la traduction du capitaine don Jerónimo de Urrea, de 1556, fort médiocre. Il conclut qu'il est impossible de bien traduire les œuvres en vers.

Cependant, après l'énumération des « insolences » de Roland, le fragment le plus hilarant reste celui où don Quichotte s'interroge sur l'opportunité de devenir fou : cet apparent retour à la « raison » est d'autant plus drôle que l'objet de la tergiversation est en lui-même totalement absurde. De plus le chevalier s'y montre singulièrement intéressé, calculateur et économe :

« Par ailleurs, je vois qu'Amadis de Gaule, sans perdre le jugement et sans faire de folies, acquit autant de renommée d'amoureux que personne au monde[...]. Et, si cela est vrai, comme ce l'est, pourquoi prendrais-je la peine, à cette heure, de me mettre à nu, de saccager ces arbres, qui ne m'ont fait aucun mal, et de troubler l'eau claire de ces ruisseaux, qui me donneront à boire quand j'en aurai envie. Vive la mémoire d'Amadis, et qu'il soit imité par don Quichotte de la Manche en tout ce qui sera possible ! » (I, 26, p. 297).

La pseudo-hésitation entre les modèles du chevalier et du personnage héroï-comique est décisive. Si don Quichotte imite les actions d'Amadis, c'est du *Roland furieux* notamment, comme l'a démontré Maxime Chevalier[1], que va jouer la plume cervantine. En transcrivant, avec un plaisir communicatif, la fougue ariostéenne de l'hyperbolique folie, elle s'approprie une écriture déjà héroï-comique qu'elle détourne autant que l'écriture « sérieuse ». Les extravagances de don Qui-

1. Maxime Chevalier, *L'Arioste en Espagne (1530-1650)*, Bordeaux, 1966, en particulier : chap. IV, *Cervantès*, p. 439-491 (et pour la citation : p. 489).

chotte ne seront que trois ou quatre misérables cabrioles qu'il fera, nu de la ceinture aux pieds, au grand émoi de Sancho.

Mais l'important n'est pas là : c'est l'écrivain qu'il faut entendre et ce sont les emplois ironiques qu'il fait, non de la matière, mais de la *manière* ariostéenne que M. Chevalier a mise en lumière. Jouer de l'imprécision, de l'hésitation, jouer du suspense, des actions entrecroisées, jouer de l'invention de l'historien maure Cid Hamet Ben Engeli, émule de Turpin dans le *Roland*, jouer des relations entre histoire et fiction et parodier les conventions épiques, c'est jouer, bien plus profondément que des romans de chevalerie, d'un modèle admiré et imité, le grand poème italien, dont le *Quichotte* éclipse le renom.

« TYRIENS ET TROYENS DEMEURÈRENT COIS »

Dans l'auberge où ils ont rencontré maître Pierre, alias Ginès de Passamont, le galérien autobiographe de I, 22, don Quichotte, Sancho et tous les hôtes présents s'installent, qui assis, qui debout, pour assister à un spectacle de marionnettes. Comment ne pas être surpris et amusé par l'irruption inattendue, à l'entrée du chapitre II, 26 (p. 226) de ces Tyriens et de ces Troyens qui font silence et restent suspendus aux lèvres du truchement ? Avec ce vers, le premier du chant II de l'*Énéide* — cité dans la traduction espagnole de

Gregorio Hernández de Velasco, publiée en 1557 à Anvers —, c'est la grande épopée classique qui entre en scène : Énée, on s'en souvient, y raconte à Didon la ruse du cheval de Troie et la destruction de la ville par les Grecs. Le truchement, lui, commente : « ... la délivrance que donna le seigneur don Gaïferos à son épouse Mélisendre, qui était captive en Espagne et au pouvoir des Maures dans la ville de Sansueña [...] Voyez un peu, je vous prie, comme don Gaïferos joue là aux dames, de même que nous l'apprend la chanson :

Aux échecs occupé vous le voyez ici ;
Quant à sa Mélisendre il n'en a plus souci »
(II, 26, p. 226).

Or, cette « chanson » est un *romance* que, significativement, le texte place juste après la citation épique. Cervantès connaissait à merveille cette production poétique dont il nourrit son *Quichotte* aussi abondamment que de la matière des romans de chevalerie. Il en joue avec un égal amusement mais cette fois sans déclaration de guerre littéraire ni morale.

Le *romance* est une forme poétique non strophique, de longueur très variable, composée en octosyllabes assonancés aux vers pairs (la traduction française qu'on vient de citer en modifie la musique en proposant une rime pour deux vers suivis), qui occupe une place considérable dans l'histoire de la poésie espagnole. Les *romances*, chantés, ont été fixés sous forme écrite dans la première moitié du XVIe siècle. Menéndez Pidal les fait dériver des anciennes chan-

1. Ramón Menéndez Pidal, *Flor nueva de romances viejos* (1938), Buenos Aires, Espasa-Calpe Argentina, « Proemio », *passim*.

sons de geste[1], théorie aujourd'hui discutée. Aptes à recevoir toute matière, les *romances* peuvent relater, sur le mode épique ou épico-lyrique, les épisodes marquants des hauts faits du passé, chanter des personnages historiques ou célébrer des héros légendaires. Ils étaient publiés en recueils appelés *romanceros* ; le terme désigne aussi l'ensemble des *romances* en général ou la collection des *romances* consacrés à un héros historique : le Cid, par exemple, ou légendaire, comme Bernardo del Carpio.

On pourrait dresser un catalogue des épisodes du *Quichotte* où les *romances* servent de moteur à l'invention ou surgissent, tellement intégrés à la parole narrative ou conversationnelle qu'ils résonnent comme des accords familiers de la langue cervantine. Qu'il suffise ici de signaler le parti que Cervantès a su tirer du cinquième vers d'un *romance* anonyme (*Un lencero portugués/ recién venido a Castilla,/ más valiente que Roldán / y más galán que Macías,/ en un lugar de la Mancha*... « Un linger portugais/ tout juste arrivé en Castille,/ plus vaillant que Roland/ et plus galant que Macias,/*en un village de la Manche*...) pour en faire l'inoubliable *incipit* : *En un lugar de la Mancha* assorti, il est vrai, de l'indication *de cuyo nombre no quiero acordarme*, « du nom duquel je ne me veux souvenir » qui le transforme en véritable objet poétique.

« ONCQUES N'Y EUT CHEVALIER... »

On se souvient que lorsque Sancho Pança, imitant les légendaires héros de jadis, prétend confier son âne aux bons soins de la duègne doña Rodriguez (II, 31), le *romance* qu'il récite n'est pas seulement la source d'inspiration de la situation, il est aussi invoqué comme une autorité à l'appui de ses exigences incongrues. Or, ce même *romance* faisait déjà l'objet d'un emploi parodique au chapitre I, 2. Don Quichotte, que des catins en qui il voit de nobles dames aident à se désarmer, leur dit :

« Oncques n'y eut chevalier
Si bien des dames servi
Comme le fut don Quichotte
Quand de son village il vint :
Damoiselles le servaient
Et princesses son coursier » (I, 2, p. 78)

et il signale lui-même la transposition, comme s'il expliquait le travail d'écriture par « la nécessité d'accommoder à la présente matière cette vieille romance de Lancelot... » (*ibid.*). C'est alors tout un dialogue intertextuel qui s'anime et fait d'un village l'équivalent actuel de la légendaire Bretagne du *romance*, du beau Lancelot le double d'un hidalgo fort courtois mais caricatural et des belles dames du temps jadis de grossières prostituées.

Dès le XVIe siècle, en effet, les *romances* étaient soumis à réécriture parodique, satirique ou burlesque, où la matière héroïque était passablement mise à mal. L'un des meilleurs praticiens du jeu de massacre poétique est Góngora, bien connu de Cervantès, qui en faisait déjà l'éloge dans le « Chant de

Calliope » de *La Galatée* en 1585. Dans un *romance* de 1588, « Desde Sansueña a París », le poète andalou convoque Mélisendre et Gaïferos, les deux petits-fils de Pépin, et leur grand-père, Pierres, Roland et la belle Aude son épouse, Guarinos, Berenguela, don Godofre, Rugero, Mme de Valois, Tristan, Flordelis, avec une mention de l'église de Saint-Denis, dans une pochade érotico-scatologique qui fait la part belle aux carolingiens mais n'épargne personne.

La tradition parodique espagnole qui, dès le XVIe siècle, attaque l'idéal chevaleresque à travers le *romancero* (en transformant la teneur poétique des *romances* héroïques en grossièreté rustique et les héros en lourdauds ou en truands) rejoint donc l'entreprise cervantine et la veine comique ou burlesque de son écriture. Cependant, les conquêtes potentielles qui sont celles d'une narration ample et diversifiée, de dialogues variés, de points de vue contradictoires, dépassent considérablement celles d'un *romance*, quelle que soit son étendue. Corseté dans ses octosyllabes, soumis aux contraintes de la mémoire, le *romance* manque de l'espace nécessaire à la réflexion et à l'analyse. En effet — et c'est ce qui fait son charme — il joue de formules spatio-temporelles rituelles et répétées et d'une obligatoire stylisation des situations et des personnages, semblables à celles qu'on peut trouver dans les contes : il est difficile de lui injecter ce « parfum de réalité » qui fait la modernité du *Quichotte* et dont il sera question au chapitre suivant.

DU *ROMANCE* À LA NOUVELLE MAURESQUE

Don Quichotte cherche l'épopée et il ne la trouve pas : ce sont des bribes de lectures qu'il trouve et entre lesquelles il navigue avec une étrange facilité, comme en témoigne sa toute première sortie en solitaire. Il vient d'être armé chevalier et a cru délivrer le jeune Andrés des coups de son patron. Il s'en prend alors à de paisibles marchands qui vont de Tolède à Murcie acheter de la soie. Il leur enjoint avec hauteur de reconnaître la suprématie de Dulcinée sur toutes les dames de la création. L'un des marchands lui ayant demandé de voir un portrait, de la taille ne fût-ce que d'un grain de blé et lui ayant promis « qu'encore que son portrait nous montre qu'elle est borgnesse d'un œil, et que de l'autre il lui coule du vermillon et du soufre, ce nonobstant, pour vous complaire, nous dirons en sa faveur tout ce qu'il vous plaira » (I, 4, p. 93), il est pris d'une violente colère, il fonce sur eux lance baissée mais, Rossinante ayant trébuché, il roule à terre où un valet, furieux de ses injures, finit de le rosser (I, 4, p. 94). Au chapitre suivant, il a recours, dit le narrateur, « à son remède ordinaire, qui était de penser à quelque passage de ses livres ». C'est le *romance* de Baudoin et du marquis de Mantoue qui remonte à sa mémoire.

Ce *romance*, qui appartient au cycle carolingien du marquis de Mantoue (héritier tardif de la légende française d'Ogier le Danois), raconte le meurtre de Baudoin (Valdovinos) par le fils de l'empereur Charlemagne, Charlot (Carloto). Largement répandu par la tradition orale, ce *romance* avait déjà fait l'objet d'une parodie burlesque dans l'anonyme *Intermède des romances*, composé entre 1588 et 1597 [1]. C'est donc ici une parodie de parodie que propose l'épisode.

1. *Pléiade*, 2001, p. 1526, note 1 du chapitre 5.

S'assimilant à Baudoin-Valdovinos, « il commença à se vautrer par terre et à dire d'une faible haleine, de même que l'on dit que disait le féru chevalier du bois :

Hélas ! où donc es-tu, ma Dame,
Qui de mon mal n'as compassion ?
Il faut que tu n'en saches rien,
Ou tu es fausse et déloyale.

Et en cette manière alla continuant cette romance jusqu'à ces vers qui disent :

Ô noble marquis de Mantoue,
Mon oncle et seigneur par le sang ! » (I, 5, p. 95).

Un paysan vient à passer qui, voyant un homme à terre et mal en point, se porte à son secours. L'assimilant au marquis, don Quichotte lui récite la série des malheurs de Baudoin, tels que les relate le long *romance* (I, 5, p. 96). Le paysan, ébahi, le reconnaît mais, changeant brusquement d'identité littéraire et de répertoire, le chevalier passe du *romance* à la nouvelle mauresque de *L'Abencérage et la belle Ja-*

rifa, publiée en 1562 avec *La Diana* de Jorge de Montemayor.

Premier roman pastoral espagnol, *Los siete Libros de La Diana* ont été publiés en 1559 et composés par le Portugais Jorge de Montemayor (1520 ?-1561). Musicien, soldat, traducteur, poète, romancier, Montemayor a écrit *La Diana* en castillan, à l'exception des poèmes du dernier de ses sept livres, composés en portugais. Le roman présente une série de « cas » amoureux très divers et c'est cette diversité qui a engagé un éditeur à lui adjoindre, en 1562, la nouvelle mauresque anonyme de *L'Abencérage et la belle Jarifa*. Le jeune Maure Abindarraez, d'une valeur et d'un courage exceptionnels, appartenant à la famille des Abencérages, est fait prisonnier par Rodrigue de Narvaez, noble gouverneur d'Antequera et d'Álora. Il confie à Narvaez qu'il allait rejoindre sa fiancée Jarifa, lorsqu'il est tombé dans l'embuscade tendue par les cavaliers chrétiens. Ému et généreux, Narvaez le libère pour trois jours, au terme desquels il devra retourner en prison. Jarifa se donne à Abindarraez et l'accompagne lorsqu'il revient se constituer prisonnier. Narvaez rend leur liberté aux amants sans réclamer de rançon, répondant par sa libéralité à leur courageuse loyauté.

Don Quichotte devient alors Abindarraez, et le paysan Rodrigue de Narvaez. Mais la transformation la plus piquante est celle que subit Jarifa qui « est maintenant la jolie Dulcinée du Toboso » (I, 5, p. 97). Le laboureur essaie de détromper le chevalier, lui donne sa propre identité (« Pedro Alonso, votre voisin »), l'appelle le seigneur Quixada, mais s'entend répondre avec hauteur par une formule d'orgueil devenue proverbiale : « Je sais qui je suis [Sé quien soy], répondit don Quichotte, et sais que je peux être non seulement ceux que j'ai dits, mais aussi tous les douze pairs de France et tous les neuf preux de la Renommée : car mes hauts faits et gestes surpasseront ceux qu'ils ont jamais faits tous ensemble et un chacun d'eux à part soi (*ibid.*).

On ne peut mieux définir le destin et la fortune du héros, car sa quête, pour dérisoire qu'elle soit, reste héroïque et créatrice d'aventures. Écoutons, pour conclure, ce que déclare, parlant de lui-même, l'« ingénieux hidalgo » : « De lui on dira ce que l'on dit de l'autre, que, s'il ne mit pas à fin de grandes choses, il mourut d'envie de les entreprendre (I, 26, p. 297-298).

« J'ACHÈTERAI DES BREBIS... »

C'est pourquoi, quand il ne pourra plus entreprendre ces « grandes choses », après son humiliante défaite sur les plages de Barcelone, don Quichotte se tourne vers le rêve pastoral (II, 67). Or, on le sait, le premier roman publié par Cervantès, en 1584, est précisément une « singulière symphonie pastorale [1] », *La Galatée*. Peut-on parler de régression ? Certainement pas, et encore moins comme on a pu l'écrire à propos des chapitres du retour, d'un « remplissage ». D'un adieu nostalgique, comme pour l'écriture chevaleresque ? Dans la première partie, la déli-

1. La formule est de Claude Allaigre. Voir la Notice sur *La Galatée*, Pléiade, 2001, p. 1431-1452.

cieuse histoire de Léandra et de Vincent de la Roca (I, 51) rend, en effet, hommage à la poésie de Garcilaso et à *La Diana*. Dans la deuxième partie, en revanche, si nostalgie il y a, elle est presque totalement masquée par le comique et la dérision et aucune défense de l'écriture pastorale n'apparaît nulle part dans le chapitre alors que, dans le discours rapporté que le narrateur prêtait au chanoine (I, 47, p. 568-569), était soulignée — en dépit d'une critique véhémente de leurs défauts — la liberté formelle des livres de chevalerie : « Car l'écriture décousue de ces livres donne lieu à un auteur de se pouvoir montrer épique, lyrique, tragique, comique, avec toutes ces parties que comprennent et contiennent en soi les très douces et agréables sciences de la poésie et de l'art oratoire : car la composition épique se peut aussi bien traiter en prose qu'en vers » (I, 47, p. 569).

Rien de tel pour les bergeries. Le chapitre qui leur est consacré est impitoyablement réjouissant. Autoparodique. Le lecteur, en effet, vient de lire les 52 chapitres de la première partie et les 66 premiers de la deuxième : en 118 chapitres il a suivi et vécu les péripéties et les aléas d'une imitation pour le moins complexe et captivante, qui s'est soldée par un échec. Au moment où il croit que tout est fini, la mécanique s'amorce une nouvelle fois, pour un autre genre littéraire, et la seule réaction possible à la relance de la folie et à la pseudo-menace d'un recommencement, c'est le rire.

D'ailleurs, le lieu du rêve est celui d'un désastre : don Quichotte y avait été foulé aux pieds par une manade de taureaux (II, 58). De plus, l'imitation de l'Arcadie y est cyniquement qualifiée de « nouvelle » : or, Cervantès savait pertinemment que la tradition pastorale était très fréquentée. Enfin, comble de dégradation, la pastorale y est placée sous le signe du commerce et de la marchandise : don Quichotte qui, pour devenir chevalier errant, avait rafistolé de vieilles armes, décide maintenant de s'*acheter* le matériel et la panoplie nécessaires à la vie pastorale : « [...] si tu en es d'avis, ô Sancho, je voudrais que nous prissions l'habit de bergers durant le temps qu'il me faudra vivre dans la retraite. J'achèterai des brebis et tout ce qui est nécessaire à l'exercice pastoral » (II, 67, p. 553-554).

En réalité, il y a quelque chose de pathétique non seulement dans cette ultime manifestation de la pulsion d'imitation, mais aussi dans l'adaptation malgré lui de don Quichotte à un monde qu'il aurait tant voulu différent : on peut comprendre que pour certains, don Quichotte ait pu être assimilé — pour le dire avec les mots d'aujourd'hui — à un « raté » admirable ou à un sublime *loser*. Mais le pathétique s'estompe très vite.

Une avalanche de noms parodiquement bucoliques (Quichottin, Pancino, Sansonet Carrascon, Niculoso pour le barbier, Curiambro pour le curé et Teresona, avec un suffixe augmentatif pour la femme de Sancho) déclenche, comme en accéléré, une savoureuse série de clichés idylliques, parmi lesquels s'immiscent quelques drôleries (« Les chênes nous donneront à pleines mains de leurs doux fruits [...] les plaintes nous donneront de l'allégresse... », II, 67, p. 554). Leur répondent les rêveries de Sancho (« que de bouillies, que de crèmes, que de guirlandes, et que de drôleries pastorales... », II, 67, p. 556) et son inquiétude quant à la vertu de sa fille Sanchica, quand elle apportera à manger aux bergers dans la bergerie. En effet, note-t-il, inversant le rôle traditionnel attribué au berger dans les églogues du XVIe siècle : « il y a des bergers qui sont plus malicieux que simples. Et je ne voudrais pas qu'elle y vînt pour de la laine et s'en retournât tondue » (*ibid.*).

Au chapitre suivant, chevalier, écuyer, armes, bât, âne et cheval seront piétinés par une horde grognante de six cents pourceaux qui renversent tout sur leur passage et écrasent de leur masse immonde et du poids de la « réalité » paysanne (on mène ces porcs à vendre à une foire voisine) le misérable, dérisoire et trop idéalisé rêve pastoral.

DE *LA CÉLESTINE* AU ROMAN PICARESQUE

Deux autres grandes voies narratives, remarquables par leur « anti-idéalisme », occupent le champ littéraire espagnol à l'époque de don Quichotte : les suites de *La Célestine*, qui composent avec elle le genre dit célestinesque, et le roman picaresque — héritier de *Lazarillo de Tormes* — dont le prototype, *Guzmán de Alfarache*, de Mateo Alemán, connaît un succès indiscutable.

L'un des auteurs de romans de chevalerie raillés et immortalisés par Cervantès, Feliciano de Silva — dont la prose, et notamment une phrase restée célèbre, occupe une place privilégiée dans la mémoire de don Quichotte : « La raison de la déraison qui se fait à ma raison de telle sorte affaiblit ma raison qu'avec raison je me plains de votre beauté... » (I, 1, p. 68) — n'est-il pas l'auteur de *La Seconde Comédie de Célestine* ? Cervantès en retiendra des audaces de construction dont il tirera un excellent parti de variations thématiques.

La *Tragi-comédie de Calixte et Mélibée*, plus connue sous le titre de *La Célestine*, attribuée à Fernando de Rojas, est une pièce en prose dialoguée, en 21 actes dans sa version définitive (1501). Faite pour être lue et non représentée, elle a cependant connu des adaptations théâtrales (notamment en France, au Festival d'Avignon, avec Jeanne Moreau dans le rôle-titre). L'œuvre a pour thème l'amour apparemment romanesque et courtois de deux jeunes gens de bonne famille, Calixte et Mélibée, amour dont l'issue, favorable aux desseins du galant, n'est rendue possible que par l'entremise d'une vieille maquerelle, Célestine. Autour de la Vieille, gravite tout un monde interlope (prostituées clandestines, valets luxurieux et cupides). Au contact de ce monde, les nobles amants sont avilis et la notion d'amour courtois discréditée, car il apparaît que sa finalité est la même que celle des amours libidineuses et vénales. La comédie des amants finit en catastrophe : mort de Célestine, mort de Calixte et suicide de Mélibée.

Dans l'un des poèmes liminaires du *Quichotte* (I, p. 62), le « plaisant poète farci » définit le caractère scabreux de *La Célestine* : « ce livre, à mon avis, divin s'il dissimulait mieux l'humain », qui ne pouvait laisser Cervantès indifférent, comme le signale l'introduction de Pierre Heugas à sa traduction de *La Célestine* [1].

Par ailleurs, Augustin Redondo [2] a mis en évidence que la veine célestinesque affleurait dans la thématique cervantine des duègnes entremetteuses. Il souligne la nouveauté que constitue l'invention d'un Sancho entremetteur, capable de parodier certaines formules de Célestine elle-même (« je vous la rendrai plus souple qu'un gant, [...] avec sa réponse douce et emmiellée je reviendrai par l'air comme un sorcier... » (I, 25, p. 288) au moment où il part porter la lettre qu'elle ne recevra jamais à l'imaginaire Dulcinée.

La parodie se fait encore plus directe, lorsque, au retour de l'apprenti entremetteur, l'impatient amant de Dulcinée harcèle Sancho de questions : « où, comment

1. *La Celestina, La Célestine, tragi-comédie de Calixte et Mélibée*, préface et traduction de Pierre Heugas, Aubier-Montaigne, 1970, p. 96-97.
2. A. Redondo, « De las terceras al alcahuete del episodio de los galeotes en el *Quijote* (I, 22). Algunos rasgos de la parodia cervantina », *Journal of Hispanic Philology*, vol. XIII, n° 2, hiver 1989, p. 135-148.

et quand trouvas-tu Dulcinée ? Que faisait-elle ? Que lui dis-tu ? Que te répondit-elle ? Quelle mine fit-elle en lisant ma lettre ? Qui est-ce qui te la copia ? » (I, 30, p. 366).

Comment ne pas percevoir l'écho des questions que le fébrile et enflammé Calixte posait, dans les mêmes circonstances, à Célestine : « Dis-moi, par Dieu, madame, que faisait-elle ? Comment es-tu entrée, comment était-elle habillée, dans quelle partie de la maison se trouvait-elle, quel visage t'a-t-elle fait au début ? » (acte VI).

Le chaste don Quichotte en nouveau Calixte, l'immatérielle Dulcinée dans le rôle de l'émouvante Mélibée et le brave Sancho singeant (avec esprit et humour, il faut le reconnaître) l'immense, la diabolique et la trop humaine Célestine, et tout cela pour rien ! Parvenir à jouer et à se jouer de l'œuvre maîtresse au point d'en perpétuer la mémoire en l'inscrivant dans le sable d'une entremise en creux, d'une non-ambassade, telle est ici la conquête suprême de la parodie et du rire cervantins, dont l'hommage le plus sûr passe par l'annulation non pas du modèle, mais de la circonstance qui précisément motivait l'imitation et la parodie du modèle.

Or, le chapitre des retrouvailles de l'entremetteur novice et de don Quichotte (I, 30) est, curieusement, celui où passe, monté sur l'âne de Sancho qu'il lui avait dérobé, le galérien malencontreusement délivré par le chevalier en I, 22, Ginès de

Passamont. Violemment interpellé par Sancho, Ginès (le Maese Pedro de la deuxième partie) descend de l'âne et s'enfuit sans demander son reste. Ce qui permet au narrateur de s'amuser un peu : « Sancho s'approcha de son grison, et, l'embrassant, lui dit : "Comment t'es-tu porté, mon unique bien, grison de mon âme et compagnon de mes travaux ?" Et avec cela il le baisait et le caressait comme si c'eût été une personne : l'âne se taisait et se laissait baiser et caresser par Sancho, sans lui répondre une seule parole » (p. 365).

Mais l'enjeu de la conjonction entre le retour de l'« entremetteur » dans l'histoire et le retour du galérien dans le récit a une tout autre portée, car l'épisode de la libération des galériens est directement lié à l'écriture picaresque et à l'univers de la délinquance : ce qui explique, dans notre sous-titre, l'association de *La Célestine* au roman picaresque, association par ailleurs bien établie par les historiens de la littérature.

GALÉRIENS ET *PÍCAROS*

En effet, tout le chapitre I, 22 est placé sous le signe du paradoxe[1], des jeux de mots et d'un défilé de crimes et de délinquants qui ne manque ni de sel ni de profondeur. L'ouverture de l'épisode en définit la teneur. Voyant arriver « environ douze hommes à pied, enfilés comme des

1. A. Redondo, article cité, p. 139-148.

grains de patenôtres en une grande chaîne » (I, 22, p. 242), Sancho avertit don Quichotte qu'il s'agit de « forçats du roi qui vont aux galères ». Indigné que le roi puisse forcer personne, son maître lui répond : « C'est bon, [...] voici l'occasion d'exercer mon office : résister à la force et secourir les misérables » (*ibid.*). Le chevalier, prompt à s'en prendre à la justice royale, fait alors son enquête auprès de chacun des galériens.

Il entend ainsi : un « amoureux » (d'une corbeille de linge blanc) pris en flagrant délit de vol, un « musicien et chantre » (il s'est mis à table et a chanté ses aveux — vol de bétail — pendant le supplice de l'eau), un prévenu, condamné pour n'avoir pu graisser la plume du greffier, un autre pour « m'être trop joué avec deux miennes cousines germaines et avec deux autres sœurs... » (I, 22, p. 247) et surtout un vénérable et vieil entremetteur, un peu sorcier, à la longue barbe blanche.

C'est, comme le remarque judicieusement A. Redondo, le quatrième galérien qui sert de *tercero* (« intermédiaire » et « troisième ») à ce vieux proxénète (cinquième de la chaîne) et qui le présente comme « courtier d'oreilles [intermédiaire dans les prêts d'argent], voire de corps entiers » (I, 22, p. 245). Son allure respectable de vieillard chenu inverse totalement l'évocation alémanienne des entremetteurs dans le *Guzmán* : petits pages, bouffons ou nains des puissants, comme l'a été dans sa jeunesse le *pícaro* lui-même, lors de son séjour à Rome. La profonde tristesse et le mutisme du vieil homme (il pleure et ne parle pas) suggèrent en creux la verve insolente et la rhétorique déployées par les Célestines et leurs homologues masculins. Don Quichotte tient alors un discours étonnant, paradoxal et fort savoureux, où il prend la défense de la prostitution, du proxénétisme et des entremetteurs et où s'affiche la raillerie qui prend à contre-pied le *Guzmán* : « c'est un métier de gens d'esprit, et qui est très nécessaire en une république bien ordonnée, et ne se devrait exercer que par des personnes bien nées. Même il y devrait avoir des contrôleurs et examinateurs comme il y en a des autres métiers [...] et par ce moyen on éviterait tout plein de maux, qui arrivent de ce que ce métier et exercice se pratique par des idiots et gens de peu d'entendement, comme sont des femmelettes [...], de petits sots de pages, des bouffons de peu d'ans et de peu d'expérience... » (I, 22, p. 246).

Faut-il prendre ce discours au sérieux ? Oui et non. Oui, parce qu'il répond à des problèmes sociaux et politiques qui se posaient à l'Espagne du début du XVIIe siècle. Oui, parce qu'il s'inscrit dans la perspective d'un possible discours réformateur et qu'il met en cause la justice et la manière dont elle était exercée. Oui et non, parce que ce discours est une parodie : s'il vise le roman d'Alemán, il parodie aussi ces systèmes souvent extravagants de réformes (les *arbitrios*), imaginés par des faiseurs de projets et de programmes politiques, appelés *arbitristas*. À ce titre il annonce le début de la deuxième partie, où don Quichotte propose d'éliminer la menace turque en faisant appel aux chevaliers errants du royaume... Non, enfin, parce que, même si l'on supposait que le narrateur assume le discours du personnage, il y a un tel décalage entre ce vibrant plaidoyer, la sincérité complètement fourvoyée de don Quichotte et la malhonnêteté insolente de la troupe des galériens, qu'on ne peut que rire du contraste.

Enfin, le dernier condamné interrogé est le fameux Ginès de Passamont : la trentaine, belle allure, une coquetterie dans l'œil, plus chargé de chaînes qu'aucun des autres galériens, deux carcans à la gorge et des menottes aux mains, Ginès est condamné à dix ans de galères. Mais il est surtout l'auteur de sa propre histoire, une autobiographie de *pícaro*.

Le premier roman picaresque espagnol, anonyme, *La Vie de Lazarille de Tormes(La Vida de Lazarillo de Tormes)*, paraît en 1554. Il se présente sous forme de lettre où l'auteur/narrateur/personnage raconte sa vie de valet de plusieurs maîtres. En 1599 et 1604 paraissent les deux parties de *La Vie de Guzmán de Alfarache*, de Mateo Alemán, en 1605 *La pícara Justina* de Francisco López de Úbeda, et si la *Vida del Buscón (Vie de l'aventurier don Pablos de Ségovie)* de Francisco de Quevedo est publiée en 1626, sa première version remonte à 1604. Le chapitre I, 22 du *Quichotte* officialise en quelque sorte l'émergence d'un « genre ». Cependant la nouvelle cervantine de *Rinconete y Cortadillo*, publiée en 1613 — mais mentionnée dans le premier *Quichotte* et sans doute composée avant 1605 —, prend, elle aussi, le contre-pied du modèle forgé par Mateo Alemán, notamment par son refus de la forme autobiographique.

L'entretien qu'a don Quichotte avec le *pícaro* met le doigt sur l'artifice et la contradiction fondamentale du genre : le récit de vie doit être relaté à la fois sous forme autobiographique et *in articulo mortis*. Malgré les qualités que Ginès suppose à son chef-d'œuvre, il se heurte à un problème insoluble :

« — Est-il si bon ? [il s'agit du livre] demanda don Quichotte. — Oui, il est si bon, répondit Ginès, que c'est mauvaise affaire pour *Lazarille de Tormes* et pour tous ceux qui se sont écrits ou s'écriront dans le genre. Ce que je peux vous dire est qu'il traite de vérités et de si belles vérités et si plaisantes qu'il n'y a mensonges qui leur puissent être comparés. — Et comment s'intitule le livre ? demanda don Quichotte. — *La Vie de Ginès de Passamont*, répondit l'autre. — Est-il achevé ? demanda don Quichotte. — Comment peut-il être achevé, répondit-il, si ma vie ne l'est pas encore ? Ce qui en est écrit est depuis ma naissance jusqu'à cette dernière fois que l'on m'envoya aux galères » (I, 22, p. 249).

L'allusion au *Guzmán de Alfarache*, à son succès et à l'histoire du genre picaresque, prend ici une tournure moins joyeuse, plus acérée, et la vanité de Ginès est bien à la mesure de la violence du trait ironique décoché par Cervantès à

Alemán. D'ailleurs, les « mensonges » qui s'immiscent dans son auto-éloge jettent un discrédit certain sur les vérités « si belles » (*lindas* dans l'original : plus « jolies » ou « coquettes » que « belles ») que contient son livre.

Il est temps de conclure. Parlant de l'antiroman, chevaleresque ou pastoral, G. Genette le caractérise comme une « pratique hypertextuelle complexe », dont il dit encore : « Son hypotexte est en fait un hypogenre[1] ». Cette définition, insuffisante, ne rend pas compte du *Quichotte*, dont l'hypotexte, on l'a vu, est bien plutôt toute espèce de littérature. Ce que chaque genre peut avoir de sclérosable, de stérile ou de définitivement périmé est impitoyablement parodié. Tout ce qu'il a de vif ou de fécond est « recyclé » par l'humeur à rire et le génie.

1. *Op. cit.*, p. 171.

Or, cette humeur à rire, dont nous avons à plusieurs reprises pu constater qu'elle était ambiguë ou qu'elle frôlait même le sérieux, ne concerne pas seulement les noms, les farces carnavalesques ou le fait littéraire, ici passés en revue. Si elle est une forme d'écriture, elle est aussi une manière de voir le monde, une forme de pensée et une philosophie.

SAVOIR RIRE DE TOUT

Revenons à la France de l'humanisme, au rire de Rabelais et à la pensée de Montaigne. Georges Minois souligne que le génie de Rabelais est d'avoir su réaliser la synthèse entre le rire du bas corporel et le rire intellectuel de l'humaniste. Il ajoute :

« Avec Rabelais commence en effet le rire moderne, qui n'est plus tout à fait comique. Ce rire qui, comme le dit Octavio Paz, est "l'ivresse de la relativité des choses humaines, le plaisir étrange de la certitude qu'il n'y a pas de certitude". Ce rire humaniste est profondément ambigu. Au-delà de la bouffonnerie de surface, Rabelais annonce l'ère de l'absurde, la nôtre, et s'il prend le parti d'en rire, c'est parce qu'il ne servirait à rien d'en pleurer[1]. »

1. *Histoire du rire...*, *op. cit.*, p. 247.

N'était le fait que Cervantès évite toujours avec une élégance subtilement signalée — humoristique — la grossièreté sous toutes ses formes (bien que, plaisante ironie, le très courtois don Quichotte n'hésite pas à traiter Sancho de « fils de putain » quand l'écuyer le contrarie), on a là une définition qui lui siérait bien. Quant à Montaigne, il refuse la tristesse et prend le parti de Démocrite contre Héraclite non pour le plaisir que procure le rire, mais pour la charge critique et autocritique qu'il suppose :

« Democritus et Heraclitus ont été deux philosophes, desquels le premier trouvant vaine et ridicule l'humaine condition, ne sortait en public qu'avec un visage moqueur et riant. Heraclitus, ayant pitié et compassion de cette même condition nôtre, en portait le visage continuellement attristé, et les yeux chargés de larmes [...]. J'aime mieux la première humeur, non parce qu'il est plus plaisant de rire que de pleurer mais parce qu'elle est plus dédaigneuse, et qu'elle nous condamne plus que l'autre et il me semble que nous ne pouvons jamais être assez méprisés selon notre mérite[1]. »

La vision kaléidoscopique que Cervantès choisit de nous présenter de son propre travail d'écrivain, du monde et de l'âme humaine à travers le prisme du rire, n'exprime-t-elle pas, par le biais de la prise de distance ironique et du détachement de l'humour, une sagesse comparable ? L'attitude philosophique de Cervantès ne cache rien des faiblesses humaines, n'en ménage aucune et s'applique à tous y compris à soi-même : elle montre surtout qu'il faut (et qu'on ne peut que) « faire avec » notre humaine et risible condition.

1. Montaigne, *Essais*, Imprimerie nationale, coll. Salamandre, 1998, L, *De Democritus et Heraclitus*, p. 477.

DE L'HUMAINE CRÉDULITÉ

Croire ou ne pas croire, là est bien la question qui se pose toujours et partout dans le *Quichotte* et qui travaille autant les convictions les plus farouchement affirmées et les élucubrations les plus fantaisistes que les croyances en général. La crédulité est l'une des pierres d'achoppement de l'ironie cervantine, le tendon d'Achille de tous ses personnages, y compris les lecteurs, tant il est vrai qu'ils sont si souvent impliqués dans le livre qu'ils en deviennent eux aussi les jouets.

Passons en revue quelques cas désopilants de crédulité inattendue. Nul ne doutera que le curé et le barbier du village de don Quichotte ne soient les ennemis les plus acharnés de la folie romanesque de leur voisin, le seigneur Quijada ou Quesada : ils brûlent (I, 6), avec une jubilation sauvage, la plupart des livres de sa bibliothèque, surtout les romans de chevalerie, puis ils murent cette bibliothèque, de manière à ce que don Quichotte ne puisse la retrouver, et pourtant... Pourtant, ne les voit-on pas disputant avec don Quichotte des qualités comparées des héros de ces mêmes romans, et ce dès les premières pages du tout premier chapitre (I, 1, p. 69) ?

Au retour de la première ambassade de Sancho auprès de Dulcinée, don Quichotte est pris en flagrant délit de crédulité lorsqu'il accepte que « la reine de toute beauté » ait été occupée à cribler du blé au lieu de perles et qu'il demande si c'était « du froment blanc ou du méteil ». À quoi Sancho répond que « c'était du blé poulard » (I, 31, p. 367)...

Le brave Sancho lui-même, dont on sait bien qu'il a vu que les moulins étaient des moulins et les moutons des moutons, ne devient-il pas brusquement plus fou que son maître, lorsque, surprenant à l'auberge don Quichotte en train de massacrer des outres de vin (I, 35, p. 427), il annonce à l'aubergiste et à ses hôtes qu'il a vu, de ses yeux vu, un géant décapité « et sa tête coupée et tombée à côté de lui, qui est aussi grosse qu'une grosse outre de vin » ? Ce n'est que deux chapitres plus loin qu'il sera convaincu de son erreur.

Quant à Teresa, qui apparaît si raisonnable, si pleine de bon sens, face aux prétentions mégalomanes de son futur gouverneur de mari (II, 5, p. 51), elle se laisse prendre, comme tout le monde, pourrait-on dire, à la lettre que la duchesse lui fait mander par un page, et elle croit dur comme fer à l'amitié que lui témoigne cette grande dame de l'aristocratie (II, 50, p. 418). Le curé, le barbier (encore eux !) et même l'astucieux bachelier Samson Carrasco, peu disposés à donner crédit aux fantaisies de don Quichotte et de Sancho, sont ébranlés et ils doutent, lorsqu'ils lisent la lettre et voient l'habit de chasse envoyé par Sancho et la chaîne de corail ornée de grains d'or que la duchesse offre à Teresa. Interrogé sur l'éventualité d'un nouveau tour de don Quichotte « qui pense que tout se fait par enchantement » (II, 50, p. 422), le page confirme et le gouvernement de Sancho et sa propre ambassade. Survient alors, entre lui et le bachelier, un très rapide mais succulent échange de formules latines sur le témoignage des sens, le doute, la certitude qu'offrent les faits, la fragilité des paroles : « — Cela peut être comme vous dites, répliqua le bachelier ; pourtant *dubitat Augustinus*. — En doute qui voudra, répondit le page, ce que j'ai dit est la vérité, et c'est ce qui nagera toujours sur le mensonge, comme l'huile sur l'eau ; et sinon, *operibus credite, et non verbis* : l'un de vous s'en vienne avec moi, et il verra de ses yeux ce qu'il ne veut croire de ses oreilles » (II, 50, p. 422-423).

Le duc et la duchesse en personne, organisateurs d'un gigantesque canular, se montrent, d'une certaine manière, envoûtés par cette littérature qu'ils prolongent et mettent en acte et en spectacle. Quant au lecteur, qu'il se laisse guider : il trébuchera de rire, à chaque pas du roman, sur ces cas inattendus de crédulité ou d'incrédulité. Mais qu'il n'en tire pas vanité : lui-même est d'emblée « programmé » pour se laisser prendre, comme nous l'allons voir dans les lignes qui suivent.

L'IRONIE OU LA VOIE DE LA VÉRITÉ

Cervantès rit de tout et tout est emporté par son ironie. Mais de quelle ironie s'agit-il ? Certainement pas de celle, polémique, agressive et superficielle que pourfend Comte-Sponville dans son *Petit traité des grandes vertus* : « L'ironie n'est pas une vertu, c'est une arme — tournée, presque toujours, contre autrui. C'est le rire mauvais, sarcastique, destructeur, le rire de la moquerie, celui qui blesse[1] ... » Dans son *Colloque des chiens* Cervantès, par la bouche du chien Cipión instruisant son compère Berganza, se défend du rire mau-

1. *Op. cit.*, p. 314-316.

vais de la satire et de la médisance : « [...] je consentirai à ce que tu médises un peu, en éclairant sans écorcher : je veux dire qu'il faut que tu dénonces, mais sans blesser, et sans donner à personne le coup de grâce en ce qui est dénoncé, car la médisance n'est pas bonne, même si elle fait rire le grand nombre, dès lors qu'elle tue quelqu'un [1] ... »

L'attitude ironiste de Cervantès, bien plus proche de la bienveillance socratique, exaltée par Jankélévitch, implique néanmoins qu'il existe dans l'homme, le monde et les choses un fond de contradiction, un fond d'absurdité risible et pitoyable, irrémédiable, qu'elle vise et met constamment en lumière, sans acrimonie et sans morgue, mais avec une vive et souriante lucidité. Pas plus que la littérature, le *Quichotte* n'échappe à ce regard car, comme l'écrit Philippe Hamon, l'ironie c'est « *la littérature même*, toute la littérature, une sorte de "comble" de la littérature ». C'est ainsi que « les clivages, les "mondes renversés", dédoublements et distances critiques [2] », qui constituent l'attitude ironique, fracturent, pour le plus grand plaisir du lecteur et à sa grande surprise, le bastion apparemment inexpugnable de la croyance de don Quichotte en l'existence de Dulcinée. Deux moments forts sont à signaler, car le lecteur, habitué à voir don Quichotte foncer lance baissée sur quiconque ose mettre en doute cette existence, n'en croit littéralement pas ses yeux.

1. Cervantès, *Nouvelles exemplaires, Persilès*, Pléiade 2001, p. 445, trad. J.-M. Pelorson.

2. Philippe Hamon, *L'Ironie littéraire. Essai sur les formes de l'écriture oblique*, Hachette, 1996, p. 41.

Le premier se situe en I, 25, au moment où don Quichotte envoie Sancho porter la lettre à Dulcinée. L'ayant identifiée comme Aldonza Lorenzo, Sancho demande s'il est vraiment opportun que son maître lui envoie les géants et les chevaliers qu'il aurait vaincus. La réponse de don Quichotte, fort longue (I, 25, p. 291-292), contient un « aveu » stupéfiant :

« Penses-tu que les Amaryllis, les Philis, les Silvies, les Dianes, les Galatées et autres semblables, de quoi les livres, les romans, les boutiques des barbiers, les théâtres de comédies, sont remplis, aient été véritablement des femmes de chair et d'os, et aient appartenu à ceux qui les célèbrent et les ont célébrées ? Non, certainement, mais la plupart le feignent [...]. Et partant il me suffit, à moi, de penser et croire que la bonne Aldonza Lorenzo est belle et honnête... » (I, 25, p. 291).

Vertige de la relation ironique que le narrateur institue entre son personnage et lui-même : car si le fanatisme dulcinéen de don Quichotte, constamment affirmé, raillé et battu en brèche par le narrateur, est l'un des indices les plus sûrs de la folie ridicule du personnage, il est aussi la vérité de l'écrivain, la projection de la condition même du forgeur de fictions qui crée de toutes pièces ou, parfois, comme don Quichotte, a une Aldonza à transformer...

Le deuxième de ces moments est en II, 32, chez le duc et la duchesse. Celle-ci vient de susurrer à don Quichotte que, selon ce qu'elle a lu de son histoire, il n'a jamais vu Dulcinée, « que ce n'est point une dame faisant partie du monde, mais une dame fantastique que Votre Grâce a conçue et engendrée en son entendement » : « Là-dessus, répondit don Quichotte, il y a beaucoup à dire, et Dieu sait s'il y a une Dulcinée au monde ou non, fantastique ou non : car ce ne sont pas des choses dont on doive faire la vérification jusqu'au bout. Je n'ai point engendré ni mis au monde ma dame, puisque je la contemple telle qu'il convient que soit une dame... » (II, 32, p. 279).

Dieu seul sait la vérité sur Dulcinée : il n'en faut pas plus pour que, à l'occasion de cette réponse, le lecteur soit pris dans une suite de mots et de notions (Dieu, choses qu'il ne faut pas vérifier jusqu'au bout, être non inventé, beauté contemplée) qui tissent un réseau référentiel, toujours comiquement relié à Dulcinée, mais autrement problématique : le terrain plus que glissant des débats sur l'existence de Dieu lui-même, existence dont Cervantès, à l'évidence, ne doute pas, mais que l'agencement du texte, malgré tout, semble problématiser sur le mode d'une hyperbolique et irrévérencieuse plaisanterie.

L'ironie vise ici plusieurs cibles : la littérature de l'amour courtois, qui divinisait la Dame, *La Célestine* et le fracassant *Melibeo soy* de Calixte (« Moi, chrétien ! Je suis Mélibéen, j'adore Mélibée, je crois en Mélibée, et j'aime Mélibée[1] »), les croyances et, plus généralement, toute espèce de conviction. Or, quand on parcourt le double *Quichotte* à la recherche de ces « réseaux » ou de ces « constellations » de mots (pour reprendre les formulations de Charles Mauron et de Gilbert Durand), on s'aperçoit que le motif « Dulcinée » est au centre — et il en devient le moteur — du questionnement des croyances et de la foi religieuse.

1. Trad. cit., p. 133.

Les chapitres déterminants de ce point de vue proposent en particulier une définition de la foi en Dulcinée (en laquelle il faut croire sans l'avoir jamais vue, en I, 4), le constat, effectué par l'ironique Vivaldo, que la profession chevaleresque est un ordre plus contraignant que celui des Chartreux (I, 13), ou encore — de la part d'un Sancho inspiré — l'observation que don Quichotte aime Dulcinée comme les prédicateurs enseignent qu'il faut « aimer Notre-Seigneur, pour lui seul, sans y être porté d'aucune espérance de gloire, ou de crainte de peine » (I, 31, p. 373).

UNE PETITE PHRASE ET UN DÉBAT THÉOLOGIQUE

Mais c'est surtout aux chapitres 8 et 9 de la deuxième partie que tout se concentre. Au chapitre 9, alors que don Quichotte et

Sancho, partis à la recherche du « palais » de Dulcinée, tâtonnent dans les ruelles obscures et désertes du Toboso, le chevalier, qui vient de heurter un édifice massif, prononce la petite phrase qui a déclenché des torrents d'encre sur la religion de Cervantès : *Con la iglesia hemos dado, Sancho*, « Sancho, nous voilà devant l'église » (II, 9, p. 80), phrase qui, il faut le dire, n'a jamais attiré l'attention des censeurs de l'Inquisition...

De la lecture la plus littérale (« il est normal, la nuit, de buter sur l'édifice le plus imposant du village ») jusqu'à la plus interprétative (« nous voilà bien, c'est au pouvoir séculier de l'Église que nous nous heurtons »), les exégètes du *Quichotte* ont plaidé avec autant de fougue pour la supposée hétérodoxie de Cervantès que pour sa (non moins supposée) rigoureuse orthodoxie post-tridentine, sans parler des lectures judaïsantes, longtemps controversées et qui connaissent aujourd'hui un regain d'intérêt [1], ou des lectures ésotériques du XIXe siècle. Plus prudents, certains attribuent à la petite phrase un possible double sens. En réalité, ce double sens n'existe que dans la tête du lecteur. Il vient en effet de subir une singulière mise en condition, opérée dans le chapitre précédent à la faveur d'un « débat » théologique entre don Quichotte et Sancho, remarquablement analysé par Américo Castro, l'un des tenants de l'hétérodoxie cervantine [2].

Au cours de ce débat, Sancho pose une vraie question (sur le sort des païens illus-

1. Voir Ruth Reichelberg, *« Don Quichotte » ou le roman d'un juif masqué*, Seuil, coll. Points, 1999.

2. *El pensamiento de Cervantes*, Noguer, Barcelone, 1972 (1925), chap. VI, p. 265-272 et 274-275.

tres de l'Antiquité après leur mort) et c'est don Quichotte qui donne la mauvaise réponse (II, 8, p. 76), à savoir qu'ils sont condamnés pour l'éternité. Américo Castro, partant de l'idée que Cervantès ironise, observe que faire dire au chevalier qu'ils étaient forcément expédiés en enfer revient à lui attribuer des propos qui relèvent de l'ignorance et des préjugés les plus vulgaires.

Sans entrer dans le détail de cette complexe question théologique, qu'il suffise de rappeler que, depuis les premiers temps du christianisme, le problème s'est posé du destin *post mortem* des grands philosophes et des grands auteurs de l'Antiquité. Au XVe siècle, il ne faisait pas de doute que ces illustres figures du savoir, de la sagesse et de la vertu devaient être sauvées. Érasme sanctifie Socrate et Cicéron. Don Quichotte est ici le porte-parole non des originaux et des marginaux mais, étonnamment, de la *vox populi* la moins éclairée.

Sancho pose alors une dernière question, *la tremenda pregunta* (A. Castro), « la question terrible », à savoir s'il est plus grand de ressusciter un mort ou de tuer un géant (II, 8, p. 77). Don Quichotte ayant affirmé que la réponse ne faisait aucun doute, Sancho le supplie de se tourner vers la vie religieuse, bien plus avantageuse que la chevaleresque, à quoi don Quichotte répond, prenant appui sur la formule christique des appelés et des élus, détournée par Sancho : « — [...] La chevalerie est une religion, et il y a au ciel de saints chevaliers. — Certes, répondit

Sancho ; mais j'ai ouï dire qu'il y a au ciel plus de religieux que de chevaliers errants. — Il est vrai, dit don Quichotte, parce que le nombre des religieux est plus grand que celui des chevaliers. — Nombreux sont les errants, répliqua Sancho. — Nombreux, dit don Quichotte, mais peu méritent le nom de chevaliers » (II, 8, p. 78).

La formule sentencieuse et sibylline semble sceller l'obstination toujours risible de don Quichotte mais aussi la légitimité des lectures laïques et/ou spirituelles du roman, qui décidément échappe à toute tentative de définition dogmatique, et suscite une insondable perplexité. Et que dire encore du discours ironique de l'historien (pointilleux et véridique) maure (donc menteur) Cid Hamet Ben Engeli sur la pauvreté en esprit prônée par l'Évangile et la pauvreté humiliée et honteuse d'un don Quichotte découvrant qu'un de ses bas est filé et qu'il n'a pas de fil vert pour le repriser (II, 44, p. 364) ?

DES ENCHANTEURS AU MALIN GÉNIE

En fait, ce n'est pas à une critique de la religion que se livre Cervantès à travers le rire attristé de l'ironie et celui, plus communicatif, de l'humour, mais c'est plutôt un exercice salutaire du doute contre les croyances et les convictions mal raisonnées qu'il propose. On sait que pour expliquer toutes ses tribulations et toutes ses déceptions, don Quichotte a obstinément recours aux mauvais enchanteurs. Pour ne prendre qu'un exemple parmi tant d'autres : « Persécuté m'ont les enchanteurs, les enchanteurs me persécutent, et les enchanteurs me persécuteront jusqu'à ce qu'ils aient ruiné et moi et mes hauts faits de chevalerie dans le profond abîme de l'oubli » (II, 32, p. 278), se lamente-t-il, lorsqu'il raconte au duc et à la duchesse que Dulcinée a été transformée en une « sale paysanne de Sayago ». Affirmation d'autant plus ironique qu'ailleurs, le narrateur exalte les aventures inoubliables de son héros. Auparavant, en une exceptionnelle occasion (le retour heureux de Sancho après son ambassade au Toboso), don Quichotte avait rendu grâces à « ce sage nécromancien qui a soin de mes affaires [...] est mon ami » (I, 31, p. 370).

Or, si selon Nietzsche, « les convictions sont des prisons [1] », on constate que l'hypothèse insistante et mécanique des enchanteurs ou du nécromancien, dont on rit et dont tous se moquent, enferme le personnage dans sa folie et dans son erreur. Mais il ne faudrait pas que le lecteur, s'enfermant à son tour dans la prison de cette conviction, en reste là. Car don Quichotte, évidemment manipulé par l'Enchanteur suprême qu'est le narrateur, père et parâtre de son histoire, ne fait que rappeler le projet affirmé dans le premier prologue, la destruction programmée de la machine insensée des histoires de chevalerie : il dit une vérité du livre. Il dit aussi la vérité de toute fiction : un créateur de

1. Nietzsche, *L'Antéchrist*, trad Jean-Claude Hémery, in *Œuvres philosophiques complètes*, t. 8, Gallimard, 1974, §54.

fiction est toujours un « enchanteur » qui, bon ou méchant, tient et ses personnages et ses lecteurs sous le « charme » de ses inventions.

On est tenté, sans oublier tout ce qui les sépare de ce personnage romanesque et symbolique, de penser ici aux « personnages conceptuels » mis en scène par Platon (Socrate), Descartes (« l'idiot » et le Malin Génie) ou Nietzsche (Dionysos ou Zarathoustra), tels que les définissent Deleuze et Guattari. « L'art ne pense pas moins que la philosophie, affirment-ils, mais il pense par affects et percepts », et si « la figure théâtrale et musicale de Don Juan devient personnage conceptuel avec Kierkegaard, et le personnage de Zarathoustra chez Nietzsche est déjà une grande figure de musique et de théâtre [1] », la figure de don Quichotte a retenu l'attention des philosophes — Friedrich Schlegel, Ortega y Gasset, Michel Foucault... — et elle hante les écrits des idéologues. Et d'autre part, si l'hypothèse du Malin Génie est un pas décisif vers le *Cogito*, l'hypothèse des enchanteurs — qui enferme don Quichotte dans la prison de sa folie mais dit la vérité du livre — dénote non seulement une tentative de rationalisation de l'incompréhensible et du révoltant (de la part de don Quichotte) mais, au-delà du héros, manifeste une véritable sagesse à deviner ce qui produit les entêtements aveugles des hommes, leurs dialogues de sourds, leurs déraisons. Et encore au-delà, ne sourit-on pas de voir ces

1. Gilles Deleuze et Felix Guattari, *Qu'est-ce que la philosophie ?* Éditions de Minuit, 1991, chapitre 3, p. 60-81.

grands problèmes et ces questions profondes ramenées par la vérité de l'erreur quichottesque à l'unique objet du souci permanent de l'écrivain : l'écriture et la théorie de son propre livre par lequel lui aussi est, comme don Quichotte, persécuté et « enchanté » ?

RIRE DE SOI-MÊME

À l'issue de ce long parcours, il semble légitime de conclure que la profondeur du *Quichotte* est inhérente au rire d'une intelligence supérieure, qui ne se contente pas de s'amuser, de nous amuser, et qui ne stagne pas non plus dans un *nihil scitur* désabusé, mais qui sait constamment remettre en question et renverser, dans la bonne humeur, la malice et l'émotion, les assurances — toujours provisoires — qu'elle nous donne sur elle-même, sur l'homme, son destin et le monde. C'est là, très précisément, que se situe l'humour de Cervantès, celui du *Quichotte* et celui de don Quichotte lui-même, dont on a vu que la folie était instable et qu'elle accédait, par à-coups drôles et surprenants, à l'acceptation du « principe de réalité » freudien : « Le "démenti à la réalité" comme dit Freud, écrit encore Comte-Sponville, n'est humoristique qu'à la condition de se démentir lui-même (sans quoi ce ne serait plus humour mais folie, plus démenti mais démence), qu'à la condition, donc, de reconnaître cette réalité dont il plaisante, qu'il surmonte ou dont il se joue[1]. »

1. *Op. cit.*, chap. XVII, « L'humour », p. 321.

Il serait déraisonnable de dresser le catalogue de tous les traits d'humour, traits d'esprit, jeux de mots, jongleries de situations et collisions d'idées, qui spontanément, à la lecture du *Quichotte* font rire. Ils présentent tous à l'esprit du lecteur ces « non-sens qui ont du sens » (Comte-Sponville), qui font sens, et dont le lecteur perçoit simultanément le caractère absurde et la vérité : tel le féroce lion, défié en combat singulier par l'héroïque chevalier : il regarde le paladin, bâille et s'en retourne dormir dans sa cage (II, 17), ou la suspicion jetée par don Quichotte sur la parole des carmes déchaussés, alors qu'il accorde plein crédit aux révélations de doña Rodriguez sur la duchesse, parce qu'elle est duègne (II, 48), ou encore Sancho, suppliant son maître de ne pas se laisser mourir de mélancolie, et lui promettant que, s'il continue de vivre, ils iront ensemble chercher « derrière quelque buisson madame Dulcinée désenchantée » (II, 74, p. 598). La tendresse désespérée de Sancho et l'incorrigible humeur à rire du narrateur rencontrent ici la définition que G. K. Chesterton[2] (51) donne de l'humour cervantin : « cette magnifique et très chrétienne qualité de l'homme qui rit de lui-même ». Le *Quichotte* rencontre aussi la déclaration du prologue des *Nouvelles exemplaires*, définies comme remède à l'ennui, à l'incon-

2. Voir Dossier, p. 267.

fort, à la laideur, et comme réconfort des esprits et des corps, meurtris et las :

« Mon dessein a été d'installer sur la place de notre république une table de billard où tout le monde pût s'amuser, sans risque d'accroc ; je veux dire sans dommage de l'âme ni du corps, car les exercices honnêtes sont plus profitables que nocifs.

Oui : on n'est pas toujours à l'église, on n'est pas toujours à la chapelle, on ne parle pas toujours affaires, si sérieuses soient-elles. Il y a des heures de récréation pour le repos de l'esprit fourbu.

C'est à cet effet que l'on plante les arbres des allées, qu'on recherche les fontaines, qu'on aplanit les côtes et qu'on cultive amoureusement les jardins » (Pléiade, 2001, p. 8 et 9).

III LA MODERNITÉ DU *QUICHOTTE* ET SES ALÉAS

RARE INVENTEUR

« Il n'est rien de durable sans l'ironie : tous les romans de jadis qui se relisent encore, le *Satyricon* et le *Don Quichotte*, *L'Âne d'or* et *Pantagruel*, se sont conservés dans le sel de l'ironie. Ironie ou poésie, hors de là tout est fadeur et platitude », constate

Remy de Gourmont[1], scellant ainsi la pérennité ou l'éternelle modernité du rire cervantin.

1. Remy de Gourmont, *Le Deuxième Livre des masques*, Mercure de France, 1920, p. 125.

Cervantès était-il conscient d'avoir écrit, avec le *Quichotte*, l'un des premiers romans des Temps modernes ? Il ne pouvait pas prévoir l'évolution ultérieure du genre, mais il se savait *raro inventor* comme le confirment l'orgueilleuse et lucide affirmation du « chapitre » IV de son *Voyage au Parnasse* (1614) — *Yo soy aquel que en la invención excede/a muchos*, « Je suis celui de qui l'invention surpasse celle de bien des gens » (v. 28-29), — et le discours, plus explicite, du « chapitre » I du même *Voyage* où Mercure le salue en lui décernant les titres sonores d'*Adam des poètes* et de *rare inventeur*. La même assurance caractérise le fragment célèbre du « Prologue au lecteur » des *Nouvelles exemplaires* (1613), où Cervantès affirme être le premier à avoir fait des nouvelles en langue castillane.

Il faut redire ici que le *Quichotte* de 1605 a été précédé par la publication en 1599 et en 1604 de la première puis de la deuxième partie de *La Vie de Guzmán de Alfarache*, du Sévillan Mateo Alemán. En 1602 — coïncidence intéressante — paraît une deuxième partie apocryphe, œuvre de Mateo Luján de Sayavedra (pseudonyme de Juan Martí). En 1619, Chapelain traduit le *Guzmán* et lui décerne le titre de premier roman des temps modernes : « Il est premier en date de quelque façon qu'on le prenne. » Depuis, cette précellence lui a été refusée, confiné qu'il est resté dans l'ombre du *Quichotte*. Elle est néanmoins revendiquée par des critiques qui pensent que l'étiquette de « roman picaresque » qui lui est généralement appliquée est réductrice et le cantonne dans les marges burlesques de l'écriture romanesque. Michel Cavillac juge que l'hypotexte picaresque joue dans le *Guzmán* le même rôle que l'hypotexte chevaleresque dans le *Quichotte* : le roman d'Alemán est bien plutôt une fiction qui préfigure l'épopée bourgeoise dégradée (Hegel) qu'est le roman du XIXe siècle[1]. Cervantès devait être conscient de l'importance du *Guzmán* : il n'en dit pas un mot, mais certains épisodes de son propre livre y font clairement allusion et il est, on l'a vu, l'une des cibles de l'ironie cervantine.

1. Michel Cavillac, « El *Guzmán de Alfarache* : ¿ una "novela *picaresca*" ? », *Bulletin hispanique*, n° 1, juin 2004, p. 161-184.

Dans le texte même du *Quichotte*, sept titres de la première partie (chap. 8, 20, 23, 28, 36, 44, 52) et dix de la deuxième (13, 17, 18, 23, 36, 48, 56, 59, 61, 69) multiplient les termes qui désignent la nouveauté, le caractère inouï, admirable et jamais jusqu'alors imaginé, la rareté, l'extravagance des aventures. Certes, il convient de faire la part du caractère conventionnellement racoleur et accrocheur des titres, la part de l'hyperbole ironique et de l'autodérision mais, comme toujours, il faut associer à cette lecture comique et distanciée la non moins indispensable lecture littérale. Que pouvait bien signifier « inventer l'aventure romanesque » pour un écrivain du XVIIe siècle ? Avant tout, semble-t-il, décaler, perturber et libérer l'horizon d'attente du lecteur. Si l'on veut bien se rappeler que le terme *aventura* désigne encore au XVIIe siècle l'aventure guerrière, faire œuvre nouvelle c'est, somme toute, effacer les frontières des cadres littéraires qui en déterminent les contraintes thématiques et formelles et passer outre aux conventions et aux définitions de manière à ouvrir la voie au mélange, au désordre et à la liberté.

UNE AVENTURE INOUÏE

Ainsi en va-t-il, par exemple, de la déclinaison chevaleresque et scatologique de l'héroïsme du maître et de celui de l'écuyer. L'aventure des foulons (I, 20), « extraordinaire et inouïe », bien plus subtile que celle des moulins à vent (ce qui explique sans doute que la mémoire collective ne l'ait pas retenue), réduit à néant, pour don Quichotte, l'entreprise chevaleresque et, pour Sancho, promeut au rang d'aventure les péripéties d'une narration (le conte « attrape-nigauds » de la Torralba) qu'il voudrait prolonger indéfiniment pour empêcher l'hidalgo de partir, et celles d'un incident physiologique honteux — provoqué par la peur et le froid — et qu'il s'efforce de dissimuler sans y parvenir.

Contrairement à ce qui se produit pour la plupart des aventures, le sens sollicité n'est pas la vue ; l'épisode — qui a pour cadre la nuit la plus noire et des bruits fort inquiétants d'abord, comiques ensuite — en appelle à l'ouïe puis à l'odorat, comme si le récit procédait à diverses expériences d'écriture et « testait » les réactions des personnages en les soumettant à un protocole d'expérimentations différentes. L'épisode, centré sur la honte de Sancho, se referme sur la honte de don Quichotte, tout confus d'apercevoir, à l'aube, que ceux qu'il prenait pour de terribles ennemis n'étaient que six maillets d'un moulin à foulons.

Cependant, le chevalier ne peut dissimuler un petit sourire de gêne. Sancho en profite pour railler son maître, puis, face à une aventure aussi peu chevaleresque, aussi peu héroïque et aussi ridicule — mais aventure tout de même —, il éclate d'un rire énorme et incontrôlable, inextinguible, qui lui vaudra d'être puni. Ce rire, que le rare inventeur délègue à Sancho, n'a pas seulement pour objet de souligner le contraste entre l'attente de don Quichotte et le caractère inoffensif des ennemis qui l'attendaient dans l'ombre. Il souligne sans doute (et c'est dans ce sens qu'on pourrait l'interpréter à la manière de Bakhtine[1], que le coup fatal porté aux chevaleries par le récit des efforts « héroïques » de Sancho pour réprimer ses besoins naturels, dans un récit non catalogué comme burlesque ni picaresque, ouvre la voie à la liberté thématique et au « réalisme » dont on a pu créditer les innovations du roman des temps modernes.

1. Mikhaïl Bakhtine, *Esthétique et théorie du roman*, Gallimard, 1978, p. 458.

UNE AVENTURE EN QUÊTE DE GENRE

Que dire de l'aventure qui commence au chapitre I, 23 pour trouver son *happy end* au chapitre 36, et qui est ainsi annoncée : *De ce qui arriva au fameux Don Quichotte en la Sierra Morena, qui fut une des plus étranges aventures qui se racontent en cette véridique histoire* ? Tout d'abord que, puisant dans la tradition, elle relève pourtant de la modernité du livre. Pourquoi ? Moins certainement parce qu'elle se décale d'un personnage à un autre (il s'agit à la fois des péripéties de l'errance de don Quichotte et de l'histoire croisée de Cardenio et Luscinda et de don Fernando et Dorotea) que parce qu'elle amalgame plusieurs genres narratifs en les soumettant à deux types de nécessités.

Nécessité interne d'abord : c'est *parce que* don Quichotte a inconsidérément libéré les galériens, et c'est *parce qu'*il craint d'être poursuivi par la justice qu'il se réfugie dans la Sierra Morena. Nécessité externe ensuite : dans un espace sauvage, les rencontres ne peuvent être que pastorales. Les chevriers qui offrent l'hospitalité aux deux héros entendront donc le grand discours sur l'Âge d'or. Se produit alors un amalgame du genre pastoral et du genre sentimental (déjà présent dans *La Diana*) : les autres personnages rencontrés (Cardenio et Dorotea) racontent leur histoire, comme dans la pastorale, mais ils ne sont pas des bergers.

De plus, don Quichotte et Sancho sont poursuivis et rattrapés par leur propre histoire et par la question de la folie : celle-ci se cristallise en la rencontre des deux fous spéculaires, don Quichotte et Cardenio, l'un monomaniaque et l'autre furieux, aux surnoms consonants : *el de la Triste Figura* et *el de la Rota Figura*. Le regard réciproque que don Quichotte et Cardenio portent sur leur folie respective nous fait toucher, au-delà des points de vue littéraires et génériques, la profonde unité des personnages et encore au-delà, celle de l'humaine condition.

La modernité — paradoxale — de l'épisode consiste aussi en la réutilisation stratégique d'éléments chevaleresques dénaturés : c'est grâce à la belle Dorotea, fille unique de riches paysans, déguisée en princesse Micomicona, que don Quichotte acceptera, à la fin du livre, de se laisser mettre en cage. Enfin, le chevalier, non plus héros agissant mais auditeur passionné du récit de Cardenio, assiste bientôt en témoin, à l'auberge, aux retrouvailles des quatre amants.

Or, dans cette même auberge, le capitaine Ruy Pérez de Viedma raconte l'histoire de sa vie, de sa captivité à Alger et de sa libération grâce à la belle Zoraida, et cette fois l'intérêt se décale non seulement vers ce personnage nouveau mais vers son probable « modèle » réel : Cervantès luimême, comme l'a bien montré Jean Canavaggio avec la distance, les nuances et la souplesse qu'imposent les relations entre la fiction et le référent biographique[1]. Cervantès, inventeur de la fiction autobiographique ? Pourquoi pas ? On connaissait les autobiographies de soldats et l'autobiographie fictionnelle de *Lazarillo de Tormes*, Mateo Alemán avait publié celle de son *Guzmán de Alfarache* et Lope de

1. Jean Canavaggio, « Le débat entre la littérature et la vie », *Magazine littéraire*, *Cervantès*, n° 358, octobre 1997, p. 35-42.

Vega inventait, quant à lui, un théâtre largement autobiographique qui préparait son chef-d'œuvre tardif : *La Dorotea.*

UNE NOUVELLE AU CŒUR DU ROMAN

Revenons à l'auberge : l'art de raconter ou plutôt de *lire* et le plaisir d'écouter s'y cristallisent avec la nouvelle du *Curieux impertinent* que le curé lit à haute voix pour tous les hôtes de Juan Palomeque.

L'insertion d'un échantillon du genre « nouvelle » (genre où Cervantès s'illustre pleinement en 1613 avec les *Nouvelles exemplaires*), telle une halte narrative interrompant le récit des aventures de don Quichotte comme la halte à l'auberge interrompt ses pérégrinations, semble signaler la concomitance d'un double processus génétique : l'invention du « roman » et l'invention de la « nouvelle ». Cette inclusion rappelle en effet que les nombreux livres miscellanés publiés aux XVIe et XVIIe siècles espagnols présentaient poèmes, récits, contes, pièces de théâtre, aphorismes, recettes, informations diverses, qui pouvaient se succéder sans aucun lien les uns avec les autres ou au contraire s'intégrer à une structure qui en organisait l'ordonnance. Le *Quichotte* pourrait bien être le modèle même du dépassement de ces ouvrages de type anthologique. Par ailleurs, l'inclusion du *Curieux impertinent* dans le *Quichotte* de 1605 associe à la naissance du premier roman des Temps modernes l'émergence d'une véritable nouvelle, qui annonce le recueil de 1613. Autant en France qu'en Espagne (l'*Heptaméron* de Marguerite de Navarre en est un bon exemple), les nouvelles sont essentiellement au XVIe siècle des amplifications plus ou moins élaborées de contes, et leur écriture, empreinte d'oralité, signale qu'elles étaient écrites pour être racontées. La lecture publique que fait le curé du *Curieux impertinent* semble nous le rappeler mais dit tout autre chose. Elle souligne le caractère *écrit* du texte dont le manuscrit, trouvé dans une valise, y côtoie celui de *Rinconete et Cortadillo*, l'un des textes les plus connus du recueil cervantin de 1613.

La nouvelle — sentimentale et urbaine — peut sembler introduire un bloc d'hétérogénéité dans l'histoire de l'« ingénieux hidalgo » : localisée en Italie, elle met en présence un couple d'amis en tous points semblables, si ce n'est que l'un d'eux aime les femmes et se marie tandis que l'autre préfère se consacrer à la chasse. Or, à peine a-t-il épousé la chaste Camille qu'Anselme est pris d'une étrange et terrible obsession [1] : s'assurer de sa fidélité et de son honnêteté. Aussi harcèle-t-il son ami Lothaire pour qu'il courtise Camille et pour qu'il essaie de la séduire. L'histoire se termine très mal et la monomanie d'Anselme finit par mener tous les personnages à la catastrophe.

1. François Lopez, « Essai sur *El Curioso impertinente* et quelques autres figures de *Don Quichotte* », *Bulletin hispanique*, vol. 92, n° 1, janvier-juin 1990, p. 415-475.

Moins étrangère au propos de la première partie qu'on ne pourrait le croire, la nouvelle substitue un fou à un autre : don Quichotte n'assiste pas à la lecture collective car il dort dans sa chambre et la déviance perverse d'Anselme occupe l'espace narratif momentanément libéré des extravagances du chevalier. En revanche, la nouvelle lue à haute voix à l'auberge est symétrique de l'histoire racontée par Cardenio et Dorotea dans la montagne, récit souvent assimilé à une nouvelle interpolée. Enfin, elle met en abyme la lecture du manuscrit du *Curieux impertinent* dans notre propre lecture du *Quichotte*, et en miroir les lecteurs que nous sommes et les personnages qui écoutent attentivement le curé.

LA MODERNITÉ EN QUESTION

On a pu lire plus haut que le chanoine du chapitre I, 47 trouvait quelque avantage à l'écriture des romans de chevalerie, notamment en raison de sa libre allure qui permet d'y solliciter tous les genres et toutes les sciences afin d'y tisser des aventures variées susceptibles de plaire et d'instruire. Il n'y a là aucune inconséquence : la modernité de Cervantès, si elle consiste à tout faire passer par le crible de l'ironie, ne saurait négliger de soumettre ses propres décisions à un éclairage ambigu et oblique. Elle ne saurait non plus éviter de reconnaître les qualités de l'héritage, comme l'a montré l'analyse de la parodie. Le *Quichotte*, tout en détruisant efficacement la machinerie extravagante de certains romans de chevalerie, emprunte au genre, et maintient jusqu'au bout le fil de la folie du héros, même si la deuxième partie en modifie largement les paramètres.

C'est avec quelque regret que certains exégètes du *Quichotte* constatent que l'aventure de la barque enchantée (II, 29) ramène le chevalier à ses méprises de la première partie, et le lecteur à un motif caractéristique des romans de chevalerie : celui de la petite barque qui attend le chevalier pour l'emmener dans des contrées étranges accomplir des hauts faits inouïs. Don Quichotte, en effet, décide de délivrer le chevalier ou la princesse emprisonnés dans la forteresse en quoi il transforme un inoffensif moulin, entreprend une traversée imaginaire, prend les meuniers pour malandrins et félons, heurte les roues du moulin et tombe à l'eau avec Sancho, échouant dans son entreprise héroïque et invoquant, pour se disculper, l'intervention de malins enchanteurs. Cette aventure marque une régression, en ce qu'elle réintroduit la mécanique de la monomanie à un moment du livre où le personnage s'était transformé, enrichi, nuancé et semblait échapper complètement au schéma initial de sa programmation. Il y échappe, pourtant : en vertu d'une « marchandisation » de l'univers chevaleresque, il rembourse leur barque aux pêcheurs des rives de l'Èbre tandis que lui et Sancho « retourn[ent] à leurs bêtes, et bêtes revi[ennent] eux-mêmes » (II, 29, p. 255).

Cette aventure prend tout son sens, en revanche, quand on considère qu'elle est le véritable portique de l'épisode du château ducal, où don Quichotte et Sancho vont enfin réaliser leur rêve de rencontrer l'univers des romans de chevalerie mais un univers faux, artificiel et monté de toutes pièces, comme on l'a vu plus haut.

UNE AVENTURE OÙ RIEN N'ARRIVE

Innovation et régression se regroupent, spectaculairement, au sein du chapitre 58 de la deuxième partie. Son titre : *Qui montre comment il fondit sur don Quichotte tant d'aventures qu'elles ne se donnaient point de relâche l'une à l'autre*, est parfaitement démenti par le contenu de la narration. Il ne se passe rien dans ce chapitre qui ressemble de près ou de loin à une cascade de péripéties pleuvant ou « fondant » sur don Quichotte et les deux rencontres qui y sont racontées sont si paisibles et si plaisantes qu'on est loin de la dénotation guerrière et agressive que le mot *aventura* conservait au Siècle d'or.

Pourtant c'est bien de ce mot que Sancho se sert pour commenter le premier des deux épisodes, comme pour signaler que le référent littéraire et narratif du terme s'est modifié. Ce qui arrive aux deux personnages, en effet, n'est « aventure » qu'au sens le plus large du mot, une aventure où rien n'arrive, sinon une rencontre, suivie d'une conversation. Don Quichotte et Sancho aperçoivent, assis sur l'herbe, une douzaine d'hommes en train de dîner. Près d'eux, enveloppées de draps blancs, quatre statues de saints donnent lieu à autant de commentaires admiratifs ou ambigus de don Quichotte : saint Jacques, saint Georges, saint Martin et saint Paul y sont promus par lui au rang d'aventuriers chrétiens, de chevaliers errants des milices divines, de soldats des escadrons du Christ. Une fois encore, c'est Sancho qui signale l'évolution radicale du matériau dont se tissent les aventures de son maître :

« À la vérité, monsieur notre maître, si ce qui nous est arrivé aujourd'hui se peut nommer aventure, elle a été des plus douces et des plus agréables que nous ayons rencontrées en tout le cours de notre voyage. Nous en sommes sortis sans coups de bâton ni transes ; nous n'y avons pas mis l'épée à la main, ni battu la terre de nos corps, et moins encore y avons-nous ressenti la faim. Béni soit Dieu qui m'en a fait voir une pareille de mes propres yeux ! » (II, 58, p. 477).

DES FILETS DE FIL VERT

En contraste avec la première, la deuxième « aventure » s'apparente aux épisodes merveilleux des chevaleries : traversant une forêt, don Quichotte et Sancho sont pris dans des filets de fil vert qui, pour le chevalier, « sont une des plus étranges aventures que l'on puisse penser » (II, 58, p. 480). Une jeune beauté, habillée en bergère, leur explique que de riches gentilshommes, pour occuper leurs loisirs, ont fait du site une nouvelle Arcadie où ils se préparent à représenter deux églogues. Invité à un somptueux dîner, don Quichotte y prononce un curieux discours sur l'ingratitude et la reconnaissance : il n'a d'autre moyen d'exprimer la sienne que de se poster au milieu du chemin pendant deux jours pour soutenir que les dames et bergères qui l'entourent sont les plus belles, « hormis la sans pareille Dulcinée du Toboso, unique dame de mes pensées » (II, 58, p. 483).

Il sera piétiné par une manade de taureaux que des vachers emmènent pour les enfermer dans les arènes d'un village. L'intérêt du chapitre est bien évidemment dans cette concomitance de l'innovation narrative et de la « régression » chevaleresque qui, loin de dénoter quelque incohérence ou quelque invraisemblance, semble proclamer la liberté bien contrôlée du roman. Le contrôle est d'autant plus sévère et la modernité réaffirmée que, si don Quichotte est durement puni, c'est aussi le retour à l'écriture ancienne et le ressassement des formules périmées qui le sont.

L'aventure, qu'il ampute de sa conclusion, est rappelée par don Quichotte au chapitre II, 67 :

« Ils étaient en cette conversation, toujours cheminant, quand ils parvinrent au lieu même où les taureaux les avaient foulés aux pieds. Don Quichotte le reconnut et dit à Sancho : Voici le pré où nous rencontrâmes, il y a quelque temps, les aimables bergères et les gentils bergers qui y voulaient renouveler et imiter l'Arcadie pastorale. Dessein non moins nouveau que judicieux. À leur imitation, si tu en es d'avis, ô Sancho, je voudrais que nous prissions l'habit de bergers durant le temps qu'il me faudra vivre dans la retraite » (II, 67, p. 553-554).

Mal lui en prend, et malheur à l'écriture qui imite et répète ! Cette fois, on l'a vu précédemment, c'est un troupeau de six cents porcs qui va le piétiner...

La démonstration pourrait se poursuivre pour tous les chapitres distingués par leurs titres, mais on n'aurait garde de la limiter à eux : c'est toute l'entreprise d'écriture du *Quichotte* qui est concernée. Certains chapitres en effet, plus que d'autres, signalent non seulement la nouveauté de l'invention mais des innovations plus profondes, plus révolutionnaires, qui dénotent déjà une « théorie » du roman qui ne peut pas dire son nom au XVIIe siècle et une théorie narratologique qui attendra le XXe siècle pour s'énoncer.

L'AUTEUR EN QUESTION

Les inventions les plus spectaculaires, telle la question de l'auteur, surgissent dans la première partie du double livre, alors que la partie réflexive, la deuxième, les porte à leur perfection et les « théorise » à la manière de Cervantès : à travers les points de vue contrastés des dialogues ou par le biais de leur transformation en matière romanesque.

UN ARRÊT SUR IMAGE

Le chapitre I, 8, par exemple, outre l'épisode des moulins, raconte une aventure encore plus extraordinaire, qui est celle du livre lui-même et de sa fabrication, et il la raconte en laissant personnages, narrateur et lecteurs immobilisés, tendus devant un extraordinaire « arrêt sur image » littéraire, car le récit s'interrompt au moment où on attendait qu'il livre un terrible dénouement, laissé en suspens :

« Or, s'en venait, comme dit est, don Quichotte contre l'avisé Biscaïen, l'épée haute et résolu de le fendre en deux ; et le Biscaïen l'attendait tout de même l'épée levée et fourré de son oreiller ; tous les assistants étaient épouvantés et en suspens de ce qui devait arriver de ces grands coups dont ils se menaçaient [...]. Mais toute la finesse de l'histoire est qu'en ce point l'auteur laisse cette bataille en suspens, s'excusant sur ce qu'il n'a trouvé autre chose d'écrit des hauts faits de Don Quichotte, sinon ce qu'il en a rapporté jusques ici. Bien est vrai que le second auteur de cette œuvre n'a voulu croire qu'une si curieuse histoire eût été livrée aux lois de l'oubli, ni que les esprits de la Manche aient été si peu curieux qu'ils n'aient gardé en leurs archives ou en leurs cabinets quelques papiers qui traitent de ce fameux chevalier » (I, 8, p. 121).

Le procédé, certes, a déjà été expérimenté dans quelques romans de chevalerie et dans le poème épique d'Alonso de Ercilla, *L'Araucane*, mais Cervantès lui donne une portée singulière. En effet, il lui permet d'introduire, au chapitre suivant, le récit des conjectures du narrateur sur la date de composition du manuscrit ainsi que sa quête des documents manquants, qu'il retrouve miraculeusement dans l'Alcaná de Tolède[1] et qu'il fait traduire (encore une convention des romans de chevalerie) par un jeune Morisque frotté de castillan, car ils sont rédigés en arabe et signés de Cid Hamet Ben Engeli (le sieur qui loue le plus le Seigneur, fils de l'Évangile). Il lui permet aussi, comme s'il lisait dans les pensées de ses lecteurs les impressions produites par son récit, de donner à l'« image » des deux combattants pris sur le vif, le support de la description d'une illustration (*Ut pictura poesis*) représentant le terrible duel *peint au naturel*. Il lui permet enfin de produire la « théorie » la plus novatrice de ce que Maurice Couturier a appelé la « figure de l'auteur[2] », en multipliant les instances médiatrices entre le texte de l'œuvre et le nom qui figure sur la couverture du livre et en assume la responsabilité juridique.

1. L'Alcaná est une célèbre rue commerçante de Tolède.

2. Maurice Couturier, *La Figure de l'auteur*, Seuil, coll. Poétique, 1995. Voir aussi : Antoine Compagnon, *Le Démon de la théorie*, Seuil, 1998.

LES FIGURES DE L'AUTEUR

Le narrateur n'est que le bénéficiaire de la lecture d'un livre qui, lui, est le fruit des patientes enquêtes d'un historien more (*historiador arábigo*). De ce livre le narrateur n'a pu prendre connaissance que grâce au truchement du traducteur-transmetteur morisque. Rien de bien nouveau jusque-là : le procédé est pratiqué dans les romans de chevalerie, mais il prend dans le *Quichotte* une ampleur et un relief singuliers. Le fait que le « premier auteur », comme l'appelle le narrateur, soit un « historien » implique qu'il soit un compilateur, un chroniqueur soucieux de la plus stricte vérité des faits rapportés, mais le fait qu'il soit *arábigo* justifie également la méfiance du narrateur à l'endroit des mensonges qu'il ne manquera pas de proférer. Voici donc notre historien-fabulateur devenu inventeur de fictions déclarées tantôt véridiques et tantôt extravagantes :

« Cid Hamet Ben Engeli, écrit Jean Canavaggio dans la préface (I, p. 18), est, à n'en pas douter, le plus fascinant de ces doubles : émule apparent de ces chroniqueurs arabes à qui l'on faisait endosser, par pure convention, la paternité des romans de chevalerie, il est à la fois l'auteur postiche dont le romancier se démarque pour juger l'œuvre qu'il est en train d'écrire, et l'historien sourcilleux qui dévoile au lecteur son effort pour saisir ses héros dans toute leur plénitude, les faisant ainsi entrer dans l'acte même de la création littéraire. »

Le traducteur n'est pas en reste : on apprend, au fil des aventures, qu'il prend quelques libertés avec l'original : en tant qu'interpète, passeur ou truchement, il peut encore allégoriser l'une des fonctions de l'auteur ou du lecteur. Les choses ne sont pas si simples, pourtant : don Quichotte en personne, quand il visite Barcelone, entre dans une imprimerie et y rencontre le traducteur d'un livre toscan en castillan. Il se livre alors à une critique des traductions qui, hormis celles qui concernent le grec et le latin, « ne f[ont] paraître ni grand esprit ni grande éloquence, de même que celui qui fait quelque copie » (II, 62, p. 523). Un peu avant, il regrettait que le travail du traducteur montre l'envers de ce que Henry James appelle l'*image dans le tapis* : « en traduisant d'une langue en une autre, pourvu que ce ne soit point des reines des langues, la grecque et la latine, on fait comme celui qui regarde au rebours les tapisseries de Flandre : encore que l'on en voie les figures, elles sont pourtant remplies de filets qui les obscurcissent » (II, 62, p. 522-523).

C'est aussi dans cette imprimerie que don Quichotte trouve la « bagatelle mémorable » de la suite apocryphe de ses aventures, dont on corrige les épreuves : l'ayant déjà feuilletée et trouvée très mauvaise, il s'étonne qu'on ne l'ait pas encore envoyée au bûcher.

LIRE, ÉCRIRE

Le fait que le narrateur (est-il ce « deuxième auteur » souvent évoqué dans le texte ?) soit avant tout le premier lecteur du livre ne peut que rappeler le constat que faisait Louis Aragon sur la première phrase de ses romans : « Ce que j'avance quant à moi, c'est qu'au moment où l'expérimentateur semble élire la phrase-seuil du roman, et en réalité ne fait que la lire, se produit une réaction d'où dépend la suite de la lecture[1]... » Cervantès est, à ce titre, l'un des premiers écrivains de l'âge moderne qui sollicite l'intervention du lecteur comme coauteur de son livre : il faudra attendre les Balzac, Galdós, Unamuno, Pirandello, Rilke, Kafka, mais aussi Jean Cocteau, Jean-Paul Sartre et Jorge Luis Borges pour voir que la lecture est non seulement le premier moteur de l'écriture mais qu'elle peut s'assimiler à l'écriture elle-même.

1. Louis Aragon, *Je n'ai jamais appris à écrire ou les incipit*, Skira/Champs-Flammarion, 1969, p. 73.

Se définissent comme lecteurs-auteurs : le narrateur, le traducteur et jusqu'au premier auteur, Cid Hamet, qui travaille à partir de « sources » écrites ou orales et dont le narrateur reproduit les annotations, sans compter les personnages de la deuxième partie qui ont lu la première, qui la commentent et qui « fabriquent » des aventures. De même, la multiplication des points de vue, ce *perspectivisme*[2] qui livre autant de lectures du monde et de la fiction que d'êtres, substantiels ou épisodiques, qui traversent le roman, relève de cette féconde et formidable intuition. Il résulte de cette triple hypostase de « l'auteur » une prise de distance remarquable dont le narrateur, hétéro-diégétique, tire le plus grand profit pour remettre sans cesse en question l'œuvre dont il n'est que l'auteur « second », le lecteur ou le transmetteur : c'est ainsi que l'un des fondements de la *Poétique* aristotélicienne, le vraisemblable, est l'objet d'un questionnement dont deux des chapitres « inouïs »

2. Le mot est de Leo Spitzer, « Perspectivismo lingüístico en el *Quijote* », *Lingüística e historia literaria*, Madrid, Gredos, 1955, p. 135-187.

signalés plus haut, les chapitres 22 et 23 de la deuxième partie, font la matière même de leurs péripéties.

LE VRAISEMBLABLE EN QUESTION

La grande aventure de la caverne de Montésinos occupe les chapitres 22 et 23 de la deuxième partie. À y regarder de près, chacun de ces chapitres met en œuvre une modalité particulière du vraisemblable : en premier lieu, la modalité vériste et rassurante parce que « ressemblante », apparemment conforme à l'idée que l'on peut se faire de l'exploration d'une grotte sauvage ; la version problématique et dérangeante ensuite, celle du récit que fait don Quichotte de sa descente au fond de la terre.

LE VRAISEMBLABLE RESSEMBLANT

Rien de plus vraisemblable, en effet, que les préparatifs de l'excursion : don Quichotte et Sancho se font accompagner d'un guide ; le chevalier achète cent brassées de corde et, au moment de descendre, regrette de ne pas s'être muni d'une clochette, qui aurait tinté à chacun de ses mouvements et aurait indiqué à ses compagnons qu'il était toujours en vie. L'entrée de la caverne est pleine de broussailles, de ronces et de figuiers sauvages :

don Quichotte doit s'y frayer un chemin à coups d'épée, et il fait s'envoler — augure sinistre mais que sa vaillance ignore — une infinité de corbeaux et de corneilles et quelques chauves-souris. La voix du chevalier s'étant perdue dans les entrailles de la grotte, Sancho et le guide décident d'attendre une demi-heure puis ils remontent le chevalier, si profondément endormi qu'ils ne peuvent le faire revenir à lui qu'après l'avoir longuement secoué et malmené. Ce sommeil d'une lourdeur inusitée introduit une note d'étrangeté qui sert d'antichambre à la véritable mise en question, au chapitre suivant, du vraisemblable.

UNE TRIPLE INVRAISEMBLANCE

Le titre du récit de l'aventure est éloquent : *Des choses admirables que l'inépuisable Don Quichotte raconta avoir vues en la profonde caverne de Montésinos, dont l'impossibilité et la grandeur font qu'on tient cette aventure pour apocryphe* (II, 23, p. 196). Au terme de sa descente, sorti d'un sommeil profond, don Quichotte s'est retrouvé, bien éveillé, dans la plus délicieuse des prairies, au pied d'un merveilleux château de cristal, dont il a vu sortir le vieux Montésinos, enchanté par Merlin, qui l'accueille à bras ouverts : seul le Chevalier aux Lions (nouveau nom de guerre de don Quichotte) pourra le désenchanter. Montésinos le conduit auprès d'autres personnages, enchantés comme lui et issus du *romancero* espagnol et de la geste carolingienne : le gisant toujours vivant, Durandarte, dont il a, jadis, extrait le cœur pour le rapporter — salé pour mieux le conserver[1] — à Belerma, sa bien-aimée ; don Quichotte la voit, toute momifiée et jaunie, accompagnée du cortège de ses dames de compagnie ; seuls l'écuyer Guadiana et la duègne Ruidera et ses sept filles, pour avoir tant pleuré, manquent à l'appel de Montésinos car ils ont été métamorphosés en fleuve et en lagunes par le diabolique Merlin. Don Quichotte aperçoit aussi Dulcinée, sous l'apparence grossière de la paysanne que le menteur et malin Sancho lui avait montrée lors de la visite au village du Toboso et, très curieusement, l'une des compagnes de Dulcinée lui demande de prêter à sa maîtresse, sur un cotillon tout neuf qu'elle lui donne en gage, une demi-douzaine de réaux.

On ne peut nier l'étrangeté de l'aventure, d'autant plus que don Quichotte — qui ne saurait mentir — affirme être resté trois jours dans la grotte, alors que ses compagnons n'ont attendu qu'une demi-heure pour l'en retirer. Son récit multiplie « impropriétés, discordances, inajustements et disparates[2] » et tout s'expliquerait et les impossibles se dénoueraient si l'on considérait, avec Sancho, que don Quichotte a été lui aussi « enchanté » ou, comme le supposent certains cervantistes, qu'il a rêvé. Or, il affirme ne pas avoir

1. Ce détail a suggéré à Américo Castro une formule inspirée qui rend parfaitement compte de l'une des entreprises d'écriture du *Quichotte* : la *salazón de mitos*, la « salaison des mythes », in *Hacia Cervantes*, Taurus, Madrid, 1957, 3e éd.

2. Maurice Molho, « Le paradoxe de la Caverne. *Don Quichotte*, II, 22, 23, 24 », *Les Langues néo-latines*, nº 267, 4e trimestre 1988, p. 93-166.

rêvé. « Qu'en est-il des rapports de ce récit avec le vraisemblable ? » se demande Mercedes Blanco[1]. Sa réponse est nette : incompatible avec l'expérience ordinaire, en rupture burlesque avec la convenance du ton, le respect des traditions et les conventions d'un genre, incohérente dans son ensemble et dans ses détails, la narration, qui contrevient aussi au possible et nécessaire aristotéliciens, est trois fois invraisemblable.

1. Mercedes Blanco, « Vraisemblable et réel dans le *Quichotte* », in *Cervantès*, textes réunis et présentés par A.-M. Capdeboscq, *La Licorne*, Poitiers, 1996, n° 39, p. 189-218.

LE VRAISEMBLABLE DÉRANGEANT

Or, elle produit — paradoxalement — un effet de réel, que Mercedes Blanco relie à « l'inquiétante étrangeté » freudienne du rêve nocturne dont l'épisode de la caverne pourrait bien être, si on lui applique les critères de la théorie psychanalytique : « une version embellie, hyperbolique ». L'hypothèse est séduisante. Néanmoins, elle passe un peu vite sur celle que formulait Maurice Molho, à savoir que don Quichotte tout comme les personnages de la caverne, qui n'en sont que les « miroirs déformants », est le lieu d'une « insoutenable contradiction qui ne sera surmontée que par la mort », entre Poésie et Histoire ou, dit autrement, entre sa propre mythologie et la raison de l'Histoire.

Ainsi s'explique la survie des héros du *romancero* qui, en tant qu'êtres de poésie sont immortels, mais en tant que personnages mythiques passés par l'épreuve de l'expérience biologique (ce que manifestement le texte se plaît à expérimenter), vieillissent sans jamais mourir, ou, s'ils sont morts dans la littérature, continuent de vivre littéralement leur statut de morts. Comment mieux affirmer tout ensemble la pérennité des mythes et des poèmes et leur non moins éternelle mais irrémédiable décrépitude ? Et comment mieux faire accepter cette déchéance qu'en rapprochant — sur le mode comique ou humoristique — de la commune expérience des corps vivants et vieillissants ces êtres que leur support poétique maintient éternellement jeunes et beaux ? On peut alors se demander s'il est licite de se poser la question du vraisemblable et surtout par rapport à quoi il convient de la poser. Les annotations marginales de Cid Hamet Ben Engeli, malicieusement reproduites en forme de tergiversations à l'entrée du chapitre 24, démontrent que la modernité du *Quichotte* tient aussi à l'institution romanesque de l'indécidabilité entre le vrai et le faux comme marque spécifique de la fiction.

LA LIBERTÉ CRÉATRICE

Ce qui est ici posé c'est le problème de la liberté créatrice. Alors même que l'implacable destruction des incongruités chevaleresques est consommée, c'est à une fable, à une fiction de type chevaleresque que Cervantès s'en remet pour théâtraliser et transformer en aventure l'inéluctable vieillissement de la littérature et sa pérennité. On peut alors raisonnablement penser que le véritable problème n'est pas de savoir si don Quichotte a menti ou rêvé ou non, mais de se demander ce qui fonde la crédibilité d'une fiction qui bouscule les lois de la vraisemblance.

Cid Hamet précurseur de Borges ? On l'a dit, et l'analyse que fait ce dernier de l'épisode d'Ugolin de la Gherardesca, dans l'*Enfer* de Dante (XXXIII, 75) le corrobore : « Dans le temps réel, historique, chaque fois qu'un homme est amené à choisir entre plusieurs solutions, il opte pour l'une d'elles, et il élimine et perd les autres. Il n'en va pas de même dans le temps ambigu de l'art, qui ressemble à celui de l'espérance ou à celui de l'oubli. Hamlet, dans cette sorte de temps, est à la fois sain d'esprit et fou. Dans les ténèbres de sa Tour de la Faim, Ugolin dévore ou ne dévore pas ses cadavres aimés, et cette oscillante imprécision, cette incertitude, est l'étrange matière dont il est fait. Ainsi l'a rêvé Dante, avec deux agonies possibles, et ainsi le rêveront les générations à venir[1]. »

Le trait de génie de Cervantès est d'avoir fait du « temps ambigu de l'art » et de l'impossibilité de décider si l'aventure de la caverne de Montésinos est « fausse ou vraie » la matière narrative des chapitres II, 22, 23 et 24 dans lesquels, vertigineusement, s'engouffre et se métamorphose en incroyable péripétie romanesque toute la réflexion méta-poétique qui, de loin en loin, rythme l'écriture du livre, sans jamais verser dans la lourde digres-

1. Jorge Luis Borges, *Neuf essais sur Dante*, préface d'Hector Bianciotti, trad. Françoise Rosset, Gallimard, coll. Arcades, 1987, p. 59.

sion mais en s'intégrant souplement et comme naturellement à l'histoire du héros.

« SI VOUS VOULEZ QUE L'ON VOUS CROIE... »

Cependant, l'insistance de Cid Hamet sur la question n'en est pas moins décisive : le narrateur va bientôt saisir cette perche pour perturber l'intégrité même de la foi de don Quichotte en sa propre vision. À quelques chapitres de là, à la fin de la bourle bouffonne de la duègne Doloride et des dames barbues (II, 36-41), le duc et la duchesse imaginent de faire monter don Quichotte et Sancho, pour un voyage intersidéral imaginaire, sur un cheval de bois, Chevillard. Les deux héros ayant eu les yeux préalablement bandés, de grands soufflets, des étoupes enflammées, des fusées et des pétards leur donnent l'illusion qu'ils traversent les différentes régions de l'air avant que le cheval explose, les jetant à terre. Sancho raconte alors qu'il n'a pu s'empêcher d'écarter légèrement son bandeau : il a pu ainsi découvrir la terre vue du ciel et les étoiles, et il avoue même être descendu du cheval pour s'entretenir avec les Sept Chèvres de la constellation des Pléiades. Aussi invraisemblable que les rencontres de don Quichotte au sein de la terre, celles de Sancho dans les régions célestes lui attirent cette extraordinaire remarque du chevalier : « Sancho, puisque vous voulez que l'on vous croie de ce que vous avez vu au ciel, je veux, moi, que vous m'en croyiez de ce que je vis dans la caverne de Montésinos. Et je ne vous en dis pas davantage » (II, 41, p. 346).

Une dizaine de chapitres auparavant, Sancho souhaitait déjà consulter le singe devin de maître Pierre au sujet de la caverne, car il tenait le récit de son maître « à mensonge » ou « pour choses de rêve » et don Quichotte ne s'y était pas opposé :
« Tout pourrait être, dit don Quichotte ; mais je ferai ce que tu me conseilles, car je reconnais qu'il me reste un certain scrupule » (II, 25, p. 224).

L'infantilisation comique et troublante du personnage (« si tu me crois, je te crois ») n'empêche pas que l'épisode pose très profondément la question du statut de la littérature par rapport à la « réalité » des expériences sensibles et physiques et qu'il lui apporte, à sa manière, une réponse : l'absolue relativité de la notion de vraisemblance, le statut fondamentalement ambigu et problématique de la fiction, l'incessante légitimation de sa liberté.

UN « PARFUM » DE RÉALITÉ [1]

1. La formule est de Henry James, in *El arte de la novela*, Mexico D.F, Coyoacán, 2001, p. 17.

La liberté du créateur — nécessaire, selon Henry James, pour obtenir le degré d'intensité auquel doit prétendre tout roman — pourrait se définir globalement, en ce qui concerne le *Quichotte* comme un *parti pris* ou plutôt un *parfum de « réalité »*, à condition que l'on applique rétrospectivement au livre de Cervantès la définition que donne Guy de Maupassant des écrivains réalistes : « Les Réalistes de talent devraient s'appeler plutôt des Illusionnistes [1] ». Illusionniste ou « enchanteur » ultime qui persécute son héros, tel est bien le narrateur qui, prenant à contre-pied l'imagination livresque de don Quichotte, s'acharne à opposer à ses chimères le butoir de la « réalité » dont il compose la fiction.

1. Maupassant, *Pierre et Jean*, « Le Roman », Gallimard, Folio, n° 142.

LE BUTOIR ET L'ORNIÈRE

Les règles du jeu sont fixées dès le début du deuxième chapitre de la première partie, lorsque don Quichotte désormais pourvu des armes, du cheval et de la dame indispensables à la panoplie du parfait chevalier, effectue, impatient et enthousiaste, sa première sortie :

« Il chemina quasi tout ce jour-là sans qu'il lui arrivât chose digne d'être rapportée, de quoi il était désespéré, car il eût voulu rencontrer tout à l'heure même une personne avec qui expérimenter la valeur de son bras. Il y a des auteurs qui disent que la première aventure qui lui arriva fut celle du port Lapice ; d'autres, que ce fut celle des moulins à vent ; mais ce que j'ai pu vérifier en ce cas et que j'en ai trouvé par écrit aux *Annales de la Manche* est qu'il chemina tout ce jour-là ; et sur la nuit son roussin et lui se trouvèrent bien las et mourant de faim ; et, regardant de toutes parts s'il ne découvrirait point quelque château ou bien quelque logette de bergers où se retirer et là où il pût remédier à sa grande nécessité, il vit, non loin du chemin par lequel il allait, une taverne qui lui fut comme s'il eût vu une étoile qui l'eût conduit aux portails, voire plutôt au palais de sa rédemption » (I, 2, p. 75).

Ces premières lignes fondatrices du « parfum de réalité » qui imprègne toute l'œuvre (il ne se passe rien d'ordinairement « intéressant » sur ces routes d'Espagne, dont Flaubert s'émerveillait de les *voir* bien qu'elles n'aient été *nulle part décrites* [1]) fondent aussi la perturbation de la représentation réaliste ou de l'illusion mimétique par l'introduction d'un infime détail, mais un détail gênant, hétérogène, comme si le jeu du réalisme se doublait d'un « cherchez l'erreur » qui ébranle le parti pris de vérité sans l'abolir.

1. « Comme on voit ces routes d'Espagne qui ne sont nulle part décrites ! » (lettre à Louise Collet, *Correspondance*, Gallimard, Bibliothèque de la Pléiade, II, p. 417).

Que don Quichotte espère trouver le château où ses modèles, les chevaliers errants, étaient accueillis et somptueusement hébergés est en résonance parfaite avec sa « folie » ; qu'il espère trouver une bergerie est plus surprenant : il est difficile d'y voir déjà un trait de lucidité et tout porte à croire qu'il s'agit là d'une intromission discrète mais signalée, du narrateur lui-même, qui s'immisce dans la fallacieuse reproduction des pensées de son héros à la recherche d'un château *ou* d'une bergerie, et finit par lui proposer une auberge.

Voilà qui devrait combler le parti pris de réalité : à la porte de l'auberge se tiennent deux filles de joie qui font route vers Séville avec des muletiers ; c'est le soir, et un porcher ramène des chaumes ses cochons qu'il rassemble en sonnant du cor ; le repas est maigre : de la morue mal dessalée et du pain noir et moisi. On sait déjà les métamorphoses que la folie de don Quichotte et le mélange des écritures feront subir à ces personnages, à l'auberge, et surtout à l'aubergiste, devenu châtelain, et qui accepte d'adouber don Quichotte, pour avoir de quoi se distraire cette nuit-là : cérémonie infâme, mais qui donne à l'aspirant une légitimité romanesque irréfutable.

MUSIQUE ET PAROLES

Cependant, la principale conquête de ce fragment est ailleurs. Adoptant le rythme et la musique, la syntaxe et l'emphase des discours quichottesques, le narrateur prend en charge, au style indirect (faut-il y percevoir encore le refus cervantin de la personne autobiographique du héros alémanien ?), le discours où l'aubergiste injecte dans le « grand air » de la profession de foi chevaleresque les « paroles » de la profession de foi picaresque : « et ainsi lui dit [...] que lui-même aussi, aux ans de sa jeunesse, il s'était adonné à cet exercice honorable, allant chercher aventure par diverses parties du monde, sans qu'il eût laissé de visiter les Perchoirs de Malaga, les Îles de Riaran, les bordels de Séville, le marché de Ségovie, le jardin olivet de Valence, les remparts de Grenade, la plage de San Lucar, le haras de Cordoue, les cabarets de Tolède et autres divers endroits où il avait exercé la légèreté de ses pieds et la subtilité de ses mains, en faisant plusieurs tours, attrapant force veuves, mettant à mal quelques filles, trompant nombre de pauvres orphelins et, finalement, se faisant connaître par toutes les cours et tribunaux qu'il y a quasi en toute l'Espagne... (I, 2, p. 81).

Quelle esquive plus subtile de l'ornière de l'écriture picaresque et de l'écriture chevaleresque que cette mutuelle contamination et que cette fusion qui en brouillent les contours et en sapent les spécificités ?

UN JOUR TU VERRAS, SANCHO...

Ce travail de sape va concerner le discours même de don Quichotte sur l'idéal chevaleresque. Au sortir des aventures des foulons et de l'armet de Mambrin (I, 21), les deux héros sont moroses. Sancho suggère à son maître de se mettre au service d'un empereur ou d'un prince qui « serait forcé de nous récompenser chacun selon nos mérites ». Don Quichotte lui explique qu'il doit d'abord avoir accompli de nombreux exploits et acquis force titres de gloire : dans un bel élan il lui raconte alors, entièrement au futur et magnifiquement stylisé, le plus beau des romans de chevalerie, condensé en trois ou quatre pages (p. 236-239) et réduit à quelques épisodes décisifs : l'accueil fait au chevalier glorieux par un roi, le coup de foudre pour la princesse, le souper royal, l'annonce d'une épreuve dont le chevalier doit sortir vainqueur, les longs et piquants adieux à la princesse puis, en vertigineux accéléré (quelques lignes), les combats et les batailles, suivis de la prise des villes, le retour au château, le mariage avec la princesse après révélation de la naissance royale du chevalier, la mort du roi et... la récompense — tant attendue par Sancho — de l'écuyer.

Rien de plus séduisant que ce récit : il est, d'abord, la consolation et l'espérance que le rêve offre à toutes les frustrations de l'existence ; il est aussi, pour citer Borges, l'« adieu nostalgique » du *Quichotte* à l'un de ses pères littéraires, qu'il est en train de tuer. Or, dans ce scénario parfait et dans les propos mêmes d'un don Quichotte inspiré, s'introduisent quelques parasites : la princesse, très préoccupée par la qualité du lignage de son soupirant, se retrouve néanmoins mariée, sans savoir comment, avec le chevalier ; finalement « ce chevalier est le fils d'un fort valeureux roi de je ne sais quel royaume, parce que je crois qu'il n'est pas en la carte. Le père vient à mourir, l'infante est héritière, et voilà le chevalier devenu roi en deux mots. C'est incontinent le point de donner des récompenses à son écuyer... » (I, 21, p. 239). Tout ce beau discours, donc, n'était tendu que vers la satisfaction de Sancho : l'idéal chevaleresque n'en a pas moins produit un très joli mini-roman. Dès la première partie, un germe de plurivocité mine de l'intérieur les forteresses univoques, qu'elles soient épiques ou réalistes, et il va en être de même des blocs apparemment inconciliables de la « vérité » et des « apparences ».

LA VÉRITÉ DES APPARENCES

Dans la deuxième partie, en effet, les germes semés dans la première lèvent et s'épanouissent : tel, par exemple, le spectacle grotesque, affligeant et frustrant qu'offrent au chevalier, à l'entrée du village de Dulcinée, le Toboso, les trois rustaudes qu'il voit telles qu'elles sont[1] : grossières, laides, sales et malodorantes, mais dont Sancho jure qu'il s'agit bel et bien de Dulcinée et de deux princesses. Si son maître ne les voit pas comme les merveilleuses dames qu'elles sont, c'est qu'il doit, lui, avoir été enchanté par un génie malveillant.

Aussitôt après, surgit, au détour du chemin, une étrange charrette conduite par un affreux démon et transportant la Mort en personne avec un visage

1. Voir Dossier, p. 265.

d'homme, entourée d'un ange, d'un empereur, de Cupidon, d'un chevalier au chapeau de plumes et de diverses personnes aux costumes et aux masques variés. Interrogé, le cocher explique à don Quichotte qu'il s'agit de la troupe des comédiens d'Angulo le Mauvais qui, après avoir représenté l'*auto* des *États de la Mort* dans un village, se déplace vers un autre village, tout proche, pour la représentation de l'après-midi.

S'amorce alors le jeu complexe de l'illusion théâtrale qui devient, comme dans *Le Grand Théâtre du monde* de Calderón, la réalité même. En effet, au moment où don Quichotte déclare qu'il s'était imaginé, en voyant ce char, que c'était là quelque grande aventure qui s'offrait à lui et qu'il conclut, désabusé : « et maintenant je dis qu'il est besoin de toucher les apparences avec le doigt pour se détromper » (II, 11, p. 96), l'aventure surgit, comme pour ruiner la réalité et redonner consistance à l'illusion.

Un bouffon couvert de grelots et armé d'un bâton portant trois vessies de vache gonflées, effraie Rossinante qui désarçonne don Quichotte ; le bouffon s'empare alors de l'âne de Sancho qui file à travers champs et finit par faire la culbute. Outragé par tant d'insolence, don Quichotte décide d'attaquer la troupe qui, armée de pierres, attend le chevalier. Insensible aux arguments de Sancho qui lui fait valoir qu'il combat contre la Mort en personne, don Quichotte renonce néanmoins à l'inégal combat lorsque Sancho lui fait observer qu'il n'y a pas un seul chevalier errant, légitimement digne de combattre, dans le bataillon ennemi.

Désormais, à quelques très rares exceptions près, c'est la « réalité » qui va leur offrir le spectacle de leurs illusions : ainsi, lors du très long séjour dans le château du duc et de la duchesse, dont il a été largement fait mention, ou lors du séjour en Catalogne.

HISTOIRE ET FICTION

Car le « parfum » de réalité, enfin, se fait Histoire, quand, ayant quité l'Aragon et dévié son itinéraire en direction de Barcelone, don Quichotte rencontre, dans les forêts de Catalogne, Roque Guinart, authentique bandit de grands chemins, mais brigand au grand cœur, juste et justicier, personnage historique contemporain de Cervantès, qui volait l'argent des Indes et était agent secret des huguenots français à l'époque des massacres de la Saint-Barthélemy. Carlos Fuentes[1] note que l'historicité du brigand condamne don Quichotte à être témoin et non acteur des événements au spectacle desquels il est placé. C'est vrai, mais ce n'est pas parce que les faits et les personnages sont « réels » que don Quichotte est réduit au rôle passif de spectateur ou de juge et de commentateur : dans ce même épisode, la fiction la plus romanesque fait irruption

1. « Cervantès ou la critique de la lecture », *Le Magazine littéraire, Cervantès*, n° 358, octobre 1997, p. 54-57.

dans le récit référentiel, avec l'aventure de la belle Claudia Géronima (II, 60, p. 499 sq.) qui, en proie à un violent accès de jalousie, tue son amant sur la seule foi d'une rumeur de mariage avec une autre. Déguisée en homme, elle arrive à cheval supplier Roque Guinart de l'aider à passer en France. Don Quichotte est, là encore, réduit au rôle de témoin de péripéties non plus « historiques » mais « poétiques ».

L'un des traits de modernité du livre, on le voit, est d'avoir brouillé les frontières entre la représentation dite « réaliste » et la représentation dite « idéaliste » de manière à mettre en lumière, avec le mélange, parfaitement homogène, de l'histoire et des « fables mensongères [1] », la part d'illusion qui informe tout effet de réel et le parfum de réalité qui se dégage de toutes les illusions.

1. L'expression est de Cervantès lui-même.

L'AVÈNEMENT DU PERSONNAGE

L'unité de la fable est solidement respectée par Cervantès en ce qu'il a centré son livre sur le couple chevalier-écuyer, auxquels viennent s'adjoindre Rossinante et l'âne, l'incomparable Dulcinée et la famille de Sancho, puis par ricochet tous les personnages qu'ils vont eux-mêmes rencontrer et qui participeront — en tant que victimes ou témoins d'abord et « metteurs en scène » ensuite — à leurs aventures. Les deux héros sont si parfaitement conscients d'être des personnages qu'à l'entrée de la deuxième partie (II, 2), ils se coupent la parole autant pour reprocher aux auteurs de 1605 de ne pas avoir dissimulé quelques épisodes peu glorieux de leurs aventures que pour apprécier l'opinion en laquelle les tiennent leurs premiers lecteurs :

« — Taisez-vous, Sancho, dit don Quichotte, et n'interrompez point monsieur le bachelier, que je supplie de passer outre au récit de ce qu'on dit de moi en cette histoire. — Et de moi, répliqua Sancho, puisque l'on dit aussi que j'en suis l'un des principaux parsonnages. — Personnages, ami Sancho, dit Samson, et non parsonnages. — Encore un éplucheur de syllabes ? fit Sancho. Eh bien ! allons-y, et nous n'aurons achevé de toute notre vie. — Dieu me punisse, Sancho, repartit le bachelier, si vous n'êtes la seconde personne de l'histoire, et s'il n'y a tel qui aime mieux vous y ouïr discourir que le plus huppé de tout cet ouvrage... (II, 2, p. 38-39).

Cependant, contrairement aux personnages univoques que le public des lecteurs rencontrait dans les romans de chevalerie et qu'une étiquette ou une épithète pouvait définir, don Quichotte et Sancho ne constituent plus les repères immuables de l'unité de la fable : ils en sont bien plutôt les repères mouvants, contradictoires, surprenants car ils évoluent, ils s'influencent l'un l'autre, ils portent sur eux-mêmes un regard distancié, et surtout ils parlent, ils se parlent, et ce faisant, ils modifient considérablement la teneur du livre qui prétend raconter leur histoire.

Sancho ne rapporte-il pas à son maître les jugements contrastés qu'a suscités à son propos la première partie ? : « Les uns disent : "Fou, mais drolatique." D'autres : "Vaillant, mais malchanceux." D'autres encore : "Courtois, mais impertinent" (II, 2, p. 33). Sancho lui-même, ce rustaud qui sent l'ail et que son maître traite d'imbécile, le surprend souvent par sa sagesse et sa perspicacité. Plus encore qu'il ne permet l'avènement du personnage, le *Quichotte* fait aussi de ses héros des révélateurs. C'est alors le statut même du personnage de fiction et sa fabrication qui deviennent matière romanesque.

L'ATELIER D'ÉCRITURE

Un vieux gentilhomme décide un jour de « vivre sa vie », de donner corps à ses lectures et de partir pour le vaste monde en quête d'aventures, d'exploits et de gloire. Par son entremise, le lecteur est invité à entrer dans l'atelier de l'écriture romanesque où il assiste à la fabrication de l'élément essentiel du roman des Temps modernes : le personnage. La tête pleine des « querelles, batailles, défis, blessures, passions, amours, tourments et extravagances impossibles », le gentilhomme n'a aucune difficulté à rafistoler les éléments concrets de son environnement et à les métamorphoser : vieilles armes rouillées, cheval maigre et usé, paysanne jadis entrevue et aimée.

Elle est bien là, l'illusion de réalité : dès qu'une fiction (le gentilhomme et son contexte) engendre une fiction seconde, la première devient le ciment de réalité de l'autre. Il est bien là aussi, le processus de déclenchement de la fantaisie et de l'imagination qui se saisissent des objets pour les transfigurer. Cervantès a le mérite d'en faire la matière d'un livre. Sans doute est-ce pourquoi le *Quichotte* a été défini, avec les *Nouvelles exemplaires* et le *Persilès*, comme un véritable laboratoire (on vient de dire : atelier) d'écriture. Or, si don Quichotte qui, dans un premier temps, désigne la nouvelle identité que décide un jour d'endosser l'incertain Quesada ou Quijana du début, devient un véritable personnage et s'il finit par fusionner avec son « rêveur » pour devenir Alonso Quijano le Bon, c'est qu'il conjoint les deux grands modes de fabrique du personnage, mis à nu et explicités par le livre de Cervantès : le mode Dulcinée et le mode Sancho.

LA FABRIQUE DU PERSONNAGE : LE MODE DULCINÉE

Dulcinée, la non-pareille dame du chevalier, n'est rien d'autre que le personnage d'autres personnages, la fiction d'une série de fictions : à ce titre, il y a plusieurs Dulcinée, qui sont les représentations des mécanismes de projection qui aboutissent à la construction de l'« effet-personnage ». Si don Quichotte, en effet — manipulé par le malicieux narrateur —, en fait l'incarnation concrète et véridique de « tous les impossibles et chimériques attributs de beauté que les poètes donnent à leurs dames » : or des cheveux, champs élyséens du front, arcs-en-ciel des sourcils, soleils des yeux, roses, corail, perles, albâtre, marbre et ivoire (I, 13, p. 153-154), Sancho Panza, déclare n'en avoir jamais entendu parler au village du Toboso.

En revanche, il connaît bien Aldonza Lorenzo, secrètement aimée de don Quichotte et fille de Lorenzo Corchuelo et d'Aldonza Nogales, robuste, bien faite et bien droite, avec du poil sur l'estomac et pas bégueule pour deux sous (I, 25, p. 289-290). Don Quichotte, nullement ébranlé par l'allure peu délicate d'Aldonza, déclare qu'il lui suffit « de penser et de croire que la bonne Aldonza Lorenzo est belle et honnête » (I, 25, p. 291), pour qu'elle le soit incontestablement. À partir de là, Aldonza Lorenzo disparaît du texte. Dulcinée seule règne dans le cœur du chevalier et sur les autres personnages féminins du livre, et il n'est jusqu'à son désenchantement qui ne devienne le moteur même des aventures de la deuxième partie.

« AI-JE PAR HASARD ENGENDRÉ LA DAME DULCINÉE… ? »

L'affaire culmine au chapitre II, 35, lorsque, dans une mise en scène nocturne impressionnante, apparaît un char « triomphal », tiré par six mules grises caparaçonnées de blanc et montées par des pénitents : sur un trône élevé, porté par le char, est assise une nymphe voilée, « vêtue de mille voiles de toiles d'argent ». À côté d'elle, une longue figure noire se dévoile, montrant à tous « la figure de la Mort même, décharnée et horrible ». C'est Merlin. Il déclare solennellement à Sancho que le seul moyen de délivrer Dulcinée de la grossière apparence de paysanne sous laquelle l'a vue précédemment don Quichotte, est qu'il se donne trois mille trois cents coups de fouet (II, 35, p. 302-303). La nymphe qui trône à ses côtés n'est autre que Dulcinée, incarnée par un page du château ducal et momentanément délivrée du charme par Merlin. Sancho refuse tout net, et la belle Dulcinée, « d'un sans façon masculin et d'une voix peu féminine » (II, 35, p. 304), déverse sur le malheureux des tombereaux d'injures et d'imprécations.

Or, don Quichotte, s'il indique au duc qu'il a « l'âme en travers du gosier » (II, 35, p. 306) et s'il menace Sancho de l'attacher à un arbre et de lui appliquer six mille six cents coups de fouet, ne réagit pas comme on aurait pu s'y attendre. Pourquoi une telle réserve ? Aurait-il obscurément perçu l'imposture ? La réponse — indirecte — est donnée par la vibrante et poltronne autodéfense de Sancho, à qui Merlin propose de se faire fouetter « de la main d'un autre, fût-elle un peu pesante » : « Ni main d'autrui, ni la mienne, ni pesante, ni à peser, répliqua Sancho, nulle main n'a le droit de me toucher. Ai-je par hasard engendré la dame Dulcinée du Toboso pour que mes fesses portent la peine des péchés qu'ont commis ses yeux ? » (II, 35, p. 304).

Le refus de Sancho est justifié : il n'a pas engendré Dulcinée. Mais don Quichotte non plus, comme il l'a déclaré à la duchesse, lorsque celle-ci doutait de l'existence de la Dame (II, 32, p. 279). Ce n'est en tout cas pas cette Dulcinée-là qu'il a imaginée. Jamais, lorsqu'il lui arrivera de reparler de Dulcinée, ce n'est la nymphe d'argent du char triomphal qu'il évoquera. Pourquoi ?

L'ABSENTE

Parce que la substance et la raison d'être de Dulcinée c'est précisément d'incarner la non-présence. Telle la dame inaccessible de la poésie amoureuse et courtoise ou telle la fleur de Mallarmé, « l'absente de tous les bouquets », Dulcinée n'a d'autre existence que celle de son absence. Plus fortement que son inventeur don Quichotte — lui-même rêvé et créé par l'hidalgo (Borges n'est pas loin) —,

Dulcinée, personnage au second degré, rêvé par un autre personnage, est un « méta-personnage », ou pour le dire plus justement, le personnage par excellence, celui qui n'existe que dans la fiction.

Que Dulcinée soit, en dernière analyse, pour don Quichotte ce que don Quichotte est pour la plume de son inventeur, deux discours parallèles et qui se font écho le démontrent, aux chapitres 44 et 74 de la deuxième partie. À la profession de foi amoureuse du chevalier, victime du harcèlement d'Altisidore : « Dulcinée seule est pour moi la belle, la discrète, l'honnête, l'enjouée et la bien née, au lieu que les autres me sont laides, sottes, écervelées et de bas lieu : nature ne m'a mis au monde que pour être à elle et non à aucune autre » (II, 44, p. 369), répond, à la fin du dernier chapitre (II, 74, p. 601), alors même que don Quichotte a renoncé à tous ses fantasmes, même à celui de Dulcinée, l'orgueilleuse revendication de la plume de Cid Hamet Ben Engeli : « Pour moi seule, naquit Don Quichotte, et moi pour lui. Il sut agir, moi écrire. Enfin, lui et moi ne sommes qu'une même chose... »

LE MODE SANCHO

Est-il incongru de proposer que Sancho soit, dans cet enchaînement et cet enchâssement de fabrications de personnages, l'équivalent fonctionnel, masculin, doté de parole et d'actes, de ce qu'aurait pu être Aldonza Lorenzo, si son statut de *Dame* ne l'avait obligatoirement destinée à être la souveraine incorporelle (et donc imaginaire) des *pensées* du chevalier ? Tous deux sont les accessoires humains indispensables de la panoplie de l'errant ; tous deux proviennent du monde paysan et rustique, font l'objet de métamorphoses auxquelles ils résistent, et servent de faire-valoir et d'authentification à don Quichotte ; tous deux sont au centre de discours et de situations parodiques et extravagants ; tous deux, enfin, sont les créatures de don Quichotte, et finissent par lui échapper : l'une, Dulcinée, pure fiction, subit les manipulations d'autres personnages et l'autre, Sancho, lieu d'une *coincidentia oppositorum* inouïe et d'une négociation réussie entre vilenie originelle et promotion chevaleresque, se constitue personnalité autonome, capable d'infléchir celle de son maître.

Que serait devenue Aldonza si le roman l'avait dotée de parole et de présence ? Revenons un instant, dans l'univers rustique, à la souillon Maritorne (son antithèse), à la magnifique Dorotea, alias Micomicona, trahie par son galant mais implacable instrument de l'humiliation du chevalier, ou à Teresa Panza, la surprenante épouse de Sancho et, dans l'univers aristocratique, à la belle et spirituelle duchesse affligée d'un ulcère purulent ou encore à la duègne Rodriguez, ridicule et digne de pitié et, autre antithèse de Dulcinée, à l'amoureuse, à l'effrontée, à l'insupportable Altisidora... Ne convient-il pas de considérer que, l'une après l'autre et toutes ensemble, ces créatures figurent les incarnations imparfaites et frustrantes d'une improbable image de femme ?

Le destin romanesque d'Aldonza n'avait pas grand avenir. En revanche, celui de Sancho est incomparablement plus riche : il devient la « deuxième personne » du livre, c'est-à-dire, comme pour le verbe, celle qui permet l'accès à l'échange interlocutif, l'accès à un monde différent, à un langage autre. La « personne » qui permet à don Quichotte de sortir de lui-même et d'intégrer l'Autre.

SANCHO RÉVERSIBLE

Dans son analyse des « racines folkloriques » de Sancho Panza [1], Maurice Molho met en lumière la structure de réversibilité qui fonde le personnage. Théâtre d'une tension entre des propositions contradictoires, passivité *vs* activité, crédulité *vs* incrédulité, sottise *vs* malice, Sancho n'existe qu'en fonction de sa duplicité, parfaitement évoquée par don Quichotte lui-même, quand il présente son écuyer au duc et à la duchesse :

« D'autre part, je veux que Vos Seigneuries sachent que Sancho Pança est l'un des plus plaisants écuyers qui servît jamais chevalier errant. Il a quelquefois des simplicités si fines qu'on n'a pas peu de plaisir

1. Maurice Molho, *Cervantes : raíces folklóricas*, Madrid, Gredos, 1976, p. 217-336.

à se demander si c'est simplicité ou finesse. Il a des malices qui le condamnent pour un mauvais garnement, et des simplesses qui le confirment pour lourdaud. Il doute de tout, et croit tout ; et quand je pense qu'il va s'enfoncer dans quelques niaiseries, il s'en tire par des raisons qui l'élèvent au ciel » (II, 32, p. 282).

L'un des exemples les plus spectaculaires de cette dynamique de réversibilité est assurément dans la conclusion de la « guerre des ânes » (II, 25 et 27). Il s'agit de l'adaptation cervantine d'une longue tradition d'historiettes ou de contes centrés sur le braiment des ânes, dont on trouve déjà un exemple dans *L'Âne d'or* d'Apulée. À ce motif folklorique s'en ajoute un autre : celui de la rivalité entre villages voisins. Deux régidors, à moins qu'il ne s'agisse d'alcades, partent à la recherche d'un âne : c'est à qui braira le mieux pour attirer le baudet, dont ils ne retrouvent, après un duo vocal désopilant, que la dépouille. L'histoire fait le tour des villages voisins : enfants et adultes, lorsqu'ils croisent les administrés des deux régidors, sont pris d'une irrésistible envie de braire... Leurs villages respectifs s'étant déclaré la guerre, don Quichotte adresse aux deux escadrons armés, face à face sur le champ de bataille, un éloquent et grandiose plaidoyer juridico-théologico-politique en faveur de la paix. Ce discours a été très favorablement jugé par les exégètes de l'œuvre qui y voient l'illustration d'un humanisme d'inspiration érasmienne.

SAVOIR PARLER AUX ÂNES

Pourtant, la réaction de Sancho à ce magnifique discours pacifiste incite à le relire avec cirsonspection. Pourquoi, dans l'expression de son enthousiasme, Sancho écorche-t-il le mot de théologien (« tologien », II, 27, p. 241), qu'il applique à son maître ? Pourquoi le présente-t-il comme très savant en latin et dans sa propre langue ? Pourquoi insiste-t-il sur la connaissance parfaite qu'a don Quichotte du droit et des lois concernant le duel (lui qui n'a cessé d'en provoquer...) ? Pourquoi ne l'appelle-t-il pas *caballero andante* et le qualifie-t-il de bon soldat en « tout ce qu'il dit et conseille » (*ibid.*) ? Don Quichotte serait-il devenu l'un de ces *letrados* (juristes) qu'il désavoue tout au long de son histoire ? Sans doute pas, mais son discours est hyperboliquement inadapté à la situation, et c'est ce que semble ressentir et dénoncer Sancho.

Comment, en effet, parler à des ânes ? Comme le fait Sancho, expert lui aussi en matière d'âneries : en se mettant à braire. Mal lui en prend : l'un des manants lui assène un coup de gourdin qui le jette à terre ; don Quichotte veut le venger mais les deux escadrons — réconciliés à ses dépens — s'intercalent et le menacent de leurs arbalètes et autres arquebuses. Ce que voyant, le maître abandonne l'écuyer et s'enfuit prudemment pour se mettre à l'abri... « Folklorisé » et animalisé par le braiment, Sancho s'est comporté le plus intelligemment du monde, car c'est « en faisant l'âne » — en écho aux braiements des régidors et surtout au discours du chevalier — qu'il a réglé le conflit. Il trouve pourtant l'aventure saumâtre : « J'imposerai silence à mes braiments, mais cela ne m'empêchera pas pourtant de dire que les chevaliers errants s'enfuient et laissent leurs bons écuyers moulus comme troène ou farine de froment au pouvoir de leurs ennemis » (II, 28, p. 244) ; car si c'est en faisant la bête qu'il a fait l'ange, son maître l'insulte injustement — « Âne tu es, et âne tu seras, et âne tu dois rester jusqu'à la fin de ta vie » (II, 28, p. 247) — quand Sancho, furieux et blessé, lui déclare qu'il veut le quitter.

« MON FRÈRE SANCHO... »

Plus subtilement, l'ambiguïté de Sancho apparaît dans le soliloque — ou mieux : le dialogue intérieur — qu'assis au pied d'un arbre, il se tient avant de partir explorer le Toboso pour y retrouver l'improbable palais de Dulcinée (II, 10, p. 85-86). Ce soliloque intègre et son ambition et sa modestie : il s'y adresse à lui-même avec déférence (il se traite de « Seigneurie ») et familiarité (« mon frère Sancho ») ; il a presque parfaitement assimilé la rhétorique de son maître, puisqu'il prétend retrouver « une belle princesse, et en elle le soleil de beauté et tout le ciel joint avec elle » (II, 10, p. 85) ; dans le jeu des questions qu'il se pose et des réponses qu'il se donne, il dénonce ironiquement sa folie et celle de son maître : c'est, en effet, de la part « du fameux chevalier don Quichotte de la Manche, qui défait les torts, et donne à manger à celui qui a soif et à boire à celui qui a faim », qu'il va chercher une dame que « Ni moi ni mon maître n[e l]'avons jamais vue » (II, 10, p. 86). Effrayé par les menaces qu'il profère à son propre endroit et par la crainte que « le peuple manchègue [...] aussi colérique qu'honnête », le rosse et l'étrille, il retrouve ses jurons, son gros bon sens, ses proverbes, et finit par inverser la situation angoissante où l'ont placé ses mensonges. Il décide en effet « de lui faire croire que la première paysanne qui passera par ici est madame Dulcinée. Et, s'il ne le veut pas croire, j'en jurerai, et si lui-même jure, je recommencerai à jurer » (II, 10, p. 87). C'est ainsi que Sancho s'inverse en agent de tromperie de son maître qu'il prendra au piège de sa propre mythologie.

PLUS DURE EST LA CHUTE

Mais Sancho acquiert une ampleur qui dépasse la structure réversible dont sont largement comptables ses comportements. L'irrégulière et cahotante conquête de sa défolklorisation dure autant que le double livre : il ne pouvait pas en être autrement, puisque cette conquête est solidaire du processus qui libère don Quichotte de ses automatismes et de la part mécanique de sa folie. Elle consiste en une appropriation de la culture éthique et morale de son maître : la culture humaine et humaniste de sa folie positive. Elle consiste aussi en une assimilation réussie des expériences de l'extravagante équipée qui l'a arraché à sa vie de simple paysan. Au sortir de Barataria, déçu et malheureux, Sancho tombe dans un trou (II, 55) avec son âne — c'est son Montésinos à lui, bien différent de l'autre — et il se lamente, sans oublier d'associer à sa misère présente celle de son grison, avec des accents qui rappellent le *romance* du roi Rodrigue qui perdit l'Espagne pour avoir violé La Cava et qui s'en alla expier ses péchés dans une grotte remplie de serpents :

« Qui eût dit que celui qui se voyait hier intronisé comme gouverneur d'une île, qui commandait à des serviteurs et à des vassaux, se dût voir aujourd'hui enterré tout vif dans une fosse, sans assistance et sans secours de serviteur ni de vassal ? Hélas ! mon grison et moi, il nous faudra mourir ici de faim, si nous ne mourons auparavant, lui d'être tombé et de s'être brisé, et moi d'ennui. Pour le moins si j'étais aussi heureux que le fut mon maître Don Quichotte de la Manche, lorsqu'il descendit dans la caverne de l'enchanteur Montésinos ! [...] pourquoi n'a-t-elle pas permis, notre malheureuse destinée, que nous mourions dans notre patrie et parmi les nôtres ? » (II, 55, p. 457).

Pourtant le fragment fait sourire, surtout quand l'espoir renaît : Sancho promet à son âne, s'ils survivent, de lui donner double pitance et de le couronner de laurier « de sorte que tu ressembleras à un poète lauréat » (II, 55, p. 458). Mais le désabusement de Sancho, la réflexion qu'il mène sur la grandeur et les misères de son destin de faux gouverneur, la sollicitude qu'il manifeste à son compagnon, le regret qu'il exprime de mourir loin de sa patrie et des siens, l'amer bilan qu'il tire de la comparaison entre l'aventure de Montésinos et celle du trou où il est tombé, déchirent l'enveloppe folklorique qui lui tenait lieu de personnalité.

UN DISCOURS COMPLEXE

Son discours peut être lu comme celui — traditionnel — du personnage inférieur et comique qui remet en cause son rôle et son statut littéraires. Ce discours est aussi celui d'un homme simple que le sort n'épargne pas et qui s'en plaint, dans sa propre langue et avec sa propre rhétorique : sous la poussée de l'effet-personne c'est l'effet-personnage qui s'estompe. Mi-émouvant mi-plaisant, ce discours rappelle encore les considérations philosophiques et morales — sérieuses — sur le destin et la déchéance finale de l'homme et fait écho aux multiples fragments où don Quichotte, lui aussi déçu, se plaint des avanies que les enchanteurs ou sa propre malchance — autant dire le narrateur et l'irréductible affrontement de son désir et du poids des choses — lui imposent tout au long du roman.

DON QUICHOTTE ET SANCHO : MULTILINGUISME ET POLYPHONIE

Ce n'est qu'au chapitre 7 de la première partie, après son premier retour et la destruction de sa bibliothèque, que don Quichotte sollicite les services de Sancho. Alors seulement, commence la grande aventure du langage et des personnages. Aucun texte, avant celui de Cervantès, n'avait su tirer un tel parti du compagnonnage de deux êtres de fiction. C'est, en effet, l'association du fou de livres de chevalerie et du paysan ignorant, émoustillé par le rêve de l'*ínsula* promise, c'est leur commerce quotidien, leurs dialogues, leurs conflits et leur solidarité qui constituent le véritable « héros » du livre.

Car, à travers eux, pour reprendre les propos de Fernando Lázaro Carreter[1], c'est toute la littérature, c'est toute la saveur des parlers urbain et rustique, c'est le folklore, la poésie, les insultes, les proverbes, les sermons, l'éloquence politique, prophétique, militante qui font entendre leurs voix dans « cet immense chœur à deux solistes qu'est le *Quichotte*...

1. Dans l'étude préliminaire à la grande édition du *Quichotte*, Crítica, 1998.

Il y a plusieurs don Quichotte, comme il y a plusieurs Sancho », et cette pluralité, due à la richesse et à la diversité des registres, des niveaux et des éblouissants « grands airs » de leurs langages et de leurs cultures, est le ciment même de leur statut de personnages.

APPRENDRE LA LANGUE DE L'AUTRE

Chacun développe sa folie ordinaire dans sa propre langue, que l'autre d'abord ne comprend pas, ou comprend mal. Le roman, dans sa première partie surtout, propose le dialogue étonnant entre une langue livresque et archaïque lors des accès de folie, mais cultivée, souple, attentive aux nuances quand la raison domine — la langue que parle don Quichotte — et une langue drue, savoureuse, bourrée d'inexactitudes comiques, riche de proverbes (à partir de I, 19) et de malice, sensible aux jeux de mots — la langue de Sancho.

Mais dès la première partie, chevalier et écuyer vont apprendre chacun la langue de l'autre à travers le prisme de leurs cultures respectives : il en résulte des mélanges étonnants (don Quichotte défie Sancho sur le terrain de la verve parémiologique), un hybridisme linguistique drôle, inventif et toujours porteur de vérité (Sancho s'essaie, par exemple, à l'exercice verbal de la galanterie courtoise et n'hésite pas à avoir recours aux formules rituelles des rencontres entre chevaliers). Le fragment de conversation qui succède à la terrible déception de don Quichotte, en II, 11 (lorsque ses yeux — enchantés — n'ont pas su ni pu reconnaître Dulcinée), montre aussi que les propos des deux héros peuvent mêler des types de discours inattendus :

« — [...] Mais avec tout cela, Sancho, je suis tombé en un scrupule ; c'est que tu ne m'as pas bien dépeint sa beauté : car, si j'ai bonne mémoire, tu m'as dit qu'elle avait les yeux comme des perles, et les yeux qui semblent être de perles appartiennent plutôt à une dorade qu'à une dame. Or, je crois, pour moi, que ceux de Dulcinée doivent être de vertes émeraudes fendues, avec deux arcs célestes qui leur servent de sourcils. C'est pourquoi ôte des yeux ces perles et passe-les aux dents : car sans aucun doute tu t'es trompé, Sancho, tu as pris les yeux pour les dents. — Cela se peut, dit Sancho, car sa beauté m'a troublé comme vous sa laideur. Néanmoins, recommandons le tout à Dieu, qui est celui qui sait les choses qui doivent arriver en cette vallée de larmes, en ce méchant monde où nous vivons, et où à peine voit-on chose qui ne soit mêlée de malice, de trahison et de coquinerie » (II, 11, p. 94).

Surprenant et piquant mélange de référents que celui de don Quichotte : à la « faute » poétique et métaphorique du portrait de Dulcinée, est associée une observation de cuisinier ou de poissonnier ;

quant à l'hypocrite Sancho, il n'hésite pas à parler comme un prédicateur : il est vrai que don Quichotte n'est pas en mesure de percevoir le cynisme de ses propos.

Étonnant, le discours de Sancho l'est, ailleurs, à un tel point que le narrateur le juge à plusieurs reprises invraisemblable et apocryphe, notamment lorsque, au chapitre II, 5, il se fait, comme don Quichotte vis-à-vis de ses propres prévarications linguistiques, le censeur des bourdes de sa femme : Teresa est ébahie par le discours incompréhensible et alambiqué de son écuyer de mari, depuis qu'il fréquente les chevaliers errants.

LA CONVERSATION

Si la conversation est mise en place, et avec quel brio, dès la première partie (les titres des chapitres I, 10, 18, 19, 31, 49 parlent des « gracieux », « savoureux », ou ingénieux entretiens » qu'ont le maître et l'écuyer ou encore des « savantes disputes que don Quichotte et le chanoine eurent ensemble »), c'est dans la deuxième qu'elle devient véritablement un plaisir, un spectacle et un art. Qu'il suffise ici de rappeler avec quelle gourmandise la duchesse, profitant d'une sieste de don Quichotte, suscite un « savoureux entretien » avec Sancho : « L'histoire raconte donc que Sancho ne dormit point pendant cette sieste, mais que, pour accomplir sa parole, il vint, après dîner, voir la duchesse, laquelle, prenant un singulier plaisir à ses discours, le fit s'asseoir près d'elle sur une chaise basse, quoique Sancho, en homme bien élevé, refusât de s'asseoir. Mais la duchesse lui dit de s'asseoir comme gouverneur et de parler comme écuyer... » (II, 33, p. 285-286).

Que les deux héros soient constamment en conversation ou en « conférence », comme disait Montaigne, entre eux ou avec d'autres, que leurs entretiens soient désormais la savoureuse matière du livre, comme le narrateur se complaît à le répéter, que tous les personnages — en dehors de quelques grincheux — se réjouissent d'entendre pérorer don Quichotte et Sancho enfiler proverbes et facéties, bourdes ou traits d'esprit, voilà qui modifie de fond en comble l'écriture du roman et oriente décisivement le destin d'un genre émergent. Car le narrateur substitue aux histoires interpolées, aux récits faits par les personnages de rencontre, aux péripéties romanesques amoureuses des protagonistes accessoires, de véritables échanges, des débats, au cours desquels chacun peut jauger l'autre ou essayer de le comprendre. Ainsi dans le « château » du « gentilhomme au Vert Caban » : « [...] durant le temps que don Quichotte mit à se désarmer, le fils de don Diègue, qui se nommait don Lorenzo, avait eu loisir de dire à son père : "Monsieur, que dirons-nous de ce chevalier que vous nous avez amené ici ? Son nom, sa figure et ce qu'il dit qu'il est chevalier errant, tout cela nous rend, ma mère et moi, fort surpris. — Je ne sais que t'en dire, avait reparti don Diègue : je te puis seulement assurer que je lui avais vu faire les actions du plus grand fou du monde et dire des paroles si discrètes et si sages qu'elles effacent ses actions. Toi-même, parle-lui, et sonde-le sur ce qu'il sait. Tu as de l'esprit, et par ainsi tu pourras juger du sien ou de sa folie... » (II, 18, p. 153-154).

Sur ce, s'engage un débat profond, souvent drôle, parfois ironique, sur les mérites comparés de la science poétique et de la science de la chevalerie errante, c'est-à-dire sur le métier d'écrivain et les implications de l'engagement militant. Maxime Chevalier signale que l'invention cervantine fait reculer la rhétorique, renouvelle les structures thématiques des narrations épiques et relègue les actions héroïques sérieuses au rang de cibles du rire et de la parodie, pour les associer, avec l'« expansion du dialogue, à un échange constant d'impressions, de jugements, de sentiments, et à une confrontation d'expériences qui renouvelle le roman [1] ».

Enfin, conversations et dialogues, dialogisme et polyphonie fracturent et ruinent tout dogmatisme, toute autorité, font chanceler tous les contrats de lecture et installent dans le roman, avec la problématisation des personnages et la multiplication des langages, celle des perspectives et des points de vue. Montaigne n'affirmait-il pas : « Je hais toute sorte de tyrannie, et la parlière, et l'effectuelle [2] » ? Le

1. Maxime Chevalier, « Cervantès et Aristote », *article cité*, p. 439.

2. *Essais*, VIII, *De l'art de conférer*, édition cité, vol. III, p. 230.

meilleur rempart que Cervantès oppose à la tyrannie c'est la liberté, la fantaisie et l'intelligence « parlières ». Et pourtant, l'imaginaire collectif a plaqué sur cette saisissante diversité deux silhouettes immuables et universellement reconnaissables : on peut y voir la récompense d'un livre de génie capable de répondre aux désirs de tous les lecteurs, autant à la demande de schématisation qu'à l'exigence de profondeur et de complexité.

MISES EN ABYME

Le préambule a largement annoncé l'importance, dans le double *Quichotte*, de la procédure de mise en abyme, efficacement analysée et commentée par Lucien Dällenbach. On pourrait pourtant s'interroger sur la modernité d'une pratique ancienne, héraldique, que l'on n'hésite pas à placer ici au premier rang des « conquêtes » du *Quichotte*. La mise en abyme de type littéraire n'a évidemment pas la précision ni cette puissance à reproduire dévolue au dessin ou à la peinture. Son pouvoir est autre. Il consiste essentiellement — au risque bien calculé de produire une insoluble impression de trouble ou de vertige — à transformer la matière romanesque et textuelle en une spirale où s'engouffrent et se répètent des séries d'analogies indéfiniment encastrables les unes dans les autres, à l'image de la six cent deuxième nuit des *Mille et une nuits*.

Rapprochant opportunément la première phrase de la deuxième partie : « Cid Hamet Ben Engeli raconte en la seconde partie de cette histoire et troisième sortie de Don Quichotte... » d'une question posée par le chevalier à Samson Carrasco, au chapitre 4 de cette même partie : « — Et par hasard, répliqua Don Quichotte, l'auteur promet-il une seconde partie ? — Il en promet une, dit Samson : si est-ce pourtant qu'il nous assure qu'il ne l'a point trouvée... » (II, 4 p. 45), Lucien Dällenbach conclut à un « télescopage entre présent et futur et à une manière vertigineuse de jouer avec l'illusion[1] ». Le télescopage temporel et le vertige des imbrications du réel et de l'illusion, dont le *Roman comique* de Scarron peut donner une idée, connaissent dans la deuxième partie du *Quichotte*, on va le voir, un destin singulier.

1. *Op. cit.*, p. 121-122.

LE « TÉLESCOPAGE » ENTRE L'ÉTÉ 1605 ET L'ÉTÉ 1615

Publiée dix ans après la première partie, la deuxième s'ouvre sur la convalescence de don Quichotte qui, revenu chez lui dans un char à bœufs, y reste environ un mois pour se reposer. Or, c'est à l'aube d'une belle et chaude journée de juillet, pendant la canicule, que le héros avait effectué sa première sortie — deux jours —, alors que sa deuxième sortie, en compagnie de Sancho, s'était déroulée pendant les mois de juillet et d'août. Une date le prouve : celle qui figure au bas de la lettre de change des trois ânons que don Quichotte, en pénitence d'amour dans la Sierra Morena, confie à Sancho en même temps que la « plus belle lettre d'amour de la littérature espagnole » (selon le poète Pedro Salinas) adressée à Dulcinée et qui ne lui parviendra jamais. La lettre de change est datée *du 22 août de la présente année*. On peut conjecturer que ces épisodes, ajoutés aux deux jours du séjour à l'auberge (signalés au chapitre 46) et aux péripéties qui précèdent le retour au village, n'ont pas dû excéder les derniers jours du même mois d'août.

Or, comme le remarque Luis Andrés Murillo[1], aucun automne, aucun hiver ne viennent s'intercaler entre le temps de la première partie et le temps de la deuxième : au chapitre 36 de cette dernière, Teresa Panza reçoit une lettre de son mari Sancho, alors gouverneur de Barataria, datée du 20 juillet 1614. Le décompte annuel du temps semble réintroduire le hiatus de dix ans qui sépare les deux parties. Mais la durée de la convalescence contracte et réduit ces dix ans à un mois. Le décompte mensuel du temps semble donc superposer, pendant la même canicule, les deux premières sorties et la troisième, comme si la stagnation temporelle avait une valeur symbolique : signifie-t-elle la permanence de la folie de

1. Luis Andrés Murillo, « El verano mitológico : *Don Quijote de la Mancha y Amadís de Gaula* », in *El Quijote*, éd. George Haley, El escritor y la crítica, Madrid, Taurus [1980], 1987, p. 91-102.

don Quichotte, l'immobilisme de son temps ? Ou signale-t-elle que la deuxième partie est à la fois la suite et la reprise de la première qu'elle met en abyme — au moins temporellement — pour la repenser, la retravailler et en même temps la dépasser et l'emporter dans son propre déroulement ?

UNE CHRONOLOGIE PARADOXALE

Ce n'est pas tout. À l'intérieur de cette double temporalité s'introduit une perturbation qui rétablit, apparemment contre toute cohérence, le dévidement d'une chronologie. Don Quichotte et Sancho arrivent à Barcelone (II, 61) le matin du jour de la Saint-Jean, le 24 juin, salués par les fêtes qui célèbrent le solstice d'été et saint Jean-Baptiste. Cette date est totalement incongrue par rapport à la période juillet-août où s'accomplit le dernier périple. Or, elle ne concerne ni ne remet en cause la durée des deux mois caniculaires où s'inscrivent identiquement les aventures de 1605 et celles de 1615. Elle relève d'un autre problème.

Don Quichotte, lors de sa troisième sortie et contrairement aux deux précédentes, s'est fixé un itinéraire : il veut atteindre Saragosse pour participer aux joutes et aux festivités qui s'y donnent, en avril, à l'occasion de la Saint-Georges. On sait qu'apprenant l'existence d'une suite apocryphe de son histoire, il renonce à Saragosse, change d'itinéraire et s'achemine vers Barcelone où il connaîtra, à son arrivée, une apothéose parodique et, aussitôt après, la plus cuisante des défaites. Le premier projet — Saragosse et la Saint-Georges —, contrarié et avorté, est compensé par l'arrivée « triomphale » du chevalier à Barcelone au moment des fêtes si célébrées du solstice d'été : ainsi s'affirment l'indépendance du vrai don Quichotte et l'élégante revanche de Cervantès sur Avellaneda.

Voilà qui pourrait remettre en question la modernité du *Quichotte :* une temporalité figée et symbolique, bien éloignée de celle des romans dits réalistes : Andrés Murillo y voit la version parodique de l'éternel printemps des chevaliers. Cervantès a fait de l'été castillan le temps inventif d'un délire, d'une initiation et d'une création.

« CETTE MANIÈRE VERTIGINEUSE DE JOUER AVEC L'ILLUSION »

Le jeu commence au chapitre 2 de la deuxième partie, lorsque don Quichotte demande à Sancho de lui rapporter ce que les gens de son village pensent de lui et de ses exploits : leur opinion n'est pas très flatteuse et Sancho, qui n'a pas osé tout dire, s'empresse d'aller chercher le bachelier Samson Carrasco qui lui a appris « que déjà [son] histoire courait par le monde sous le nom de *l'Ingénieux Cheva-*

lier don Quichotte de la Manche » (II, 2, p. 33-34). De grand lecteur qu'il était dans ce livre, voici don Quichotte lu : pour Carlos Fuentes, c'est la première fois dans l'histoire de la littérature qu'un personnage sait qu'on est en train de l'écrire pendant qu'il vit ses aventures, la première fois qu'il se sait lu.

Ce renversement des perspectives, cette mise en abyme de la lecture dans le livre lu par le lecteur entraînent des conséquences capitales. D'abord, c'est à un examen critique du livre déjà publié (II, 3) que se livrent Samson Carrasco, don Quichotte et Sancho et voici que toutes les « inventions », toutes les réussites, tous les ratés et toutes les incohérences de 1605 s'engouffrent dans le livre de 1615 et sont passés au crible de commentaires ironiques, tandis que l'immense popularité de l'œuvre est soulignée ainsi que le nombre très élevé de ses éditions et des exemplaires vendus.

Il s'ensuit la production paradoxale mais efficace d'un indéniable « effet de réel » : don Quichotte et Sancho sont devenus des personnages célèbres, que l'on connaît d'abord à travers la lecture que l'on a faite de leurs exploits et que l'on a un jour la chance de rencontrer « en chair et en os », comme s'ils étaient aussi des « personnes » susceptibles d'être comparées avec l'image qu'en livre l'historien de leurs aventures.

La critique du XXe siècle a beaucoup parlé de la question du personnage qu'elle a problématisé et mis en question. Cervantès aussi. Mais la puissance de son invention a restitué au personnage le statut le plus décrié par la critique et le plus apprécié des lecteurs passionnés : celui qui les incite à prendre ces êtres d'encre et de papier, ces suites de signes typographiques et de mots, pour des personnes véritables, auxquelles ils peuvent s'identifier, qu'ils peuvent aimer ou détester, dans lesquels ils peuvent se projeter et qui finissent par habiter leur univers familier comme des amis ou des parents. À ce titre, Sancho est prêt à répondre « en personne » à tous ceux qui lui demanderaient des comptes à propos des cent écus volés au cours d'un épisode de la première partie.

FAUSSAIRE *IN FABULA*

C'est, cependant, le chapitre 59 de la deuxième partie, justement intitulé : *Où l'on raconte l'événement extraordinaire qui arriva à don Quichotte et qu'on peut tenir pour aventure*, qui témoigne sans doute le mieux du vertige de la mise en abyme, magistralement servi par l'utilisation « poétique », c'est-à-dire fictionnelle, du particulier historique, ici éditorial et biographique.

Replaçons la deuxième partie dans sa circonstance : c'est vraisemblablement en 1610 ou en 1611 que Cervantès décide de donner une suite aux aventures de don Quichotte et aux grâces de Sancho. En 1613, il publie les *Nouvelles exemplaires* ; en 1614, *Le Voyage au Parnasse* ; en 1615, ses *Comédies et Intermèdes* ; en même temps il travaille à son dernier livre : *Les Épreuves et travaux de Persilès et Sigismunda* qu'il terminera le 20 avril 1616, deux jours avant sa mort. Or, au chapitre 36 de la deuxième partie, Teresa Panza reçoit une lettre de Sancho, alors gouverneur de Barataria, datée du 20 juillet 1614 : Cervantès a donc, à cette date, composé la moitié de la deuxième partie et durant le même été, il en rédige encore vingt-trois chapitres. Cependant, en septembre, paraît à Tarragone la suite apocryphe de son *Quichotte*, dont l'auteur est un certain Alonso Fernández de Avellaneda, originaire de Tordesillas[1]. La véritable identité du plagiaire n'a jamais pu être déterminée. Sa préface est injurieuse et les attaques ignominieuses qu'il profère contre l'âge, l'invalidité, et l'honneur de Cervantès le blessent profondément. Aussi décide-t-il de se venger.

1. Voir Dossier, p. 233.

De la même façon que don Quichotte et Sancho n'ont cessé de rencontrer, dans le livre de 1615, les lecteurs enthousiastes du livre de 1605, voici maintenant que ce sont deux lecteurs de la suite apocryphe qu'ils vont affronter. À l'auberge, don Geronimo et don Juan attendent, dans une chambre contiguë à celle de don Quichotte et Sancho, qu'on leur apporte leur souper. Pour tromper leur attente, Don Juan propose à son compagnon de lire un chapitre de la seconde partie de *Don Quichotte*. Faisant écho — à son insu — à une phrase de Samson Carrasco (II, 3, p. 41), il justifie son invitation au motif qu'« il n'y a si méchant livre qui n'ait quelque chose de bon » (II, 59, p. 490). Néanmoins il est déçu de lire que don Quichotte n'aime plus Dulcinée.

Les deux lecteurs d'Avellaneda entendent alors, à travers la cloison, les vociférations du chevalier qui jure de mettre en pièces quiconque osera mettre en doute sa fidélité. L'examen sévère de la suite apocryphe auquel se livrent alors les quatre personnages, convivialement réunis autour de la même table, continue de faire directement écho à la conversation où les héros apprenaient qu'ils avaient été lus dans le premier livre de leur véridique histoire. Voici qu'à présent, ils se savent lus à travers l'imitation grossière d'Avellaneda. Il leur faut donc authentifier « leur » véritable deuxième partie, où ils se savent écrits au fur et à mesure qu'ils accomplissent leurs exploits.

Cette authentification, le préambule l'a signalé, aura lieu dans une auberge. L'auberge — lieu de tromperie par excellence des livres picaresques, lieu de réconciliation et de défense des livres de chevalerie dans le premier *Quichotte* — devient, en II, 72, le lieu où les deux héros rencontrent, « en chair et en os » lui aussi, don Alvar Tarfé, l'un des personnages de la suite menteuse. C'est à l'auberge qu'est alors légitimée officiellement la suite cervantine, authentifiée devant l'autorité municipale par déclaration signée du personnage fourvoyé malgré lui.

La modernité est dans cette formidable dynamique romanesque qui raconte l'histoire du *Quichotte* « comme si » le livre était un roman, alors même que ce livre est le roman que le lecteur est en train de lire. Tout se passe comme si Cervantès, anticipant sur le dessin de Magritte intitulé *Ceci n'est pas une pipe*, ne cessait de dire : *Ceci n'est pas un roman*, au moment même où il fonde, en faisant de la problématique de l'écriture et de l'expérimentation langagière les sujets véritables de son livre, la renaissance et l'inépuisable renouvellement du genre.

CONCLUSION

Entre 1587 — date de publication de *La Galatea* — et 1605, Cervantès est resté muet. Vingt ans de silence littéraire, d'expériences diverses, de lectures, et sans doute d'ébauches et d'esquisses auront été nécessaires pour composer un livre dont le couple de héros, désormais légendaire, est devenu patrimoine de l'humanité entière. Est-ce à la médiocrité d'une vie avortée de soldat qui eut son heure de gloire, vie marquée par les échecs, la prison, les dettes, la maladie et la publication frauduleuse d'une suite apocryphe, que l'on doit cette conscience qu'ont don Quichotte et Sancho de leur dignité, de leur personnalité (*Sé quien soy)* et de leur valeur face aux mauvais tours de leur destin romanesque ? On ne saurait en douter, pas plus qu'on ne saurait nier le pouvoir salutaire de l'humour, la puissance libératrice de la fantaisie et les vertiges de l'ambiguïté qui imprègnent l'écriture dans sa masse et dans sa profondeur.

Don Quichotte est toujours actuel : les illusions des romans de chevalerie, les belles histoires et les justiciers, solitaires ou accompagnés, ont refait surface, au cinéma et ailleurs. Mais qui sont les « méchants » dans le livre de Cervantès ? Ce ne sont plus les géants, ni les malins enchanteurs, pas même les empêcheurs de quichottades, tel le curé qui s'émancipe au point de se déguiser en femme pour tendre un piège à don Quichotte ; le duc et la duchesse, peut-être, qui détournent les illusions du héros à leur seul profit, pour s'en amuser, dans le luxe de leur résidence aragonaise ; ou encore, les mous, les tièdes, les prudents, dont la parfaite médiocrité se transforme en lâcheté et qui ne sont mus par aucun désir, par aucune vocation, tel le « gentilhomme au Vert Caban », si parfait que Sancho salue sa sainteté ; plus sûrement, les personnages dogmatiques et arrogants, dont l'exemplaire le plus achevé est cet homme d'Église qui se permet de reprendre violemment don Quichotte, en plein repas et à la table ducale, et auquel don Quichotte répond par un extraordinaire plaidoyer, noble, éloquent, émouvant, en faveur de son engagement. Car le personnage n'est pas d'un seul tenant et son ambiguïté est celle même de l'entreprise d'écriture menée à bien par Cervantès. Les ennemis ce sont tous ceux qui ne sont pas les *andantes*. Ces derniers sont les errants, s'il s'agit des chevaliers, mais aussi, pour reprendre une formule célèbre d'Hugo : « des forces qui vont ». L'expression *escrituras andantes* est bel et bien attestée dans le livre, et s'il faut la comprendre comme écriture chevaleresque erratique et extravagante, pourquoi ne pas la concevoir comme une écriture qui va de l'avant, qui avance et anticipe, une force d'écriture qui va ? Qu'on en juge. Si don Quichotte avait totalement adhéré au système chevaleresque, il ne serait pas don Quichotte mais Amadis ou n'importe quel autre chevalier errant littéraire. S'il n'avait adhéré qu'au système de sa circonstance historique, serait-il seulement un personnage de roman ? Héros d'une fiction qui tergiverse entre ses modèles et des sollicitations nouvelles, don Quichotte n'est pas seulement celui qui, de loin en loin, refuse le réel fictionnel qui lui est imparti au profit de ses folles lectures. Il est surtout celui qui incarne ces négociations, parfois appuyées, parfois très subtiles, entre ce qui deviendra l'écriture « objective » et la matière encore prégnante des différents genres narratifs. Le conflit qu'incarne don Quichotte oppose moins la réalité à la fiction qu'il ne met en lumière et n'exploite la série des tentations — chevaleresque, pastorale, sentimentale, picaresque ou folklorique (dérive incarnée par Sancho essentiellement) — qui guettent à chaque mot et à chaque détour de phrase l'expérience narrative qui informe le projet du livre tout entier. Autrement dit, chaque fois que don Quichotte retombe dans l'ornière de sa folie, ce sont les pièges narratifs que se tend expérimentalement l'écriture — et leurs effets — que le lecteur est invité à considérer. En même temps, c'est au spectacle de la pusillanimité, de l'hypocrisie, de l'égoïsme des autres qu'il est convié : la « folie don Quichotte » est là pour rappeler qu'on a toujours besoin d'élans généreux, héritiers de l'esprit chevaleresque, comme le prouvent les innombrables allusions au quichottisme de certains mouvements politiques ou économiques. Indispensables aussi, la gaieté, l'humour et ce rire populaire que Sancho transmet dans sa franchise et sa force transgressive et subversive. Que l'idéal le plus généreux soit marqué du signe de la mégalomanie ou du narcissisme ; qu'il soit constamment tourné en ridicule tout en se maintenant ferme sur ses étriers, et qu'un immense éclat de rire ou un sourire plus subtil saluent conjointement les hauts faits du chevalier, les facéties de son écuyer et les prouesses de l'écriture, telle est la grande leçon de profondeur, de liberté et d'émotion que délivre le roman. Telle est aussi la relation contradictoire, ambivalente qu'entretient l'actualité avec le regard de Cervantès. Mieux que tout autre il nous montre que les faits, avec leurs démentis cinglants, sont têtus. Mais que, face à eux, les rêves le sont tout autant.

DOSSIER

I. REPÈRES BIOGRAPHIQUES

« Nous ne savons rien, ou presque des années d'enfance et d'adolescence de l'écrivain — constate Jean Canavaggio[1] ; nous perdons sa trace à plusieurs reprises, pendant des mois, voire des années, entre la fin de ses commissions andalouses et son installation définitive à Madrid. Nous ignorons tout des motivations sous-jacentes à la plupart de ses décisions : son départ pour l'Italie ; son embarquement sur les galères de Don Juan d'Autriche ; son mariage avec une jeune fille de vingt ans sa cadette ; son abandon du domicile conjugal, après trois ans de vie commune ; son retour aux lettres, au terme d'un silence de près de vingt ans. Nous avons perdu bon nombre de ses écrits ; nous doutons de l'authenticité de ceux qui lui ont été attribués après coup ; quant à ceux que nous conservons et qui ont fait sa gloire, nous n'avons, sur leur genèse, que des indications succinctes. »

Quel meilleur commentaire au mystère de l'homme et de l'œuvre que le bref portrait qu'en offre sa sœur Andrea, incarcérée comme lui lors de la trouble affaire Ezpeleta (juin 1605), et appelée à déposer ? « Un homme qui écrit beaucoup et qui est dans les affaires ; qui peut, en raison de ses talents, compter sur de bons amis. »

On consultera avec profit la chronologie qui figure aux pages 37-43 de *Don Quichotte I*, Folio classique, n° 1900.

1. *Cervantès*, Paris, Mazarine, 1986.

II. AUTOPORTRAITS

Le visage de Cervantès n'a été peint, de son vivant, par aucun artiste. À l'ouverture des *Nouvelles exemplaires*, l'écrivain offre pourtant à son lecteur le seul portrait physique que l'on ait de lui : description admirable d'un visage qui se construit progressivement et qui débouche tout naturellement sur le double exercice des lettres et des armes. Comme d'autres auteurs du XVIe siècle, Cervantès est poète et soldat. Au gré des prologues (ceux des deux parties du *Quichotte*) ou des textes (au chapitre I, 40, p. 477, est évoqué un soldat espagnol, « un certain de Saavedra »), il revendique cette gloire de soldat valeureux, à laquelle il tient, tout en polissant pour la postérité une image d'écrivain distancié et ironique, conscient de son génie mais capable de s'en amuser avec élégance et légèreté. Seul le *Voyage au Parnasse* présente un *curriculum vitae* littéraire de l'écrivain ou, pour mieux le dire : un état de ses services littéraires, dont l'exhibition est comme une compensation à l'amertume des déconvenues et des injustices subies.

***Nouvelles exemplaires* (1613), « Prologue au lecteur » :**

Celui que voici, avec ce visage aquilin, les cheveux châtains, front lisse et dégagé, la gaieté dans les yeux et le nez busqué, quoique de bonnes proportions, la barbe d'argent — qui, il n'y a pas vingt ans, était encore d'or —, ces longues moustaches, la bouche petite, les dents ni menues ni grandes, car il n'en a que six, mal posées et encore plus mal disposées, parce qu'elles ne se font pas face ; la taille entre deux extrêmes, ni haute ni petite, le teint coloré, plutôt clair que brun ; le dos un peu voûté et le

Pléiade, II, p. 8 [trad. C. Allaigre].

pied point très léger ; celui-ci, dis-je, est le portrait de l'auteur de *La Galatée* et de *Don Quichotte de la Manche*, celui qui a fait le *Voyage au Parnasse*, à l'imitation de César Caporali, de Pérouse, et dont d'autres ouvrages circulent çà et là à la débandade et, qui sait, sans le nom de leur maître. Il s'appelle communément Miguel de Cervantes Saavedra. Il fut soldat pendant de longues années, dont cinq ans et demi captif, au cours desquels il apprit la patience dans l'adversité. Il perdit à la bataille navale de Lépante la main gauche, d'un coup d'arquebuse, blessure que, malgré sa laideur, il tient pour belle, car il l'a reçue dans la plus mémorable et haute occasion qu'aient vue les siècles passés, et que puissent espérer voir les siècles à venir, alors qu'il combattait sous la triomphante bannière du fils de ce foudre de guerre que fut Charles Quint.

***Voyage au Parnasse* (1614), chapitre IV :**

13 C'est mon esprit qui a coupé l'habit
dont s'est vêtue la belle Galatée
pour naître au monde et sortir de l'oubli.
C'est moi qui *La Confuse* ai fait représenter ;
pièce assez bien tournée, ma foi, voire
admirable,
s'il est permis d'en croire son succès.
C'est moi qui sus trouver un style raisonnable
pour écrire un théâtre alliant, en son temps,
tantôt graves propos, tantôt propos affables.
Moi, dont le *Don Quichotte* offre un gai
passe-temps,
au cœur mélancolique, au cœur le plus chagrin,
en toutes les saisons, et quel que soit le temps.
Moi qui dans mes *Nouvelles* ai frayé un chemin
par où dorénavant, en castillan, l'on sache
peindre une déraison selon l'art qui convient.

Cervantes, *Viaje del Parnaso*, Poesías completas, I, éd. Vicente Gaos, Castalia, n° 57, Madrid, 1974, p. 102 et 103 [trad. J.-M. Pelorson]. D.R.

Je suis celui de qui l'invention surpasse
celle de bien des gens (et quand ceux-ci en
manquent
forcément leur renom manquera, quoi qu'ils
fassent).
J'ai chéri le doux art, depuis ma tendre enfance,
ami lecteur, de l'attrayante poésie
et j'ai toujours cherché, par elle, ta jouissance.
C'est ma main qui traça le sonnet qui
commence
par ce vers, principal fleuron de mes écrits :
Morbleu, cette grandeur m'en bouche un coin...
J'ai en nombre infini composé des *romances*,
Jalousie a pour nom celui que je préfère,
parmi d'autres pour qui je n'ai que répugnance.

III. CONTEXTES

LE MOMENT HISTORIQUE

C'est entre entre 1598 et 1620 que s'inscrit la période de crise qui précipite l'Espagne de la grandeur à la décadence : cette période coïncide, à quelques années près avec « le temps du *Quichotte* ». Certes, la monnaie ne s'effondre qu'en 1625, l'unité ibérique en 1640 et ce n'est qu'en 1643 que le désastre espagnol de Rocroi scelle la suprématie française et le recul inéluctable de l'Espagne. Pourtant, le règne de Philippe II, dans cette alternance d'orages et de moments de calme qui le caractérise, a pu faire naître, dans les individus menacés, l'espoir des miracles : la victoire de Saint-Quentin fait oublier les banqueroutes, celle de Lépante la rébellion des morisques et l'arrivée de l'or des Indes fait taire les inquiétudes. Elles sont bien réelles pourtant : les prix montent vertigineusement en 1600 ; la réforme de la mendicité et l'assistance aux pauvres, préconisées par Cristóbal Pérez de Herrera se concrétisent en répression du vagabondage ; la famine qui monte de l'Andalousie rencontre la peste noire qui descend de Castille ; l'inflation, l'expulsion des morisques (1609-1614), la crise de l'appareil d'État, l'expansion du banditisme (en Catalogne notamment, entre 1605 et 1615), le désastre économique et financier entraîné par l'afflux de l'or et de l'argent américains sont quelques-uns des éléments de la crise. Pierre Vilar en conclut que ce livre universel, éternel, qu'est le *Quichotte* est d'abord et avant tout un livre né de sa circonstance de 1605 : il ne prend tout son sens qu'au sein de l'histoire et en fonction du moment où il a été conçu.

Pierre Vilar, « Le temps du *Quichotte* », *Europe*, n°s 121-122, janvier-février 1956, p. 3-16.

Ainsi, au déclin d'une société usée par l'histoire, dans le pays qui a porté au plus haut point ses contradictions, au moment où une crise aiguë révèle ses tares, où le viveur oisif, le rentier ruiné, le séduisant gangster, le chômeur mendiant, courent les rues et les routes, où le clerc se nourrit d'art pur et l'homme moyen de littérature à deux sous, surgit l'œuvre maîtresse qui fixe en images le heurt tragi-comique entre superstructures mythiques et réalité des rapports humains... Elle ne « peint » pas le monde, mais, mieux qu'un savant traité, elle en démonte les mécanismes, tant chaque touche est intelligente [...].

J'ai dit 1605-1615, Cervantès, Don Quichotte, l'armure et l'armet. J'aurais pu dire 1929-1939, Charlie Chaplin, Charlot, le veston noir, le melon, la canne. Jamais deux œuvres n'auront été plus parentes. Les deux grandes étapes de l'histoire moderne y sont saisies exactement de même façon. Et nous admirerions moins Cervantès si nous n'étions du temps de Charlie Chaplin.

LA LITTÉRATURE ESPAGNOLE AU XVIIe SIÈCLE

Jean Canavaggio, *Histoire de la littérature espagnole*, Fayard, 1993, t. 1, p. 496.

À l'avènement de Philippe III, la monarchie ibérique demeure sans conteste la première puissance mondiale. Elle va le rester pendant plusieurs lustres ; et lorsque, après 1680, son déclin semblera consommé, on verra poindre, encore à peine sensibles, les signes avant-coureurs d'une reprise que les Bourbons, le moment venu, sauront amplifier et exploiter. Il n'en demeure pas moins que c'est dans la première décennie du XVIIe siècle que la société espagnole a creusé définitivement l'écart qui, malgré l'existence de bien des points communs, la séparait déjà des autres sociétés d'Ancien Régime ; et ce, moins dans son organisation matérielle que dans l'image qu'elle s'est donnée d'elle-même et dans le système de représentations qu'elle a élaboré. Paradoxalement, cette société s'est trouvée marquer sa différence et son refus de la modernité au moment même où les lettres espagnoles s'apprêtaient à donner le ton à l'Europe entière.

Rien n'est plus hasardeux que d'établir une corrélation entre ces deux phénomènes ; mais on se doit à tout le moins de constater leur simultanéité : l'évolution sociale ainsi opérée a en effet contribué à configurer le milieu où cette littérature a pris naissance et au sein duquel elle s'est épanouie.

Il est hors de doute que le XVIIe siècle voit s'affirmer et triompher une autre culture que celle qui s'était forgée dans le creuset de la Renaissance, même si elle intègre largement l'héritage du siècle précédent.

Si les conditions de production et de diffusion des œuvres ont changé, notamment par rapport au XVIe siècle — au nombre de ces conditions Jean Canavaggio allègue : le statut de l'écrivain, les institutions qui encadrent et contrôlent son activité, la demande du public —, le signe le plus frappant du changement est dans l'apparition de formes littéraires inédites qui scellent une « extraordinaire capacité d'innovation » et « l'apparition d'une sensibilité nouvelle » :

Envisagé sous cet angle, le XVIIe siècle espagnol inaugure son parcours avec trois coups d'éclat : d'abord, l'invention du roman moderne, dont *Guzmán de Alfarache* (1599-1604) et *Don Quichotte* (1605-1615) représentent les deux archétypes ; puis le triomphe de la *Comedia nueva,* prévisible dès la dernière décennie du XVIe siècle, mais dont Lope de Vega n'impose et ne codifie la formule que dans les premières années du règne de Philippe III, au moment où la réouverture des *corrales* et la création de

Ibid., p. 497.

compagnies patentées assurent l'essor de l'industrie du spectacle ; enfin l'avènement d'une *nueva poesía*, qualifiée par les contemporains de *cultista*, et que résument pour nous le nom et l'œuvre de Góngora, l'incomparable poète du *Polyphème* et des *Solitudes*.

Le débat sur la pertinence de l'adjectif « baroque » — d'abord réservé au domaine des arts plastiques — puis appliqué à la littérature, n'est pas nouveau. Les hispanistes anglo-saxons et les hispanistes français se montrent réticents à l'endroit de la notion et ils la manient avec prudence. Jean Canavaggio relance le débat en proposant d'abord une série de caractéristiques qui définissent le style baroque. Le *Quichotte* est concerné :

Ramenés à ces paramètres, sont assurément baroques *Don Quichotte* et ses jeux de miroirs, le roman picaresque et sa construction dialectique, le conceptisme d'un Quevedo, tel qu'il informe, par exemple, les *Sueños*, les audaces du cultéranisme, dont Góngora nous offre l'accomplissement, l'allégorisation des conflits que l'*auto sacramental* caldéronien met en scène, la rhétorique du désabusement que développe un Gracián dans ses différents traités. Mais s'en tenir à cet étiquetage, c'est s'accommoder finalement d'une vue cavalière de la littérature espagnole du XVIIe siècle, au détriment de la singularité des œuvres, de la diversité des tendances et des apports, de l'âpreté des conflits qui l'ont traversée et stimulée. Entre Cervantès et Lope de Vega, Lope et Góngora, Góngora et Quevedo, pour ne citer que les grands noms, les affrontements ont été parfois violents, les polémiques acharnées, en fonction d'enjeux esthétiques et idéologiques dépassant largement les incompatibilités d'humeur et les rivalités per-

Ibid., p. 499.

sonnelles. Il serait grave d'escamoter ces divergences et de résorber ces dissensions dans un œcuménisme baroque.

LE LIVRE DANS LA TRADITION ORIENTALE ET HISPANIQUE

Don Quichotte, on le sait, est devenu fou à cause de la lecture et parce qu'il avait trop lu de romans de chevalerie. Cette métamorphose profonde de la personnalité, sous l'effet de la lecture, a attiré l'attention d'Américo Castro qui fonde l'originalité du *Quichotte* sur une conception de la lecture liée à la tradition orientale : qu'un livre s'incarne dans une vie lui suggère autant de revenir à la pensée néo-platonicienne de Philon le Juif (dit d'Alexandrie) qu'à un conte des *Mille et une nuits, Le livre magique.*

Américo Castro, « La palabra escrita y el *Quijote* », in *Hacia Cervantes*, Madrid, Taurus, 1967, p. 359-408 [trad. N. Ly].

Pour un Européen fortement attaché à la tradition gréco-occidentale, un livre est un livre et un homme un homme ; il ne lui viendrait donc pas à l'esprit de forger la réalité-centaure du livre-fait-homme ou de l'homme-livre, tout naturellement et sans y introduire le moindre soupçon de magie ou d'allégorie. Rabelais (qui ne manquait certes pas d'imagination) entasse les livres les plus savants de la Grèce et de Rome sur la table du vorace Gargantua : Aristote, Polybe, Galien, Héliodore, Pline, etc., dans le dessein que le jeune élève connaisse et apprenne « la vertu, propriété, efficace et nature de tout ce que leur était servi à table ». Dans cette intention, « faisaient souvent, pour être plus assurés, apporter les livres susdits à table » (I, 18). Montaigne, Occidental exceptionnel, retiré dans la solitude de sa bibliothèque, dit ceci : « Je ne cherche aux livres qu'à m'y donner du plaisir par un honeste amusement ; ou, si j'estudie, je n'y cherche que la science qui traicte de la connoissance de moi mesmes » (II, 10). Pour les Européens, le livre a été une source de pensée et d'émotion, mais certainement pas un amant ni un ennemi avec lesquels il faut vivre et entretenir des relations d'amour ou d'hostilité. [...]

C'est une caractéristique proprement espagnole que ce souci de consigner les effets de la lecture sur l'évolution vitale des individus. Don Galaor « fut poussé à grand désir d'être chevalier » pour avoir lu « dans de vieux livres [...] les exploits antiques que les chevaliers en armes avaient accomplis » (*Amadis*, I, 5). La *Célestine*, à peine publiée (1499), troubla ses lecteurs de telle sorte que l'auteur dut refléter leurs désirs dans les rédactions successives de la tragi-comédie [...] L'impact du livre (religieux ou profane) sur la vie du lecteur est un thème très présent dans les lettres du XVIe siècle. Ignace de Loyola fut, dans sa jeunesse, très proche de l'esprit des livres de chevalerie, car « il était très curieux et ami de la lecture ». Le hasard lui mit entre les mains une vie de Jésus et un *Flos Sanctorum*. « Non seulement il commença à y prendre plaisir, mais à voir se modifier son penchant car il voulait imiter et faire tout ce qu'il lisait ». [...] L'influence profonde de la lecture sur la formation mystique de Thérèse de Jésus est bien connue : « Je n'osais jamais commencer à me mettre en méditation sans un livre ; car mon âme avait aussi peur de se retrouver sans lui en méditation que si elle avait dû aller combattre une armée d'adversaires » (*Vie*, chap. IV).

UN MANUSCRIT BIEN SINGULIER

Après avoir évoqué les conséquences de 1492, l'année « admirable » où se produit la rencontre des

deux mondes, où les Juifs sont contraints de se convertir ou de s'exiler, où les Rois Catholiques mettent fin à la domination musulmane, et où, pourrait-on ajouter, Antonio de Nebrija publie la première grammaire de la langue castillane, Michel Moner rappelle les schismes et les dissensions qui déchirent la Chrétienté : extension des idées de la Réforme, sécession de l'Église d'Angleterre, guerres fratricides dans toute l'Europe et en réponse, en Espagne, durcissement de l'Inquisition contre les déviances et les ennemis de la vraie foi.

Mieux vaut, à l'évidence, être chrétien de souche dans cette Espagne où, en 1547, le chapitre de la cathédrale de Tolède vote les premiers statuts de « pureté de sang » [...].

L'Andalousie a beaucoup plus de difficulté que les provinces du Nord à retrouver son socle « vieux-chrétien », enfoui sous des siècles de domination musulmane. Par ailleurs les morisques y sont encore très nombreux malgré les mesures d'expulsion prises après la sédition des Alpujarras.

Michel Moner, Pléiade, 2001, Notice, p. 1490-1492.

Le village du Toboso, où vivait l'incomparable Dulcinée, comptait une forte population morisque... Michel Moner rappelle qu'après cette rébellion (1568-1570), les morisques andalous avaient été dispersés dans tout le royaume et notamment dans la région de Murcie où se situait le célèbre Val de Ricote, dont le toponyme a sans doute inspiré à Cervantès, dans *Quichotte* II, 54, le nom du morisque exilé rencontré par Sancho.

Aussi la joie est-elle immense à Grenade lorsque l'on annonce, en février 1595, la prodigieuse découverte de documents et de reliques enfouies dans des cavernes de la colline de Valparaiso, appelée depuis lors, et pour cette raison, *Sacromonte* : « le mont sacré ». Ces textes, dont on poursuit l'exhumation jusqu'en 1599, apportaient la preuve de la venue de saint Jacques en Espagne, tout en accréditant l'idée que musulmans et chrétiens étaient frères, ou à tout le moins proches parents, en religion [...].

En réalité, il s'agissait de la plus extraordinaire opération de falsification qui ait jamais eu lieu dans l'histoire de l'Espagne, au point qu'elle divisa les élites civiles et religieuses du royaume et eut un grand retentissement dans toute la chrétienté. Sans doute la supercherie ne tarda-t-elle pas à être éventée. Mais au moment où Cervantès compose et publie la première partie de *Don Quichotte*, la controverse est encore vive et elle ne s'apaisera pas avant longtemps...

DE LA FOLIE D'AJAX À LA FOLIE DE DON QUICHOTTE

En reliant la folie d'Ajax à celle de don Quichotte, Ramón Menéndez Pidal, l'une des grandes figures de l'érudition et de la linguistique espagnoles, fait surgir un lien entre la tragédie grecque et le roman espagnol. La nature des victimes n'a pas changé.

Ramón Menéndez Pidal, *De Cervantes y Lope de Vega*, (1940), Espasa Calpe, Austral, 6ᵉ éd., 1964, p. 50-51 [trad. C. Allaigre]: D.R.

Dans la tragédie de Sophocle, Minerve, offensée, fait bouillonner une chimère dans le cerveau d'Ajax, et le héros, devenu fou, passe un troupeau au fil de l'épée, croyant égorger les Atrides qui l'avaient outragé. Revenu de son délire, et se voyant au milieu des bêtes abattues, il a conscience que ce sang versé altère la gloire de son invincible courage et de tous ses exploits, et il se transperce de son épée. Sa folie est une divine *theiamania*, car c'est un châtiment divin, tandis que celle de don Quichotte est une création divine de son âme malade. Le héros de Salamine se tue en se voyant ridicule face à la réalité qu'il observe, et il se tue parce qu'il a honte de lui-même ; le héros de la Manche se meurt de tristesse lorsqu'il découvre que la réalité de la vie lui est inférieure, lorsqu'il voit que les moutons qu'il a égorgés n'étaient pas les êtres malfaisants qu'il voulait, lui, détruire, lorsqu'il voit que la Dulcinée à qui il avait, lui, donné la vie, s'évanouit à jamais dans le monde de l'enchantement impossible.

IV. DEUX TRAITÉS DE LA FIN DU XVIe SIÈCLE

UN TRAITÉ DE MÉDECINE DE 1575 : L'*EXAMEN DES ESPRITS POUR LES SCIENCES* DU DOCTEUR JUAN HUARTE DE SAN JUAN

En février 1575, est imprimée à Baeza l'édition *princeps* d'un traité de médecine, *Examen de ingenios para las ciencias*, réédité à Pampelune en 1578 et salué par un succès éditorial retentissant : cinq éditions espagnoles et cinq éditions françaises ou italiennes du vivant de son auteur, suivies de traductions en anglais, en latin, en hollandais et en allemand. Les circonstances de la vie de Juan Huarte de San Juan (originaire de Saint-Jean-Pied-de-Port), né en 1529-1530 (?) et mort en 1588, sont obscures. Le propos du médecin est explicité par le titre de la *princeps* : il s'agit de définir les aptitudes de chacun en fonction de son tempérament, de manière à ce que soient judicieusement choisis la discipline adaptée à chaque talent et les sciences ou les arts dans lesquels l'*ingenio* (le génie propre) pourra exercer au mieux ses facultés. On a reproché à Juan Huarte de San Juan d'avoir mis en question l'immortalité de l'âme : son livre fut inquiété par l'Inquisition portugaise, puis expurgé par l'Inquisition espagnole, et lui-même se sentit obligé de démontrer que sa doctrine était libre des défauts incriminés. Il est généralement admis que Cervantès connaissait le livre de Juan Huarte, et que le *Quichotte* en porte la trace : le titre à lui seul du roman, *El* ingenioso *hidalgo Don Quijote de la Mancha*, rappelle celui du traité.

Huarte propose au chapitre VI une intéressante théorie psycho-physiologique du rire, mais il y insiste aussi sur les qualités du propos qui fait rire et il brosse le portrait anticipé du pince-sans-rire.

Juan Huarte de San Juan, *Examen des esprits pour les sciences*, traduction de Jean-Baptiste Etcharren, préface de Ricardo Saez, Atlantica, Biarritz, 2000, p. 144-146.

La cause du rire, beaucoup de philosophes ont essayé de la découvrir et aucun d'entre eux n'a donné de réponse intelligible. Cependant, tous s'accordent à dire que le sang est une humeur qui incite l'homme à rire, bien que personne ne dise quelles qualités a cette humeur, de préférence aux autres humeurs, pour rendre l'homme rieur [...].

La cause du rire, à mon avis, n'est autre qu'une approbation de l'imagination quand elle voit une action ou entend des propos qui tombent à point. Et comme cette puissance a son siège au cerveau, dès que l'une de ces choses vient à la contenter, aussitôt, elle l'excite et, après lui, tous les muscles du corps. C'est ainsi que souvent nous approuvons des propos piquants en hochant la tête ; car, lorsque l'imagination est très bonne, elle ne se contente pas de n'importe quel propos, mais de ceux qui tombent à point et lui conviennent. Et si ces propos ne répondent guère à son attente, elle en conçoit plutôt de la peine que de la joie. C'est la raison pour laquelle nous voyons rire très rarement les hommes de grande imagination ; ce qui est encore plus remarquable, les gens d'esprit, diseurs de bons mots et railleurs, ne rient jamais des drôleries et des plaisanteries qui sortent de leur bouche ou de celle des autres, car ils possèdent une imagination si fine, que même leurs propres plaisanteries ne répondent comme ils voudraient à leur attente.

Ajoutons-y que la drôlerie, non seulement doit être de qualité et venir à propos, mais aussi doit avoir pour elle la nouveauté : il ne faut pas qu'on l'ait déjà vue ou entendue [...]. C'est la raison pour laquelle l'homme d'esprit ne se met pas à rire de la drôlerie qu'il vient de dire, parce qu'avant même que sa bouche ne l'ait prononcée, il savait déjà de quoi il s'agissait.

De tout cela je conclus que les grands rieurs sont tous des gens de faible imagination ; n'importe quelle drôlerie, n'importe quel propos spirituel, même sans grâce, répond à leur attente.

Après avoir exposé les doctrines adverses de Platon et d'Aristote sur le langage — cratylisme pour l'un, pure convention et arbitraire des signes pour l'autre —, le docteur Huarte se range à l'avis de Platon. Il n'affirme pas de correspondance entre les mots et les choses mais en trouve une entre leur forme et l'effet que peuvent produire les êtres ou les choses. L'anecdote qu'il rapporte au chapitre VIII pour illustrer son propos concerne un auteur de romans de chevalerie en quête de noms :

Ibid., p. 181.

Un gentilhomme espagnol partagea cette opinion de Platon. À ses instants perdus, il écrivait des romans de chevalerie, parce qu'il possédait justement la variété d'imagination qui convie l'homme à la fiction et à l'affabulation. On raconte à son sujet qu'ayant fait figurer dans ses ouvrages un géant furieux, il passa des journées entières à imaginer un nom parfaitement adapté à ses fanfaronnades. Il n'y parvenait jamais, jusqu'au jour où, à l'occasion d'une partie de cartes chez l'un de ses amis, il entendit le maître de maison dire à son domestique : « *¡ Hola, muchacho, tra qui tantos a esta mesa !* [tra(e) (a)quí...] = « Allons, garçon, apporte ici des jetons, à cette table ! » Quand il entendit ce mot de *traquitantos*, le gentilhomme le trouva tellement à son goût pour sa musicalité, que, n'y tenant plus, il se leva et dit : « Messieurs, je ne joue plus, car j'étais depuis longtemps à la recherche d'un nom qui allât bien à un géant furieux que j'ai introduit dans mes écrits ; je ne pouvais le trouver, jusqu'à mon arrivée dans cette maison, où je reçois chaque fois une faveur. »

Ailleurs (dans le chapitre XIII, consacré au tempérament qui rend apte à l'art militaire), le docteur Huarte établit une différence nette entre le stratège, lent, froid, prudent, calculateur, et le téméraire, colérique et emporté, plein de courage mais imprudent, et il note que le vrai soldat se reconnaît à sa tenue négligée et à son manque de coquetterie. Face au « gentilhomme au Vert Caban » de la deuxième partie, si soigné dans sa mise que même ses éperons étaient peints en vert, don Quichotte, en soldat impétueux et vaillant (l'aventure des lions le prouve), porte « un pourpoint de chamois tout noir de la crasse des armes » (II, 18, p. 153) et c'est seulement dans le château de la duchesse qu'il prend conscience de sa misère vestimentaire, en s'apercevant, tout honteux, que l'un de ses bas a filé et qu'il n'a pas de fil vert pour le repriser (II, 44).

UN TRAITÉ DE POÉTIQUE DE 1596 : LA *PHILOSOPHÍA ANTIGUA POÉTICA* DU DOCTEUR ALONSO LÓPEZ PINCIANO

On ne sait pas grand-chose de la fortune de ce traité néo-aristotélicien, composé en forme de dialogue par un médecin qui jugeait que la poétique était utile à la santé de la République. La question de savoir si Cervantès avait lu la *Philosophía antigua poética* du docteur Alonso López Pinciano, poète médiocre mais théoricien habile et moderne, n'est toujours pas tranchée. Ses idées, néanmoins, étaient dans l'« air du

temps », c'est-à-dire dans la facture même des œuvres. Sur bien des points elles coïncident avec celles qu'énoncent divers personnages du *Quichotte* sur l'épopée en prose (*la épica)*, dont le grand modèle est Héliodore avec les *Éthiopiques* dont Cervantès se réclame explicitement pour son dernier roman, *Les Épreuves et travaux de Persilès et Sigismunda*. Elles coïncident aussi sur la nécessité de respecter la vraisemblance — à condition de restituer à cette notion sa complexité, son ambiguïté et sa spécificité littéraire —, ou encore sur l'unité de la fable et la cohérence des épisodes, à propos desquelles la deuxième partie du *Quichotte* dénonce plaisamment les manquements aux règles de la première. Elles coïncident enfin sur la question du rire : le Pinciano en propose une théorie dont le *Quichotte* semble appliquer les principes dans tous les champs des matières risibles, depuis le ridicule corporel jusqu'aux subtilités du comique des mots.

Fadrique répondit : Certes, monsieur, la difficulté en laquelle vous me voulez mettre n'est pas mince : la matière du rire n'est point comme celle des pleurs qui a ses limites, car elle est éparse et diffuse ; si ce qui fait pleurer se laisse aisément réduire à un nombre déterminé de choses, celles qui font rire sont innombrables tellement il y en a...

En chose aussi connue que l'est le rire, il n'y a pas à la définir davantage, me semble-t-il, qu'en disant que le rire c'est le rire. Autant la définition est claire, autant la ligne de partage est obscure. Je vais faire tout mon possible pour ramener cela à un ordre pertinent. [...] Ils sont nombreux, disais-je, ces motifs et ces lieux, parce que le rire se fonde sur un je-ne-sais-quoi de grossier et de laid dont il y a plus au monde qu'aucune autre chose. Posons donc comme

Alonso López Pinciano, *Philosophía antigua poética*, III, *Epístola nona*, ed. Alfredo Carballo Picazo, 3 vol., Biblioteca de antiguos libros hispánicos, CSIC, Madrid, 1953, p. 31-38 [trad. C. Allaigre]. D.R.

fondement principal que le siège du rire est la laideur et la grossièreté...

C'est ainsi qu'un corps ou un visage naturellement laid et contrefait provoque le rire, ce qui ne se produit pas si la cause en est la maladie, parce que alors la compassion pour la souffrance ne permet pas au rire de se manifester. Et il en va de même si un homme fait une chute telle qu'il subit un important dommage de sa personne : nul n'aura la malignité d'en rire, mais si l'accidenté se relève sans mal, qui donc pourrait se retenir de rire ?

Du moins, pas moi, dit Ugo. Un jour, on me fit appeler pour une visite à un Grand de nos royaumes qui avait fait une chute de cheval en partant pour la chasse. Quand je vis que le mal n'était que peu de chose, le rire qui me prit à la seule évocation de la chute de ce seigneur fut tel que, ne pouvant le réprimer, je dus me cacher derrière les rideaux du lit.

Le Pinciano dit alors : Moi aussi, je l'avoue, je suis atteint de cette maladie, et je ne suis pas fâché qu'elle soit commune à tout le monde ! Mais je pose la question : qu'y a-t-il de laid et de honteux dans une chute ?

Fadrique au Pinciano : Y a-t-il un homme ou une femme qui tombe élégamment ? je vous le demande un peu !

[...] Et si vous vous arrêtez attentivement à tous ces faits risibles, vous y trouverez la même chose ; et c'est si vrai que bien des choses qui ne sont pas risibles en soi le deviennent du fait de la laideur de l'endroit d'où elles sortent, et si vous en doutez, voyez donc la ventosité : si elle s'exhale par la bouche, personne n'en rira jamais, mais si c'est de l'autre côté, qui donc ne s'en esclaffera, surtout si c'est le moment et l'instant ?

Alors Ugo : C'est vrai, on a bien ri lorsque Boscán, devant sa dame, a laissé s'échapper, contre le gré de son maître, un soupir de ce côté-là ! Et on en a tellement ri que certains prétendent que Boscán s'est rendu plus fameux par ce seul soupir que par tous les vers qu'il a faits.

Laideur physique, accoutrement extravagant, mâchoire édentée, chutes à répétition, attitudes disloquées ou fromages dégoulinant sous le casque : tels sont les ingrédients grossiers du rire dont est victime don Quichotte ; Sancho n'est pas plus épargné : bernement à l'auberge, mésaventure intestinale honteuse, obligation de s'infliger « trois mille trois cents coups de fouet sur ses deux puissantes fesses, découvertes à l'air », frustrations alimentaires, etc., déclenchent un rire qui n'a que faire du bon goût ni de la bienséance. Mais le traité du Pinciano aborde aussi un comique plus fin : celui des mots et du langage, cette drôlerie — plus malicieuse qu'ignorante — qu'a retenue la postérité et qui fait aujourd'hui la gloire de Sancho Pança.

On trouvera de la même manière [que le rire a sa place] dans les confusions, définitions et précisions, et dans les nominations, les erreurs et les jeux sur les vocables, comme si au lieu d'*alguazil* on disait *guadamecil* (« maroquin »), de propos délibéré ou par ignorance, et si pour dire *hacanea* (« haquenée ») on disait *cananea* (« Cananéenne »). Et, dans les figures qui ont leur siège dans les mots estropiés, le rire aussi a son siège, et pas mauvais. Ce sont ces figures qu'emploient les auteurs de comédies pour les personnages dérangés, notamment pour les simplets, si souvent imités en Espagne, qui se lancent dans des tas de phrases à n'en plus finir, avec une foule de détails très amusants.

Ibid., p. 59-60.

Ugo déclara : Ces personnages-là sont presque toujours les plus plaisants de tous ceux qui montent sur les planches.

Et Fadrique : Oui, c'est bien vrai, et à juste titre, parce que dans la personne du simplet il y a de l'ignorance et il y a de la malice, sans compter que c'est aussi un rustaud égrillard et grossier ; bref, il porte en lui ces trois catégories du risible car, en tant qu'ignorant, il est normal qu'il pose de sottes questions, et qu'il réponde et débite des âneries et, en tant que sot, il est normal qu'il soit égrillard, rustre et grossier dans ses paroles. Et en vérité, comme tout ce qui est laid convient à sa personne, c'est lui qui est le mieux approprié à la comédie, genre dans lequel les Espagnols surpassent Grecs et Latins et tous les autres.

Voici donc, partiellement et prospectivement ébauchée, la genèse de Sancho : mais le personnage cervantin dépasse considérablement le type du paysan simplet ou du valet de comédie dont il est l'héritier.

V. UNE GUERRE LITTÉRAIRE ? CERVANTÈS ET LOPE DE VEGA

On a beaucoup commenté la querelle littéraire qui a opposé Cervantès et Lope de Vega. Certes, l'énorme succès de la formule dramatique mise au point par Lope (rapidité de l'intrigue, introduction du *gracioso* — valet bouffon ou spirituel —, musique et segmentation polymétriques, parfaite synergie des caractères et de l'action) nuisait à l'ambition dramatique de Cervantès, dont le théâtre, plus réflexif et plus complexe, composé avant la « révolution » opérée par Lope, ne pouvait rivaliser avec la *Comedia nueva*. Jaloux du succès triomphal de Lope au théâtre, Cervantès lui a-t-il reproché publiquement de manquer aux règles de l'art dramatique ? Dans le *Quichotte* de 1605, le curé critique vivement le théâtre de consommation, les comédies à la mode et la complaisance de leur auteur pour les exigences des comédiens et le goût contestable du public. Quoi qu'il en soit, avant même que la première partie du livre ait été publiée, Lope de Vega s'en prend à Cervantès : il lui reproche d'avoir composé lui-même, contrairement à l'usage, les poèmes liminaires du *Quichotte*. Néanmoins, la querelle n'a pas empêché l'admiration réciproque : l'Adam des Poètes (Cervantès) rend hommage au Phénix des beaux esprits en lui attribuant le titre glorieux de *monstruo de la naturaleza*, « prodige de la nature » ; quant à Lope de Vega il saura reconnaître le talent du Boccace espagnol, dans ses *Nouvelles à Marcia Leonarda*.

***La Galatée*, Chant de Calliope, strophe 41 :**

Chez un bel esprit on voit par expérience
que dans l'âge tendre et en vertes années
peut trouver aussi bien à loger la science

Pléiade, II, p. 334 [trad. C. Allaigre].

que dans l'âge mûr, chenu et vénéré.
Je ne cherche pour nier telle évidence
aucune personne ni rivalité,
surtout si d'aventure elle apprend par là
que je le dis pour vous, Lope de Vega.

Lettre de Lope de Vega à un ami de Valladolid, Tolède, 14 août 1604.

Je ne dirai rien des poètes : notre siècle en est riche. Beaucoup sont en herbe et seront mûrs l'année prochaine, mais il n'y en a aucun qui soit aussi mauvais que Cervantès, ni assez sot pour faire l'éloge de *Don Quichotte*...

Lope de Vega, *Cartas*, éd. Nicolás Marín, Madrid, Castalia, n° 143, 1985, p. 68-69 [trad. N. Ly]. D.R.

Que Votre Grâce vive et soit aux petits soins et prospère en suivant la mode : ne tenir aucune promesse, ne payer que si l'on y est forcé, n'accorder aucune faveur qui ne rapporte, n'être jamais fidèle en amitié ; je n'en dis pas plus, pour ne pas imiter Garcilaso[1] par la *figura correctionis* qui lui a fait dire :

C'est bien vers la satire que pas à pas j'avance,

chose plus odieuse à mes yeux que mes propres livres aux yeux d'Armendáriz et mes *comedias* à ceux de Cervantès. Si là-bas en médisent d'aucuns qui pensent que je les écris parce que j'y crois, que Votre Grâce les détrompe et leur dise bien que c'est uniquement pour de l'argent.

C'est en 1604 que Lope de Vega rencontre le sixième duc de Sessa, don Luis Fernández de Córdoba Cardona y Aragón, dont il devient le secrétaire particulier. L'anecdote qu'il rapporte dans la lettre qu'il écrit au

1. Garcilaso de la Vega (1501-1536) était le poète le plus admiré de Cervantès. Le vers suivant est tiré de la « IIe Élégie à Boscán ».

duc en 1612 correspond au moment où, revenu à Madrid, Cervantès fréquente les académies de la capitale.

Lettre au Duc de Sessa, Madrid, 2 mars 1612 :

[...] Les académies sont en pleine fureur : à la dernière réunion, deux licenciés se sont violemment pris aux cheveux ; moi, j'y ai lu quelques uns de mes vers avec les lunettes de Cervantès, qui ressemblaient à des œufs au plat mal cuits.

Ibid., p. 110 [trad. N. Ly].

Lope de Vega a composé, sous le titre de *Las fortunas de Diana* (1621), quatre nouvelles qu'il a dédiées à sa maîtresse Marta de Nevares. Ces nouvelles peuvent être lues comme un défi à Cervantès, mais plus encore comme un profond hommage à l'extraordinaire collection des *Nouvelles exemplaires*. Pourtant la formulation explicite de cette admiration reste discrète, pour ne pas dire quelque peu grinçante :

Et bien qu'en Espagne on s'y frotte aussi pour ne point laisser de s'essayer à tout, on y trouve des livres de nouvelles, les unes traduites des italiens, les autres originales, pour lesquelles Miguel de Cervantès n'a manqué ni de grâce ni de style. J'avoue que ce sont là des livres fort divertissants et qui pourraient être exemplaires, comme certaines des *Histoires tragiques* de Bandello, mais il leur faudrait la plume d'esprits très savants ou tout au moins de grands hommes de cour, capables de trouver dans le désabusement de remarquables sentences et des aphorismes profonds.

Lope de Vega, *Obras poéticas*, éd. J.M. Blecua, Planeta, Barcelone, 1983, p. 660 [trad. N. Ly]. D.R.

La *Silva VIII* des *Lauriers d'Apollon* (1629), long poème dans lequel Lope de Vega fait l'éloge divers des poètes, consacre une poignée de vers à la glo-

rieuse blessure de Lépante et à l'excellence des vers de Cervantès :

Dans la bataille où l'éclair autrichien [1],
fils immortel de l'aigle prestigieux,
prit les divins lauriers de la victoire
au roi d'Asie sur l'étendue fluide,
la fortune perfide
blessa à la main Miguel de Cervantès ;
mais son esprit en vers de diamant
sut en changer les plombs avec panache :
en ses vers douceur, musique, élégance
en ont rendu la mémoire immortelle,
d'où il ressort que d'une main blessée,
l'on peut gagner une vie éternelle.

Lope de Vega, *Laurel de Apolo* in *Colección escogida de obras no dramáticas*, Biblioteca de Autores Españoles, t. XXXVIII, Madrid, 1950, p. 218 [trad. N. Ly]. D.R.

1. L'éclair autrichien est don Juan d'Autriche, fils bâtard de Charles Quint et demi-frère de Philippe II.

VI. FORTUNE DU LIVRE, FORTUNE DU HÉROS

On l'a dit : après la Bible, le *Quichotte* est le livre le plus lu dans le monde et son héros a subi un extraordinaire processus de mythification burlesque ou exaltante. Par ailleurs, celui qu'on a appelé le « roman des romans » et le « roman contre les romans » sert de canevas, multiple et variable, implicite ou déclaré, à de très nombreux romans contemporains. Poètes, historiens, philosophes questionnent la matière quichottesque ; dessinateurs, peintres, sculpteurs et musiciens réinterprètent le couple du chevalier et de son écuyer. Quant aux narratologues et aux théoriciens de l'écriture romanesque, ils pourraient se contenter de puiser dans le *Quichotte* les fragments qui montrent, *in vivo*, ce que sont la figure de l'auteur, la fonction-narrateur, l'effet-personnage, les relations entre récit et histoire, la fiction référentielle, le propre de la fiction, la polyphonie, la mise en abyme, etc., quand un « rare inventeur », ironique et subtil, rend à la langue espagnole et à la communauté humaine l'hommage de son génie.

LA PREMIÈRE PARTIE : UN SUCCÈS ÉDITORIAL

Dès ses premiers chapitres, la deuxième partie se fait l'écho du succès éditorial fulgurant remporté en 1605 par la première (II, 3, p. 36) et elle porte aussi sur la première un jugement mi-admiratif mi-ironique qui annonce les flots d'encre que fera couler le roman (p. 40-41).

LA POLÉMIQUE AUTOUR D'AVELLANEDA

La publication, en septembre 1614, du *Deuxième volume de l'Ingénieux Don Quichotte de la Manche* par Alonso Fernández de Avellaneda est sans doute, en dépit de la spoliation dont s'est senti victime Cervantès, la reconnaissance éclatante du succès du livre de 1605. La deuxième partie apocryphe a été généralement considérée comme une œuvre grossière, très inférieure à l'original dont elle n'avait retenu que les traits caricaturaux. Un renouveau d'intérêt, cependant, a permis de mettre en relief une interaction féconde entre l'œuvre originale et celle du faussaire. Un pas de plus a été franchi quand on a soupçonné Cervantès d'être lui-même l'auteur de la suite apocryphe.

Edward O. Riley souligne que l'une des inventions du *Quichotte* a consisté à transformer la réflexion critique et la mésaventure éditoriale en péripéties ou en aventures romanesques :

De manière inespérée, Avellaneda a fourni à Cervantès l'occasion de donner un tour nouveau au débat entre histoire et fiction et de transformer la matière critique en matériau romanesque. En fait, Cervantès a su tirer si bien profit de l'irruption d'Avellaneda dans son territoire qu'on pourrait presque penser que si la suite apocryphe n'avait pas existé il lui aurait fallu l'inventer.

Edward O. Riley, *Teoría de la novela en Cervantes* (1966), Madrid, Taurus, 3e éd., 1981, « El *Quijote* de Avellaneda », p. 327-338 [trad. N. Ly]. D.R.

L'éditeur de la suite apocryphe, Fernando García Salinero, oppose la complexité des héros cervantins aux traits simplifiés et à l'univocité des créatures d'Avellaneda. Il apporte néanmoins des éléments utiles à l'hypothèse d'une imitation réciproque :

Si l'on en croit Fitzmaurice Kelly, Cervantès avait l'habitude de parler des romans qu'il était en

Alonso Fernández de Avellaneda, *El ingenioso hidalgo don Quijote de la Mancha, que contiene su tercera salida y es la quinta parte de sus aventuras*, éd. Fernando García Salinero, Castalia, n° 41, Madrid, 1972, p. 23 [trad. N. Ly]. D.R.

train de préparer et il allait jusqu'à lire ses manuscrits à ses amis et à ses compagnons de réunions ; il est probable, pour cette raison, qu'Avellaneda connaissait d'avance l'œuvre de son rival, mais il n'est pas impossible non plus que Cervantès ait eu connaissance du manuscrit du faux *Quichotte* avant sa publication. En conséquence, et bien que l'œuvre ne soit mentionnée qu'à partir du chapitre 59, il n'est pas impossible que l'épisode de Maese Pedro (II, 31) se soit inspiré du chapitre 27 de celui d'Avellaneda, dans lequel des comédiens répètent « la noble comédie *El testimonio vengado*, de l'illustre Lope de Vega Carpio ». Mais qui peut certifier où est l'original et où est le plagiat ?

Dans *Le Monde des livres* (10 octobre 1997), Hector Bianciotti se fait l'écho d'une rumeur ancienne qui suggère que Cervantès, à bout de souffle, aurait créé de toutes pièces l'affaire Avellaneda pour relancer son roman et il cite le témoignage de deux lecteurs — prestigieux — d'Avellaneda :

Apollinaire : « *J'ai lu le "Quichotte" du faux Avellaneda avec un plaisir inexprimable. C'est à mon gré une œuvre remarquable qui complète à bien des égards, et notamment en ce qui concerne Sancho, ce qu'il y a d'humain dans le "Quichotte" de Cervantès...* »

Nabokov : « *Il est faux de dire — comme le font les plus fervents admirateurs de Cervantès — que le livre d'Avellaneda est absolument dépourvu de toute valeur. Au contraire, on y trouve quelque chose d'alerte et de savoureux, et un certain nombre de passages ne sont en rien inférieurs à quelques-unes des scènes de grosse bouffonnerie de notre livre.* »

Hector Bianciotti, in *Le Monde des livres*, vendredi 10 octobre 1997, « L'ombre du *Quichotte* », à propos de la traduction du *Quichotte* par Aline Schulman, préface de Jean-Claude Chevalier, Seuil, 2 vol., 1997.

LA DEUXIÈME PARTIE : UN ACCUEIL PLUS RÉSERVÉ

L'un des meilleurs spécialistes de l'horizon d'attente des lecteurs français et espagnols du XVIIe siècle, Maxime Chevalier, met en lumière le caractère inédit et souvent critiqué de la deuxième partie du *Quichotte* :

L'œuvre qui a surpris les lecteurs du temps, c'est évidemment la deuxième partie de *Don Quichotte*. Elle a été, on le sait, réimprimée deux fois moins souvent que la première partie : encore nombre d'exemplaires du livre s'écoulent-ils lentement. Et mes compatriotes — je fais appel à leur témoignage pour la simple raison qu'ils sont plus explicites que les Espagnols — affichent clairement leur préférence : Segrais juge la deuxième partie du roman inférieure à la première ; Pierre Perrault se scandalise du caractère inédit qu'y endosse Sancho ; les épisodes du livre que Mme de Sévigné cite dans sa correspondance sont tous empruntés à la première partie du roman. Plus tard, Lesage et Goethe encore, sentiront de même. Pour longtemps, la deuxième partie du *Quichotte* est la mal aimée de l'œuvre cervantine.

Maxime Chevalier, « Cervantès et Aristote », *Bulletin hispanique*, 1899-1999, t. 101, n° 2, Bordeaux, juillet-décembre 1999, p. 435.

La première partie, en revanche, maintient l'unité des personnages et apporte la variété narrative des épisodes et des récits interpolés :

Certes, la première partie du livre avait déjà de quoi surprendre. Les héros de l'histoire — un vieil hidalgo travesti en errant, flanqué d'un rustique jouant les écuyers — étaient inattendus... Mais, prise dans son ensemble, la première partie n'avait pas dérouté les lecteurs. D'abord parce que don Quichotte et Sancho y restaient le plus souvent conformes à l'image que traçaient d'eux

Ibid., p. 436.

les premières pages du livre : un énorme éclat de rire salua légitimement leurs exploits. Ensuite parce que nos héros n'étaient pas seuls en scène : des nouvelles intercalées enrichissaient le schéma initial, et les amours tourmentées de Marcela et de Grisóstomo ou celles de Cardenio, Lucinda, Dorotea et don Fernando ne dépaysaient pas les lecteurs que la pastorale et le théâtre avaient habitués à des intrigues de ce genre. Enfin le style du livre faisait la part belle à une rhétorique familière aux amateurs de romans.

L'expansion du dialogue et le caractère inattendu des réactions des héros perturbent les habitudes de lecture des amateurs d'histoires pastorales ou sentimentales :

Ibid., p. 437.

La deuxième partie était autrement surprenante. Elle éliminait les nouvelles intercalées, elle réduisait à la portion congrue le romanesque amoureux. Elle mettait au premier plan, et de façon constante, don Quichotte et son écuyer. [...] Or, les lecteurs de 1615 étaient habitués aux personnages simples, aux personnages à un trait. Le chevalier errant est valeureux, le berger amoureux et le galant galant. Qu'on le remarque bien, les lecteurs les plus lettrés, les plus raffinés peut-être, ne sont pas à cet égard plus exigeants que les autres, bien au contraire.

LES PARADOXES DU SUCCÈS

Francisco Ayala, « La invención del Quijote », *Experiencia e invención*, Madrid, Taurus, 1960, p. 39-78, reproduit dans *El Quijote*, éd. George Haley, El escritor y la crítica, Taurus, Madrid, 1987, p. 177-203 [trad. N. Ly]. D.R.

Francisco Ayala, né en 1906, romancier, essayiste et critique espagnol (prix Cervantès en 1991), attire l'attention sur l'inconciliable perception de l'étrangeté aux XVIIe et XXe siècles :

Si, pour nous, Don Quichotte et Sancho sont des êtres familiers, les personnages accessoires qui les accompagnent et leur sont liés, le cadre où ils évoluent, sont désormais loin de notre propre circonstance [...] : étudiants, ecclésiastiques, licenciés et bacheliers, soldats, gentilshommes, ducs, dames et duègnes. Ce n'est qu'en fonction de Don Quichotte et de Sancho qu'aujourd'hui ils existent ; ils se raccrochent à leur être épuré ; ils en sont les parasites. Il n'est pas question pour autant de nier la part de qualité humaine qui caractérise leur configuration artistique et on ne veut pas dire non plus qu'ils ne sont que de simples et futiles fantoches ; bien au contraire, une réelle authenticité palpite sous leur contingence historico-sociale et suinte de ces formes qui ont périclité ; mais celles-ci étant désormais obsolètes, il manque au lecteur naïf des passerelles pour entrer en communication avec elles [...]. C'est la présence de Don Quichotte et de Sancho qui donne une vie nouvelle à ces cadres anciens qu'ils illuminent avec une intensité singulière [...].

L'instabilité de la circonstance historique a fini par rendre conventionnel et artificiel tout ce qui relevait de la réalité quotidienne [...]. Tout ce qui pour [le lecteur] de 1605 était étrange et extravagant — à savoir, Don Quichotte lui-même et son complément, Sancho — est devenu familier au lecteur d'aujourd'hui ; tout ce qui lui est désormais étranger — le monde où vivait Cervantès — était pour celui de 1605 réalité immédiate et quotidienne.

La fortune du *Quichotte* est paradoxale. Jean Canavaggio souligne à juste titre que son succès éditorial n'en a pas pour autant fait un modèle susceptible de conformer immédiatement un canon national dans le champ des lettres espagnoles :

La Pléiade, 2001, Introduction, p. XXXVII et XXXVIII.

Contrairement à ce que l'on pourrait croire, *Don Quichotte* n'est pas devenu, à la faveur du succès immédiat qu'il a connu, un modèle qui aurait défini un canon national. À son apparition, il a été accueilli comme un ouvrage facétieux — *un libro de burlas* — et c'est ainsi que l'ont compris tous ceux qui, comme Charles Sorel en France, s'inspirent librement de son exemple. Au XVIIIe siècle, il devient la providentielle exception : l'œuvre qu'invoquent les intellectuels néo-classiques à la recherche de références avouables, au moment où l'Espagne, revenue des outrances baroques, aspire à être reconnue au sein de la république des lettres. Il faut attendre le triomphe du romantisme pour le voir consacré en Europe, d'abord en Allemagne, puis en France, comme un texte fondateur ; mais c'est à l'école de Balzac, de Flaubert et de Zola que se formeront Benito Pérez Galdós et Leopoldo Alas « Clarín », les grands romanciers espagnols de la seconde moitié du XIXe siècle. En revanche *Don Quichotte* tire une vitalité nouvelle de la critique de l'illusion mimétique qu'inaugure le XXe siècle, et que développe, au plan de la création romanesque, la pratique expérimentale d'un Proust, d'un Joyce ou d'un Kafka : roman apparemment réaliste, il problématise sans cesse la notion même de réel à travers l'enchaînement des méprises et des feintes qui jalonne l'action, le jeu des points de vue qui en est le contrepoint, le dialogue sans cesse repris de la vie et de la littérature.

Il aura fallu attendre à peu près quatre siècles pour que *Don Quichotte* devienne ce modèle : les romanciers d'aujourd'hui — Eduardo Mendoza, Antonio Muñoz Molina, Luis Landero, Julián Ríos, Javier Marías et bien d'autres — se réclament de Cervantès et de son héros et font « dialoguer » leurs personnages, leur humour, leur écriture, leurs structures et leurs techniques narratives avec ceux qu'avait génialement

inaugurés le double livre de 1605 et 1615. Avant l'Espagne, souligne Michel Moner, c'est l'Europe et le monde qui honorent le *Quichotte*.

C'est ainsi que don Quichotte, qui naît en Espagne et serait censé, pour certains, incarner « l'âme espagnole », va grandir en Europe et dans le monde entier...

Pléiade, 2001, Notice, p. 1514-1515.

C'est à l'Anglais Thomas Shelton que l'on doit la première traduction de *Don Quichotte* en langue étrangère (1612), et la littérature anglaise n'a pas tardé à en recueillir l'héritage, avec Henry Fielding, qui s'en inspire pour ses compositions parodiques (*Les Aventures de Joseph Andrews*, 1742), et Laurence Sterne, qui y trouve matière à des jeux d'écriture quasiment d'avant-garde (*Vie et opinions de Tristram Shandy*, 1760-1767). Ce n'est toutefois qu'au XIXe siècle que l'espagnol devient véritablement pour l'Europe « la langue de Cervantès » et que *Don Quichotte* prend place parmi les chefs-d'œuvre de la littérature. L'interprétation qu'en donnent les romantiques allemands, mais aussi le prodigieux essor du genre romanesque, où s'illustrent alors les plus grands écrivains, placent *Don Quichotte* au cœur d'un extraordinaire réseau de relations intertextuelles. De Flaubert à Dickens et Galdós, de Dostoïevski à Kafka, Joyce et Borges, on n'en finirait pas d'énumérer les noms de tous les écrivains qui, à des titres divers, ont contracté une dette envers ce maître livre. Certains, depuis lors, ont pu s'écarter des voies qu'il avait ouvertes pour explorer celles du nouveau roman ; mais la plupart en revendiquent la valeur d'exemple, parfois jusqu'à l'idolâtrie ou la provocation. C'est le cas de Milan Kundera, dont *L'Art du roman* (1986) est d'abord un hommage à l'auteur de *Don Quichotte* et qui proclame, en guise de profession de foi, n'être attaché à rien « sauf à l'héritage décrié de Cervantès »...

En fin de compte, le plus beau tribut d'admiration qui ait été rendu à *Don Quichotte* pourrait bien être celui qu'on lui délivre chaque année, de nos jours, sur la place publique : depuis 1997, du 22 au 23 avril, date anniversaire de la mort de Cervantès et « Journée du Livre » en Espagne, les lecteurs se relaient jour et nuit, sans interruption, pour répandre, sur les ondes comme dans la rue, les mots magiques qui, chapitre après chapitre, racontent l'histoire de don Quichotte et de Sancho Pança...

Dans le volume d'actes d'un colloque réuni à l'université Blaise-Pascal de Clermont-Ferrand, *Don Quichotte au XXe siècle. Réceptions d'une figure mythique dans la littérature et les arts*, l'iconographie quichottesque s'enrichit considérablement autant en Europe qu'au Mexique ou même au Japon, la production musicale répertoriée entre 1902 et 2001 fait apparaître quelque soixante-dix œuvres composées ou créées, et l'impact du livre ne se limite plus aux romans contemporains — minutieusement analysés — mais à l'idéologie et à la politique. Enfin, le site http ://www.ucm.es/info/especulo/bquijote/index.htm fournit la liste, ouverte, de soixante-douze noms d'écrivains appelés *lectores quijotescos.*

VII. LE *QUICHOTTE* DE TROIS ÉCRIVAINS DE LANGUE ESPAGNOLE

MIGUEL DE UNAMUNO (1864-1936)

Philosophe, romancier, dramaturge, essayiste, poète, ce Basque de Bilbao passe sa vie au cœur de la Castille, à Salamanque où, dès 1891, il est titulaire de la chaire de grec. Il devient recteur de l'université mais paie de la révocation et de six ans de bannissement à Paris (1924-1930) son opposition à la dictature de Primo de Rivera. Dès août 1936, il désavoue le soulèvement franquiste et, lors des cérémonies du 12 octobre, il lance sa célèbre apostrophe aux militaires : « Vous vaincrez mais vous ne convaincrez pas ! » Il meurt en décembre de la même année. En 1905, sa *Vida de don Quijote y Sancho* propose la réécriture interprétative d'un grand nombre de chapitres du roman. « Non seulement anticervantiste mais hyperquichottiste », selon Genette, cette lecture est parfois contestable. Jean Babelon, le traducteur d'Unamuno, juge que : « C'est sans humour qu'il lit ce livre plein d'humour. » Le livre a néanmoins le mérite de montrer *in vivo* les stimulations passionnelles et intellectuelles exercées par le chef-d'œuvre cervantin sur l'intelligence polémique et inquiète du plus célèbre agitateur d'idées espagnol du premier XXe siècle.

La folie de don Quichotte :

« Il en vint à perdre le jugement. » C'est pour notre bien qu'il le perdit, pour nous laisser un exemple éternel de générosité spirituelle. Avec

Miguel de Unamuno, *La Vie de Don Quichotte et de Sancho Pança d'après Miguel de Cervantès Saavedra*, traduction et avant-propos de Jean Babelon, Albin Michel, 1959. D.R.

tout son jugement aurait-il été aussi héroïque ? Il fit sur l'autel de son pays le plus grand des sacrifices : celui de son jugement. Sa fantaisie se peupla de belles déraisons, et il prit pour la vérité ce qui n'est que la beauté.

Don Quichotte héroïque et amoureux :

Don Quichotte aima Dulcinée d'un amour achevé et parfait, d'un amour qui ne poursuit pas une délectation égoïste et particulière ; il se consacra à elle sans prétendre qu'elle se consacrât à lui. Il se lança dans le monde à la conquête de la gloire et des lauriers pour aller les déposer aussitôt aux pieds de sa bien-aimée. Don Juan Tenorio aurait mis tout son effort à la soumettre pour la posséder et rassasier en elle son appétit, pour l'amour d'en jouir et de s'en vanter ; Don Quichotte non. Don Quichotte ne s'en fut pas au Toboso comme un galant pour faire la cour à Dulcinée et la rendre amoureuse, mais se lança dans le monde pour le conquérir pour elle...

La sagesse de Sancho...

Plus profond encore que son seigneur et maître fut Sancho en disant qu'il était un homme pacifique, doux et paisible, et qu'il savait dissimuler toutes les injures « parce que j'ai femme et enfants à sustenter ». Oh, Sancho, sensé et discret ! Si tu savais combien il y en a aujourd'hui encore qui ayant femme et enfants à sustenter, viennent nous rebattre les oreilles de leur honneur et de leur dignité, ce qui est un luxe permis seulement aux riches...

... et sa folie :

[...] une fois en âge, et considérant qu'il n'est pas bien que l'homme reste seul, tu as reçu de la main du curé Juana Gutiérrez pour compagne de tes travaux et pour mère de tes enfants, mais tu es parti avec Don Quichotte, tu as quitté pour lui femme et enfants, et tu t'es enquichotté.

Don Quichotte et Sancho : l'Autre est le Même...

Le Chevalier et l'écuyer étaient fondus dans un même moule, comme le supposait le curé. Ce qu'il y a de plus grand et de plus édifiant dans la vie qu'ils menèrent ensemble, c'est que l'on ne peut concevoir l'un sans l'autre, et que, bien loin d'être deux pôles opposés, ainsi qu'on l'a cru bien à tort, ils furent et demeurent non pas les deux moitiés d'une orange, mais un même être vu de deux côtés. Sancho gardait vivant le sanchopancisme de Don Quichotte, et celui-ci quichottisait Sancho, en tirant à fleur d'âme son cœur quichottesque. Bien que Sancho ait dit : « Sancho je suis né, et Sancho je veux mourir », nous sommes assurés qu'il y a dans Sancho beaucoup de Don Quichotte.

... et pourtant, ils sont différents :

Et c'est en cela que consiste la différence entre Don Quichotte et Sancho : Don Quichotte a vu vraiment ce qu'il nous dit avoir vu dans la caverne de Montésinos — en dépit des malicieuses insinuations de Cervantès — mais Sancho n'a pas vu ce qu'il nous dit avoir vu dans les sphères célestes, tandis qu'il voyageait en croupe de Clavilègne, il a tout inventé, il a menti pour imiter son maître ou pour se décharger de sa frayeur. Il ne nous est pas donné à tous de jouir de visions, et moins encore de croire en elles, de les rendre vraies par notre croyance.

Croire et ne pas croire : de l'illusion de réalité à la réalité de l'illusion, Sancho tout autant que don Quichotte savent parfaitement distinguer le vrai de l'imaginaire, mais ils choisissent de croire.

Sancho voyait les folies de son maître, il voyait que les moulins étaient des moulins et non pas des géants, et il savait bien que la rude paysanne qu'il allait rencontrer à la sortie du Toboso n'était ni Dulcinée du Toboso, ni même Aldonza Lorenzo ; et pourtant, il croyait en son maître, il avait foi en lui et il croyait en Dulcinée du Toboso. Il en vint même à croire, comme nous le verrons, en son enchantement...

Don Quichotte lui-même douta. Il est sûr, en effet, que de ses yeux de chair Don Quichotte vit dans les moulins de vrais moulins, et dans les hôtelleries des hôtelleries, et que dans son for intérieur il reconnaissait la réalité du monde des apparences — une apparence de réalité — sur laquelle reposait le monde substantiel de sa foi. La preuve en est ce merveilleux dialogue qu'il tint avec Sancho, quand celui-ci revint à la Sierra Morena pour lui rendre compte de sa visite à Dulcinée. Le fou est un comédien profond qui prend au sérieux la comédie, mais qui ne se trompe pas. Tandis qu'il joue le rôle de Dieu, ou d'un roi, ou d'une bête, il sait bien qu'il n'est ni Dieu, ni roi, ni bête ; il veut l'être et cela suffit. Est-ce qu'il ne suffit pas pour être fou de prendre le monde au sérieux ? Ne sommes-nous pas tous des fous ?

GABRIEL CELAYA (1911-1992)

Ingénieur de formation, poète « social », « réaliste », engagé, en opposition au régime franquiste, poète prolifique et violent, Rafael Múgica, alias Juan de Leceta et Gabriel Celaya, est l'auteur d'une œuvre abondante, voire « torrentielle », de valeur inégale, mais traversée de fulgurances, de réussites-coups de poing, de mises en relief surprenantes des pouvoirs de la phonétique ou de la grammaire espagnoles, et profondément convaincue du pouvoir politique et révolutionnaire de la poésie. L'un de ses titres : *La poesía es un arma cargada de futuro*, est resté justement célèbre. Sancho ne pouvait laisser Celaya indifférent : dans l'un de ses recueils les plus connus, *Cantos iberos* (1955), il lui consacre un long poème, une sorte de cantique profane et marxiste, où Sancho devient le symbole du peuple espagnol auquel le poète restitue sa force, sa dignité et son identité.

À SANCHO PANÇA

Gabriel Celaya, *L'Espagne en marche*, préface et traduction de François Lopez, Seghers, 1961, p. 53-58. [La traduction proposée ici par N. Ly s'éloigne parfois de celle de F. Lopez.] D.R.

Sancho-le bon, Sancho-l'argile, Sancho-le
peuple,
ta loyauté, elle va de soi,
ton endurance paraît facile,
ton courage naturel comme dans la Mancha
l'éternel.

Sancho-le vulgaire, Sancho-mon frère,
Sancho, racine de ma patrie, tu as beau souffrir,
tu perdures,
et, mi-cynique, mi-sacré, tu te résignes :
contre mauvaise fortune bon cœur.

Sancho, que nous tenons pour rien,
malgré des millénaires d'humilité acceptée,
tu n'es pas Histoire, mais je t'ai
comme on a la terre, patrie et matrie mortifiée.

Sancho-la foule, Sancho-Personne, Sancho-le
saint,
Sancho d'oignon et de pain,
façonné par les siècles des siècles, quotidien,
vivant et mort, enfoui.
....
Tu es mon seul espoir,
car ce ne sont pas les grands noms qui ont fait
en-deçà de l'Histoire — paille et poussière —
notre patrie,
mais toi, et comme en te jouant.

Sancho-la terre, Sancho-le saint, Sancho-le
peuple,
je mesure ta force constante,
je vois tes yeux brillants même après le
désastre.
Celui qui est, c'est toi. En avant !

JORGE LUIS BORGES

Dans *Borges ou la réécriture*, Michel Lafon analyse l'ambiguïté de l'attitude de Borges vis-à-vis de Cervantès. À propos de *Pierre Ménard, auteur du « Quichotte »*, il met en lumière l'entreprise d'escamotage du roman cervantin dans sa prétendue réécriture (sa « non-réécriture ») par Ménard et, au-delà, le meurtre symbolique du père (Cervantès) à travers le meurtre du genre romanesque dont Borges disait qu'il produisait des œuvres insupportablement lentes et longues à lire.

Michel Lafon, *Borges ou la réécriture*, Seuil, coll. Poétique, 1990, p. 61.

Il y a, pour reprendre l'expression d'un critique, « un *Quichotte* submergé » dans l'œuvre de Borges comme dans celle de Ménard. Car, si la plupart des pères spirituels que Borges aime à se reconnaître figurent exemplairement dans cette nouvelle [...] c'est bien sous l'invocation de

Miguel de Cervantès que s'opère cette renaissance, père fantasmatique convoqué pour être mieux tué sur-le-champ... Le commun meurtre symbolique est affaire de forme : c'est le romancier que l'on immole, Borges dans son œuvre narrative à venir et Pierre Ménard dans son écriture du *Quichotte* seront indéfectiblement fragmentaires (« le fragmentaire *Quichotte* de Ménard est plus subtil que celui de Cervantès »), leurs écrits enchâssés s'édifieront en haine du roman. Qu'on ne déduise pas, toutefois, de ce qui précède, que *Pierre Ménard* épuise la complexité et la saveur de tout ce qui se joue entre Borges et Cervantès. Les rapports d'intimité se multiplient bien au-delà, dont on ne sait s'ils sont le fait de Borges ou d'un destin plus malicieux encore : le premier texte de Borges enfant est inspiré du *Quichotte* ; quand, en janvier 1955, Borges est hospitalisé à la Clínica Devoto et perd définitivement la vue, il y signe « Parábola de Cervantès y del *Quijote* » ; Miguel et Jorge sont, se plaît à rappeler Borges, des noms de saints tueurs de dragons ; et les mères de ces deux invalides de l'écriture s'appellent Leonor... Pas un commencement borgésien qui ne soit aussi, comme on le voit, cervantin...

Provocateur, paradoxal et ironique, le texte de Borges est une formidable leçon d'analyse textuelle « recontextualisée » :

Comparer le *Don Quichotte* de Ménard à celui de Cervantès est une révélation. Celui-ci, par exemple, écrivit (*Don Quichotte*, Ire partie, chap. IX) :

... *la vérité, dont la mère est l'histoire, émule du temps, dépôt des actions, témoin du passé, exemple et connaissance du présent, avertissement de l'avenir.*

Jorge Luis Borges, *Pierre Ménard, auteur du « Quichotte »* (Nîmes, 1939), in *Fictions/Ficciones*, Gallimard, Folio bilingue, n° 43, 1994, p. 91.

Rédigée au XVIIe siècle, rédigée par le « génie ignorant » Cervantès, cette énumération est un pur éloge rhétorique de l'histoire. Ménard écrivit en revanche :

... *la vérité, dont la mère est l'histoire, émule du temps, dépôt des actions, témoin du passé, exemple et connaissance du présent, avertissement de l'avenir.*

L'histoire, *mère* de la vérité ; l'idée est stupéfiante. Ménard, contemporain de William James, ne définit pas l'histoire comme une recherche de la réalité mais comme son origine. La vérité historique, pour lui, n'est pas ce qui s'est passé ; c'est ce que nous pensons qui s'est passé. Les termes de la fin — « exemple et connaissance du présent, avertissement de l'avenir » — sont effrontément pragmatiques.

Le contraste entre les deux styles est également vif. Le style archaïsant de Ménard — tout compte fait étranger — souffre de quelque affectation. Il n'en est pas de même pour son précurseur, qui manie avec aisance l'espagnol courant de son époque.

Borges se plaît à raconter qu'il a commencé par lire le *Quichotte* dans une traduction anglaise qui lui semblait bien supérieure à la version cervantine, en espagnol...

Jorge Luis Borges, *Livre de préfaces* suivi de *Essai d'autobiographie*, Gallimard, Folio, n° 1794, 1980, p. 276-277.

Ces livres dont je viens de parler, je les ai lus en anglais. Lorsque plus tard je lus *Don Quichotte* dans le texte cela me sembla une mauvaise traduction. Je me souviens encore de ces reliures rouges avec les titres dorés de l'édition Garnier. Il vint un jour où la bibliothèque de mon père fut dispersée et quand je lus *Don Quichotte* dans une autre édition, j'eus le sentiment que ce n'était pas le vrai *Don Quichotte*. Plus tard, un ami me procura l'édition Garnier avec les mêmes gravures, les mêmes notes en bas de page et les mêmes *errata*. Toutes ces choses pour moi faisaient partie du livre ; c'était pour moi le vrai *Don Quichotte*.

Quand il essaie de caractériser l'écriture de Cervantès, qu'il juge impossible à analyser, Borges souligne son charme et son mystère : entachée de défauts de tous ordres cette écriture est inexplicablement efficace.

Si on le juge suivant les préceptes de la rhétorique, aucun style n'est plus pauvre que celui de Cervantès. Il abonde en répétitions, en longueurs, en hiatus, en fautes de construction, en épithètes inutiles ou préjudiciables, en coq-à-l'âne. Mais un certain charme qui émane de l'œuvre annule ou tempère tous ces défauts. Il y a des écrivains — Chesterton, Quevedo, Virgile — dont l'œuvre entière supporte l'analyse ; il n'est pas chez eux de procédé, de bonheur d'expression qu'un rhéteur ne puisse expliquer. D'autres — De Quincey, Shakespeare — présentent des zones d'ombre qui se refusent à tout examen. D'autres, plus mystérieux encore, défient les lois de l'analyse. Il n'y a pas une seule phrase chez eux, à les examiner de près, qui ne soit à corriger ; n'importe quel homme ayant des lettres peut souligner leurs erreurs ; leurs observations relèvent de la logique, le texte lui-même peut-être pas ; et cependant ce texte, tout critiquable qu'il soit, est des plus efficaces, sans que nous sachions pourquoi. C'est à cette catégorie d'écrivains, que la simple raison ne peut expliquer, qu'appartient Miguel de Cervantès.

Ibid., « Miguel de Cervantès, *Les Nouvelles exemplaires* » (1946), p. 69.

À propos du livre de Alberto Gerchunoff, *Retorno a Don Quijote*, Borges propose sa propre vision de la

fortune du *Quichotte*. Le *Quichotte* a fortement influencé un Voltaire, qui ne l'appréciait pas...

Destin paradoxal que celui de Cervantès. En un siècle et dans un pays de vaniteux artisanat rhétorique, il fut attiré par ce qui est essentiel chez l'homme, en tant que type et en tant qu'individu. Il inventa et composa le *Quichotte*, qui est le dernier livre de chevalerie et le premier roman psychologique des lettres occidentales ; après sa mort il fut révéré comme une idole par ceux qui lui ressemblaient le moins : les grammairiens. Des paysans, étonnés, le vénérèrent parce qu'il connaissait beaucoup de synonymes et beaucoup de proverbes. Lugones, vers 1904, dénonça « ceux qui, ne voyant que dans sa forme seule la suprême réussite du *Quichotte*, se sont contentés de mordre l'écorce dont la rugosité en cachait la vitalité et la saveur » ; Groussac, plus tard, condamna l'aberration qui consiste à réduire « le miracle de ce chef-d'œuvre au gros sel de son style allègre et, bien entendu, aux dictons de Sancho » ; Alberto Gerchunoff, aujourd'hui, dans les réflexions de ces pages posthumes, médite sur le côté intrinsèque du *Quichotte*. Il découvre et explique deux paradoxes : celui de Voltaire « qui n'estimait pas outre mesure Miguel de Cervantès » et qui, cependant, poussa le quichottisme jusqu'au risque dangereux dans sa défense de Calas et de Sirven, victimes d'erreurs judiciaires, et celui de Juan Montalvo, fervent admirateur de Cervantès, valeureux et juste, mais qui, curieusement, ne vit dans l'histoire d'Alonso Quijano rien d'autre qu'un mélancolique répertoire de mots archaïques.

Ibid., p. 100-101.

L'homme Cervantès et son rêve, don Quichotte, ont ému le poète Borges. Il dédie un sonnet au poète-

soldat qui combattit sous les ordres de don Diego de Urbina.

UN SOLDAT D'URBINA

Jamais nouvel exploit, jamais autre campagne
N'égaleront Lépante et l'Ottoman chassé :
Aux sordides métiers sans plainte rabaissé,
Le soldat erre obscur par sa farouche Espagne.

Plus que la fierté morte, un rêve l'accompagne
Par quoi l'acharnement de l'heure est effacé ;
Aux gestes de Roland, aux cycles de Bretagne
Il puise le secours d'un magique passé.

Il voit sur la campagne une lueur de cuivre
S'attarder ; il se croit pauvre, seul, las de vivre ;
Il ignore qu'un don de Dieu va le toucher.

Insensible au murmure auguste qui s'élève,
Il va, triste et pensif, et ne sent pas marcher
Don Quichotte et Sancho dans le fond de son
rêve.

Jorge Luis Borges, *Œuvre poétique*, 1925-1965, mise en vers français par Ibarra, Poésie/Gallimard, 1970, p. 107.

VIII — UNE ENQUÊTE LITTÉRAIRE PENDANT LA GUERRE DES TRANCHÉES

En 1916, en pleine guerre, est publiée à Paris une « enquête littéraire » : son auteur, l'écrivain et diplomate péruvien, le très parisien Ventura García Calderón, a eu l'idée d'envoyer à des écrivains et à des artistes, français pour la plupart, souvent sous les drapeaux et dans les tranchées, un questionnaire sur le personnage de don Quichotte et sur leur lecture du roman.

GUILLAUME APOLLINAIRE

J'ai lu *Don Quichotte* plusieurs fois dans mon enfance, d'abord dans la traduction de Florian, plus tard, dans celle de Viardot, illustrée autant qu'il m'en souvienne par Tony Johannot.

Les souvenirs qui me sont restés de cette lecture sont trop complexes pour être détaillés ici ; mais la vie du merveilleux Hidalgo dans la forêt où il s'était retiré m'avait vivement frappé et je ne pensais pas alors que moi-même, je mènerais un jour cette vie sylvestre.

La lecture du *Quichotte* me donna aussi la curiosité de lire les Romans de Chevalerie que je dévorai plus tard, à vingt ans, et ainsi le but poursuivi par Cervantès n'était pas atteint...

J'ai lu aussi le *Quichotte* du faux Avellaneda, avec un plaisir inexprimable. C'est, à mon gré, une œuvre remarquable qui complète à bien des égards, et notamment en ce qui concerne Sancho, ce qu'il y a d'humain dans le Quichotte de Cervantès...

Cette merveilleuse satire lyrique de l'humanité qu'est *Don Quichotte* est d'un symbolisme si complexe qu'il faudrait recréer un univers pour en montrer le sens.

Le héros est humain, partant, il est de toutes les nations ; toutefois, rien ne lui répond dans la littérature française sauf, peut-être, le *Bouvard et Pécuchet* de Flaubert.

Mais, dans les *Âmes mortes* de Gogol, il y a quelque chose de plus que de slave et qui n'est pas sans parenté avec ce que pouvait exprimer le génie admirable de Cervantès.

(Notez qu'il y a dans Gogol quelque chose de commun avec Molière, si bien qu'il serait possible peut-être de comparer Cervantès et Molière...).

HENRI BARBUSSE

Je vous suis obligé d'avoir pensé à moi, pour contribuer à votre enquête sur *Don Quichotte*. Malheureusement, je suis actuellement sur la ligne de feu. Mon régiment est très activement engagé et je n'ai guère le loisir... que de vous remercier et de regretter de ne pouvoir dire comme je voudrais combien j'admire la magnifique et éternelle figure du grand héros.

Il est le porteur d'idéal, qui chevauche en avant de tout et de tous, au-dessus même du ridicule, au-dessus même du bon sens et de la sagesse routinière...

JULIEN BENDA

J'ai lu *Don Quichotte* à vingt-huit ans : c'est dire que le souvenir de pur enthousiasme que la plupart des hommes gardent de cette lecture m'est refusé ; le souvenir qui m'en reste est au contraire un souvenir de trouble, un peu semblable à celui qui me reste de la lecture de Dante ou des drames de Renan...

LÉON BLOY

Je n'aime pas *Don Quichotte*. Ce livre trop fameux m'amusa, quand j'avais seize ou dix-huit ans. Plus tard, il m'ennuya, me révolta. Je ne peux souffrir que les grandes choses soient tournées en dérision, et la Chevalerie est certainement une de ces grandes choses, l'une des plus belles que les hommes aient jamais vues...

GEORGES DUHAMEL

Votre lettre me rejoint aux armées et, coïncidence curieuse, elle me parvient dans le moment même où j'emploie les loisirs que me laisse la vie militaire à relire une fois de plus *Don Quichotte* dans une de ces petites éditions portatives qui forment la bibliothèque du pauvre... ou du soldat.

C'est la quatrième fois que je lis *Don Quichotte*...

Tout cela, Monsieur, tend à prouver que le *Don Quichotte* est, si vous acceptez ce terme, comme une des Bibles de l'humanité, une bible souriante, mais à coup sûr aussi profonde que l'essentielle pensée humaine...

ÉMILE FAGUET

Don Quichotte est le chevalier français devenu exalté jusqu'au seuil de la folie mais plein encore d'une vraie et puissante grandeur d'âme.

De chaque action du héros espagnol on peut dire le mot de La Fontaine :

Elle est bien d'une âme espagnole
Et plus grande encore que folle.

Excusez un malade du peu de contribution qu'il apporte à votre ingénieuse enquête et croyez à mes sentiments confraternels.

ANATOLE FRANCE

Voici ce que nous dit M. Anatole France au cours de l'entretien qu'il a bien voulu nous accorder :

« ... Je le lis chaque année, surtout quand je suis triste, ce livre que d'aucuns appellent gai...

J'admire surtout, et en toute plénitude, la première partie du roman. Je vous avouerai que la continuation d'Avellaneda ne me déplaît pas... C'est que, dans la seconde partie de Cervantès, quelques épisodes me découragent. Quand on met don Quichotte sur « Clavilègne », j'ai peine à voir que de médiocres enchanteurs cherchent à se substituer à sa vision du monde. Pourquoi ? N'est-il pas le meilleur enchanteur, celui qui se crée son propre enchantement ? Don Quichotte se suffit à lui-même. Laissons-lui supposer des géants là où il n'y a que des moulins. Que des mains grossières ne cherchent pas à diriger sa folie ; que personne n'interrompe le don divin qu'il a de se mettre en illusion ; qu'on ne le réveille même pas de cette illusion pour mourir...

Le *Quichotte* est mon livre de chevet. Il me sert de refuge, de « buen retiro », quand la vie m'a blessé. »

FRANCIS JAMMES

Je ne situe aucune œuvre humaine, et pas même la Chanson de Roland, au-dessus de *Don Quichotte*. L'un et l'autre de ces poèmes sont *les* sommets.

Quant au caractère de don Quichotte, il ne comporte de folie que juste assez pour en faire excuser les défauts.

Cela posé, don Quichotte est comme le héros homérique de la charité...

VALERY LARBAUD

1) Vous semblez croire que les Français ne lisent *Don Quichotte* que « dans leur jeunesse » et ne le relisent plus après. Pour ma part, je ne l'ai lu qu'après ma vingtième année, et je le reprends de temps en temps pour retrouver et étudier quelque passage favori : l'évasion du Cautivo ; *toutes* les poésies ; la Cueva de Montésinos ; la visite aux galères de Barcelone, etc. Même le *Quichotte* m'est plus familier que Rabelais ou l'*Orlando Furioso*.

2) La question du symbolisme de *Don Quichotte* me semble vidée. C'est une œuvre trop riche, trop sérieuse, trop humaine pour n'être qu'une satire religieuse ou politique déguisée. C'est un Roman, la plus importante contribution de l'Espagne aux Lettres, à la Civilisation.

3) Comparer le Chevalier des Lions à Duguesclin ou à Bayard, — à quoi bon ? et vraiment Don Quichotte n'est pas un personnage, un héros de roman (...), il est beaucoup plus qu'un héros... ; non, *Don Quichotte* est une *conscience*, la conscience du livre qui porte son nom à la première page. C'est ce Livre lui-même qui est un tout animé, une personne, un être doué d'une vie héroïque.

MAURICE MAETERLINCK

En temps de paix, je vous aurais parlé longuement, et avec joie, de votre grand Cervantès ; aujourd'hui, je vous dirai simplement que *Don Quichotte* fut avec *Robinson Crusoé*, une des premières, des plus chères et des plus inoubliables lectures de mon enfance. Je le considère comme un des livres fondamentaux de l'humanité et il est comme Homère, Shakespeare et la Bible, à la source de toute notre formation intellectuelle et morale.

AUGUSTE RODIN

Au cours de l'interview qu'il a bien voulu nous accorder, voici ce que nous a dit M. Auguste Rodin :

Ventura García Calderón, *Une enquête littéraire : Don Quichotte à Paris et dans les tranchées*, Centre d'Études franco-hispaniques de l'Université de Paris, Paris, 1916.

« Cervantès est une de nos cathédrales...

Ce que j'ai voulu dire dans mes marbres, c'est la même chose : la beauté formidable du monde et sa mélancolie. Vous voyez, Monsieur, que je ne saurais mieux dire : je m'incline devant le *Quichotte* comme devant les sublimes pierres gothiques... Cette lance pointée vers les cieux a l'éclat de ces flèches de l'Infini...

IX. LECTURES DU *QUICHOTTE*

Georg Lukács justifie la disparition du héros et des aventures épiques par le fait qu'« une psychologie rigide et une conduite qui s'atomise en aventures isolées se conditionnent mutuellement et mettent en pleine lumière le danger propre à ce type de roman : mauvais infini et abstraction ». Cervantès a su contourner ce danger.

Et s'il est vrai que Cervantes — dont l'œuvre est l'éternelle objectivation de cette structure — a su venir à bout d'un tel péril en décrivant, dans l'âme de don Quichotte, de la façon la plus lumineuse et sensible, un inextricable et profond entrecroisement de sublime et de folie, cette réussite ne tient pas seulement au tact génial de l'écrivain, mais aussi à l'instant historico-philosophique où fut écrit son livre. Ce n'est pas un hasard historique si *Don Quichotte* fut conçu comme parodie des romans de chevalerie, et la relation qui l'unit à eux dépasse le plan de l'accident. Le roman de chevalerie avait succombé au sort qui attend toute épopée dès lors qu'à partir d'éléments qui ne sont que formels, elle prétend soutenir et prolonger la vie d'une forme au-delà du moment où la dialectique historico-philosophique en a déjà condamné les conditions transcendantales d'existence...

Georg Lukács, *La Théorie du roman*, Gallimard, coll. Tel, 1989 (1re éd., 1920 ; trad. française, Denoël, 1968), IIe partie, chap. I : « L'idéalisme abstrait », p. 91-114.

La pensée dialectique de Lukács embrasse conjointement l'œuvre cervantine et « la situation de l'esprit dans le temps qui la vit naître » :

Comme c'est d'ailleurs le cas pour presque tous les grands romans, *Don Quichotte* devait rester la seule objectivation importante de son type.

Ibid., p. 100.

Cette interpénétration de poésie et d'ironie, de sublime et de grotesque, de divin et de monomaniaque était si fortement liée à la situation de l'esprit dans le temps qui la vit naître, que le même type de structure mentale ne pouvait se manifester, en d'autres temps, que sur d'autres modes, sans être jamais en mesure de retrouver la même signification épique. Les romans d'aventures qui se sont contentés de reprendre sa forme sont devenus aussi vides d'idées que l'avaient été ses prédécesseurs immédiats, les romans de chevalerie.

Les écrits de Bakhtine sur le roman sont si connus, certains de ses concepts si familiers, leur descendance si nombreuse qu'on se contentera ici de n'en citer que de très brefs extraits, l'un sur le chronotope du *Quichotte*, l'autre plus général sur le comique.

Mikhaïl Bakhtine, *Esthétique et théorie du roman*, Gallimard, 1978, p. 310.

Dans *Don Quichotte*, le croisement parodique du chronotope du « monde étranger et merveilleux » des romans de chevalerie, avec la « grand-route du monde familier » du roman picaresque, est fort caractéristique.

Le roman de Cervantès est d'une importance énorme pour l'assimilation du temps historique dans le roman. Cette importance, bien sûr, ne provient pas seulement de l'intersection des chronotopes qui nous sont familiers, d'autant plus que là leur caractère se modifie radicalement : l'un et l'autre reçoivent un sens direct, relaté d'une façon toute nouvelle au monde réel.

[...]

La route est particulièrement propre à la représentation d'un événement régi par le hasard (mais pour d'autres également). On comprend donc l'importance thématique de la route pour l'histoire du roman...

Celle-ci a marqué les sujets du roman picaresque espagnol du XVIe siècle : Lazarillo, Guzmán. Au seuil des XVIe et XVIIe, c'est Don Quichotte qui s'en va cheminer à la rencontre de toute l'Espagne, depuis le forçat qui va aux galères, jusqu'au duc. Cette route-là est profondément marquée par le cours du temps historique, par les empreintes et les signes de son écoulement, par les indices de l'époque.

Bien que ce fragment ne concerne pas directement le *Quichotte*, il pourrait s'appliquer à l'expérience d'irrespect parodique menée systématiquement par Cervantès et plus concrètement au rôle de Sancho, dont le rire — puni par don Quichotte — est parfois l'indice décalé de la liberté conquise par l'écriture romanesque.

Une figure vue de loin ne peut être comique ; il faut absolument la rapprocher pour la rendre comique. Tout ce qui est comique est proche. Toute œuvre comique fonctionne dans une zone de proximité maximale. Le rire a le pouvoir remarquable de rapprocher l'objet, il l'introduit dans une zone de contact direct, où l'on peut le tâter, le retourner, le mettre à l'envers, l'examiner de haut en bas, détruire son enveloppe externe, inspecter son intérieur, s'interroger sur lui, le disséquer, démembrer, dénuder, démasquer, analyser et expérimenter en toute liberté ! Le rire anéantit la peur et la vénération devant l'objet, devant le monde ; il en fait un objet de contact familier, et de ce fait prépare son exploration absolument libre. Le rire est un facteur essentiel pour créer cette prémisse indispensable à toute approche réaliste du monde. En rapprochant, en familiarisant l'objet, le rire semble le confier aux mains intrépides de l'expérience, tant scientifique que littéraire — et de l'imagination qui expérimente librement et sert cette expé-

Ibid., p. 458.

rience. La familiarisation du monde par le rire et le parler populaire, représente une étape majeure et nécessaire sur la voie de la création des œuvres libres, aussi bien celles de la connaissance scientifique que celles de l'art et de la réalité, création de l'humanité européenne.

Jean-Paul Sartre situe aux sources du roman des temps modernes Boccace et Cervantès. On note que ses nouvelles valurent à Cervantès le titre de « Boccace espagnol ».

En passant de Boccace à Cervantès [...], le roman ramasse en route et s'incorpore la satire, la fable et le portrait : le romancier apparaît au premier chapitre, il annonce, il interpelle ses lecteurs, les admoneste, les assure de la vérité de son histoire ; c'est ce que je nommerai la *subjectivité première* ; puis, en cours de route, des personnages secondaires interviennent, que le premier narrateur a rencontrés et qui interrompent le cours de l'intrigue pour raconter leurs propres infortunes : ce sont des *subjectivités secondes*, soutenues et restituées par la subjectivité première : ainsi certaines histoires sont repensées et intellectualisées au second degré...

Jean-Paul Sartre, *Qu'est-ce que la littérature ?*, Gallimard, coll. Idées, 1964, p. 171-172.

L'hommage le plus éclatant est celui que rend à Cervantès Milan Kundera : au commencement était le *Quichotte*.

Un par un, le roman a découvert, à sa propre façon, par sa propre logique, les différents aspects de l'existence : avec les contemporains de Cervantès, il se demande ce qu'est l'aventure ; avec Samuel Richardson, il commence à examiner « ce qui se passe à l'intérieur », à dévoiler la vie secrète des sentiments ; avec Balzac, il découvre l'enracinement de l'homme

Milan Kundera, *L'Art du roman*, Gallimard, 1986, Ire partie : « L'héritage décrié de Cervantès », p. 19-21.

dans l'Histoire ; avec Flaubert, il explore la *terra* jusqu'alors *incognita* du quotidien ; avec Tolstoï, il se penche sur l'intervention de l'irrationnel dans les décisions et le comportement humains. Il sonde le temps : l'insaisissable moment passé avec Proust ; l'insaisissable moment présent avec James Joyce. Il interroge, avec Thomas Mann, le rôle des mythes qui, venus du fond des temps, téléguident nos pas. Et cætera, et cætera.

[...]

Comprendre avec Cervantès le monde comme ambiguïté, avoir à affronter, au lieu d'une seule vérité absolue, un tas de vérités relatives qui se contredisent (vérités incorporées dans des *ego imaginaires* appelés personnages), posséder donc comme seule certitude la sagesse de l'incertitude, cela exige une force non moins grande.

Que veut dire le grand roman de Cervantès ? Il existe une littérature abondante à ce sujet. Il en est qui prétendent voir dans ce roman la critique rationaliste de l'idéalisme fumeux de don Quichotte. Il en est d'autres qui y voient l'exaltation du même idéalisme. Ces interprétations sont toutes deux erronées parce qu'elles veulent trouver à la base du roman non pas une interrogation mais un parti pris moral.

Don Quichotte partit pour un monde qui s'ouvrait largement devant lui. Il pouvait y entrer librement et revenir à la maison quand il le voulait. Les premiers romans européens sont des voyages à travers le monde, qui paraît illimité.

Kundera propose alors, à partir du *Quichotte*, un parcours à travers les conceptions du monde et du temps livrées par l'histoire du roman. Si « le début de Jacques le Fataliste surprend les deux héros au milieu du chemin », les institutions sociales et le train de

l'Histoire, chez Balzac, excluent désormais les lointains de l'horizon et l'oisiveté heureuse de Cervantès. Pour Emma Bovary, « l'infini perdu du monde extérieur est remplacé par l'infini de l'âme », alors que chez Kafka « l'infini de l'âme, s'il y en a un, est devenu un appendice quasi inutile de l'homme ».

Italo Calvino construit l'hypothèse infinie que chaque roman de chevalerie présuppose un livre de chevalerie antérieur... On ne s'étonnera pas de ce que, parlant essentiellement du *Quichotte* et du chapitre 6 de la première partie (l'*autodafé* de la bibliothèque du vieil hidalgo), son point de départ soit le titre d'un roman de chevalerie catalan du XVe siècle, sauvé du bûcher par le curé et le barbier.

À PROPOS DE *TIRAN LE BLANC*

Italo Calvino, *Pourquoi lire les classiques*, Seuil, coll. La librairie du XXe siècle, 1993, p. 41-42.

Dès les premières pages, le premier roman de chevalerie d'Espagne semble vouloir nous avertir que tout livre de chevalerie présuppose un livre de chevalerie précédent, nécessaire afin que le héros devienne chevalier...

On peut dès lors comprendre que le dernier dépositaire des vertus chevaleresques, Don Quichotte, soit lui aussi quelqu'un qui s'est construit lui-même et a élaboré tout son monde exclusivement à travers les livres. Dès que Cura, Barbero, Sobrina et Ama jettent aux flammes la bibliothèque, la chevalerie n'existe plus : Don Quichotte restera le dernier exemple d'une espèce sans successeurs.

Dans l'*autodafé* domestique, le Curé sauve pourtant les livres fondateurs *Amadís de Gaula* et *Tirante el Blanco*, de même que les poèmes en vers de Matteo Maria Bojardo et de l'Arioste [...]. Nous constatons que les qualités qui comptent pour Cervantès (mais jusqu'à quel point sommes-nous sûrs que les opinions de

Cervantès coïncident avec celles du Curé et du Barbier, plutôt qu'avec celles de Don Quichotte ?) sont l'originalité littéraire (l'*Amadís* est défini *único en su arte*, unique dans son art) et la vérité humaine (*Tirante el Blanco* est loué parce que « ici mangent les chevaliers, et dorment et meurent dans leurs lits, et font leur testament avant leur mort, ainsi que toutes les autres choses dont les autres livres de ce genre omettent de parler »).

Un très bref texte de Franz Kafka semble prendre le contre-pied de toutes les projections imaginaires des lecteurs du *Quichotte* qui ont cru ou aiment voir dans le Chevalier à la Triste Figure l'incarnation des espoirs, des déceptions, des rêves et de l'idéal de Cervantès. Pour Kafka, le véritable auteur du *Quichotte* c'est Sancho, un Sancho fou de romans de chevalerie..., mais qui parvient à se débarrasser de sa folie :

LA VÉRITÉ SUR SANCHO PANÇA

Sancho Pança, qui ne s'en est d'ailleurs jamais vanté, réussit au cours des années, en dévorant des histoires de brigands et des romans de chevalerie pendant les nuits et les veillées, à détourner entièrement de soi son démon. Il fit si bien que celui-ci — qu'il appela plus tard Don Quichotte — se jeta désormais sans frein dans les plus folles aventures : elles ne nuisaient à personne faute d'un objet prédestiné qui aurait dû être précisément Sancho Pança.

Franz Kafka, *La Muraille de Chine*, Gallimard, Folio, n° 654, 2003, p. 184.

Sancho Pança, peut-être mû par certain sentiment de responsabilité, Sancho Pança, qui était un homme indépendant, suivit calmement Don Quichotte dans ses équipées et en tira jusqu'à son dernier jour une grande et utile distraction.

Partant de la lecture et de l'analyse du chapitre II, 10 (I, p. 83-93), où Sancho fait croire à Don Quichotte que trois grossières paysannes sont Dulcinée et deux de ses dames, Erich Auerbach propose une lecture rhétorique et réaliste de l'épisode et essaie d'en évaluer le degré de comicité. Il conclut à la « gaieté libre et élégante » d'une œuvre où jamais n'apparaît le souci de dénoncer les problèmes graves de la société du temps.

[...] cette scène est remarquable parce que pour la première fois les rôles y sont intervertis : jusqu'ici c'était don Quichotte qui voyait spontanément les événements de son existence ordinaire dans l'optique des romans de chevalerie, tandis que Sancho doutait la plupart du temps et contredisait souvent, pour tenter de prévenir les absurdes agissements de son maître. Cette fois, c'est l'inverse, Sancho improvise une scène de roman, tandis que l'aptitude de Don Quichotte à transformer les événements au gré de son illusion échoue devant le banal spectacle qu'offrent les paysannes. Tout cela semble hautement significatif. Dans les termes où nous l'avons (intentionnellement) présenté, le fait est triste, amer, presque tragique.

Erich Auerbach, *Mimésis. La représentation de la réalité dans la littérature occidentale* (1946), Gallimard, 1968, p. 343.

Mais si nous lisons simplement le texte de Cervantès, nous sommes en présence d'une farce, et celle-ci est des plus comiques...

Face à ce spectacle, Don Quichotte a recours aux enchanteurs, seuls capables de compenser la déception et de lever l'angoisse. Auerbach commente avec clairvoyance le recours aux enchanteurs, mais à quel moment situe-t-il la découverte de l'échappatoire ?

Donner une telle espérance à l'hidalgo, puis décevoir son attente, est un jeu qui peut ne pas être sans danger ; le désappointement pourrait

Ibid., p. 344.

produire un choc qui risquerait d'aggraver la folie du chevalier ; le choc pourrait aussi le guérir, le libérer d'un seul coup de son idée fixe. Ni l'un ni l'autre ne se produit. Don Quichotte surmonte son choc. Son idée fixe même lui fournit une échappatoire qui le préserve aussi bien du désespoir que de la guérison : *Dulcinée est victime d'un enchanteur.* Cette solution apparaît chaque fois qu'un conflit insurmontable éclate entre l'illusion et la situation extérieure ; elle permet à Don Quichotte de persister dans son attitude de héros noble et invincible persécuté par un puissant magicien jaloux de sa gloire.

Don Quichotte n'a aucune chance de modifier le réel, déclare Auerbach, parce qu'il n'agit pas sur « le véritable état des choses » et d'ailleurs, le réel n'intéresse pas le livre.

Un combat tragique en faveur de l'idéal et du bien ne peut se concevoir que s'il donne lieu à une intervention rationnelle dans le véritable état des choses, afin de le bouleverser et de le modifier [...] L'aspiration à l'idéal doit s'accorder avec la réalité existante au moins suffisamment pour la rencontrer, afin que toutes deux puissent s'affronter dans un véritable conflit. L'idéalisme de Don Quichotte n'est pas de cette nature. Il ne repose pas sur l'intelligence des conditions réelles de l'existence et du cours des choses... Ses entreprises n'ont pas seulement aucune chance de succès, elles n'ont aucun point d'impact avec le réel ; elles se perdent dans le vide.

Ibid., p. 348.

[...]

Surtout, les aventures de Don Quichotte ne dévoilent jamais aucun problème fondamental de la société du temps. L'activité de l'hidalgo ne dévoile rien du tout. Elle est une occasion de

Ibid., p. 350.

représenter ıa vie espagnole sous toutes ses couleurs. Les divers conflits de Don Quichotte avec la réalité ne donnent jamais lieu à une situation qui mettrait en cause sa légitimité : elle a toujours raison contre lui, et après un peu de confusion divertissante, elle reprend sereinement son cours immuable.

[...]

Jamais plus on n'a tenté, dans la littérature européenne, de représenter la réalité quotidienne avec une gaieté si universelle et multiforme, une gaieté si exempte de critique et si peu soucieuse de soulever des problèmes ; je ne vois pas où, ni quand, une telle tentative aurait pu avoir lieu.

Ibid., p. 364.

Gilbert Keath Chesterton (1874-1936) écrit en 1927 *The Return of Don Quixote* où un bibliothécaire, après avoir joué au théâtre le rôle d'un roi médiéval, décide de se faire le champion des syndicats ouvriers contre l'état industriel moderne. *The Spice of Life* définit l'humour de Cervantès :

Enfin apparut, avec le grand Cervantès, un élément nouveau dans sa claire formulation [celle de l'humour] : cette magnifique et très chrétienne qualité de l'homme qui rit de lui-même. Cervantès en personne était plus chevaleresque que la plupart des hommes quand il entreprit de railler la chevalerie. Depuis, l'humour dans son sens purement humoristique, l'aveu de complexité et de faiblesse déjà signalé, a été une sorte de secret de la grande culture occidentale. L'influence de Cervantès, de Rabelais et des autres, imprègne toute la littérature moderne.

Gilbert Keith Chesterton, *Le Paradoxe ambulant : 59 essais*, Actes Sud, coll. Le cabinet de lecture d'Alberto Manguel, 2004, p. 150.

Dans son avant-propos au volume de Nabokov sur *Don Quichotte*, Fredson Bowers rappelle que Na-

bokov, amené à remplacer Harry Levin à Harvard en 1951-1952, avait accueilli avec enthousiasme l'idée qu'une analyse du *Quichotte* devait obligatoirement ouvrir un cours consacré à l'évolution du roman. Vladimir Nabokov confiait, lors d'une interview, en 1966 : « Je me rappelle avec délices avoir déchiré *Don Quichotte*, vieux livre cru et cruel, devant six cents étudiants du Memorial Hall, sous les regards horrifiés et fort embarrassés de quelques-uns de mes collègues plus conservateurs. »

Les deux parties de Don Quichotte constituent une véritable encyclopédie de la cruauté. De ce point de vue, c'est un des livres les plus durs et les plus barbares qu'on ait jamais écrits. Et sa cruauté est artistique. Ces extraordinaires commentateurs qui, derrière leurs toques universitaires ou leurs barrettes, parlent de l'atmosphère humoristique, humaine, tempérée de christianisme du livre, d'un monde heureux... — ces chaleureux experts ont probablement lu un autre livre, ou ont observé à travers un rideau de tulle rose le monde brutal du roman de Cervantès.

Vladimir Nabokov, *Littératures III, Don Quichotte*, trad. Hélène Pasquier, Fayard, 1986, p. 110-111.

Quand Sancho s'en va gouverner Barataria, don Quichotte lui donne une série de conseils qui lui permettent de garder un semblant de supériorité sur un inférieur qui a réussi. Il reste alors très seul.

Don Quichotte, il ne faut pas l'oublier, est le créateur de sa propre gloire, l'unique géniteur de toutes ces merveilles, et au fond de son âme demeure lové le plus redoutable ennemi du visionnaire : le serpent du doute, l'onduleuse conscience que sa quête est une illusion. Il y a quelque chose, dans le ton des conseils qu'il donne à Sancho, qui évoque certaine image d'un poète vieillissant, usé, obscur, n'ayant ja-

Ibid., p. 136-137.

mais réussi dans aucun domaine, donnant à un fils robuste, extraverti, sympathique à tout le monde, quelques solides conseils sur les moyens de devenir un plombier ou un politicien prospère. Dans le chapitre 44, qui est celui auquel je pensais lorsque j'évoquais l'artistique élément de rêve dans ce livre, Sancho est parti rejoindre son poste de gouverneur et Don Quichotte reste seul dans cet horrible château ducal, une réalité, comparé à ses fantasmes, un château dans lequel chaque tourelle cache une griffe, dans lequel chaque dentelure est un croc. La réalité est plus quichottesque que Quichotte. Sancho est parti, et Don Quichotte est étrangement seul. Il y a comme une accalmie, une pause mélancolique et profonde...

Sancho parti, Don Quichotte est étrangement seul, et il se sent tout à coup envahi d'un étrange sentiment d'isolement et d'insatisfaction, quelque chose de plus qu'une simple sensation de solitude, une sorte d'impatience nostalgique sans objet. Il se retire dans sa chambre... Il est seul, mais, si l'on peut dire, les rideaux ne sont pas tirés sur la fenêtre du récit, et nous voyons à travers la grille de la fenêtre l'éclat des bas vert vif qu'il est en train d'ôter lentement et d'examiner — exactement comme lorsque nous lirons une autre histoire célèbre, où le grotesque et le lyrique s'entrecroisent quelque peu de la même manière, *Les Âmes mortes* de Gogol, nous découvrirons un instant au milieu de la nuit une fenêtre éclairée et le cuir luisant d'une paire de bottes neuves, qu'admire sans fin un pensionnaire rêveur. Mais les bas de Don Quichotte sont tout ce que l'on veut, sauf neufs...

[...]

Si Cervantès s'en tire, finalement, c'est uniquement parce que l'artiste en lui a repris les

Ibid., p. 200-201.

choses en main. En tant que penseur, Cervantès partageait allégrement la plupart des erreurs et des préjugés de son temps — il s'accommodait de l'Inquisition, approuvait solennellement la brutale attitude de son pays à l'égard des Maures et autres hérétiques, croyait que tous les nobles tenaient leur noblesse de Dieu et que ce même Dieu inspirait tous les moines.

Mais il avait le coup d'œil et le tour de main de l'artiste, et son art vient transcender ses préjugés lorsqu'il crée son pathétique héros. L'art d'un livre n'est pas nécessairement affecté par son contenu moral. En tant que penseur, l'esprit de Cervantès est tout à la fois orienté et entravé par les idées classiques et académiques de son époque. En tant que créateur, il jouit de la liberté du génie.

[...]

Finalement, Don Quichotte est plus grand aujourd'hui qu'il ne l'était dans l'esprit de Cervantès. Il a parcouru pendant trois cent cinquante ans les jungles et les toundras de la pensée humaine — et il y a gagné en vitalité et en stature. Nous ne rions plus de lui... La parodie est devenue parangon.

Ibid., p. 203.

Michel Foucault place la première partie du *Quichotte* et la quête du chevalier aux confins des régions de l'Analogue et du territoire de l'« identité ironique » des choses. La deuxième partie scelle le divorce définitif des mots et des choses, renvoie la pensée analogique du côté de la déraison ou de l'imaginaire et consacre l'avènement du langage comme littérature.

Avec leurs tours et leurs détours, les aventures de Don Quichotte tracent la limite : en elles finissent les jeux anciens de la ressemblance et des signes ; là se nouent déjà de nouveaux rapports. Don Quichotte n'est pas l'homme de l'extravagance, mais plutôt le pélerin méticuleux

Michel Foucault, *Les Mots et les choses*, Gallimard, coll. Tel, 1966, chap. III : « *Représenter* », I. Don Quichotte, p. 60.

qui fait étape devant toutes les marques de la similitude. Il est le héros du Même. Pas plus que de son étroite province, il ne parvient à s'éloigner de la plaine familière qui s'étale autour de l'Analogue. Indéfiniment il la parcourt, sans franchir jamais les frontières nettes de la différence, ni rejoindre le cœur de l'identité. Or, il est lui-même à la ressemblance des signes. Long graphisme maigre comme une lettre, il vient d'échapper tout droit du bâillement des livres. Tout son être n'est que langage, texte, feuillets imprimés, histoire déjà transcrite. Il est fait de mots entrecroisés ; c'est de l'écriture errant dans le monde parmi la ressemblance des choses. Pas tout à fait cependant : car en sa réalité de pauvre hidalgo, il ne peut devenir le chevalier qu'en écoutant de loin l'épopée séculaire qui formule la Loi. Le livre est moins son existence que son devoir. Sans cesse il doit le consulter afin de savoir que faire et que dire, et quels signes donner à lui-même et aux autres pour montrer qu'il est bien de même nature que le texte dont il est issu. Les romans de chevalerie ont écrit une fois pour toutes la prescription de son aventure. Et chaque épisode, chaque décision, chaque exploit seront signes que Don Quichotte est en effet semblable à tous ces signes qu'il a décalqués.

[...]

Le langage pourtant n'est pas devenu tout à fait impuissant. Il détient désormais de nouveaux pouvoirs, et qui lui sont propres. Dans la seconde partie du roman, Don Quichotte rencontre des personnages qui ont lu la première partie du texte et qui le reconnaissent, lui, homme réel, pour le héros du livre. Le texte de Cervantès se replie sur lui-même, s'enfonce dans sa propre épaisseur, et devient pour soi objet de son propre récit. La première partie des

Ibid., p. 64.

aventures joue dans la seconde le rôle qu'assumaient au début les romans de chevalerie. Don Quichotte doit être fidèle à ce livre qu'il est réellement devenu ; il a à le protéger des erreurs, des contrefaçons, des suites apocryphes ; il doit ajouter des détails omis ; il doit maintenir sa vérité. Mais ce livre Don Quichotte ne l'a pas lu, et n'a pas à le lire, puisqu'il l'est en chair et en os. Lui qui, à force de lire des livres, était devenu un signe errant dans un monde qui ne le reconnaissait pas, le voilà devenu, malgré lui et sans le savoir, un livre qui détient sa vérité, relève exactement tout ce qu'il a fait et dit et vu et pensé, et qui permet enfin qu'on le reconnaisse tant il ressemble à tous ces signes dont il a laissé derrière lui le sillage ineffaçable. Entre la première et la seconde partie du roman, dans l'interstice de ces deux volumes, et par leur seul pouvoir, Don Quichotte a pris sa réalité. Réalité qu'il ne doit qu'au langage, et qui reste entièrement intérieure aux mots. La vérité de Don Quichotte, elle n'est pas dans le rapport des mots au monde, mais dans cette mince et constante relation que les marques verbales tissent d'elles-mêmes à elles-mêmes. La fiction déçue des épopées est devenue le pouvoir représentatif du langage. Les mots viennent de se refermer sur leur nature de signes.

Don Quichotte est la première des œuvres modernes puisqu'on y voit la raison cruelle des identités et des différences se jouer à l'infini des signes et des similitudes ; puisque le langage y rompt sa vieille parenté avec les choses, pour entrer dans cette souveraineté solitaire d'où il ne réapparaîtra, en son être abrupt, que devenu littérature ; puisque la ressemblance entre là dans un âge qui est pour elle celui de la déraison et de l'imagination.

Marthe Robert propose une interprétation psychanalytique du roman en tant que genre en le reliant au « roman familial » tel que l'a défini Freud. Elle met notamment en regard Don Quichotte et Robinson.

Robinson ressemble donc à Don Quichotte jusqu'au moment où il revient au monde réel pour apprendre à la maîtriser. Après, nous le savons, il suit les voies plus terre à terre du Bâtard évolué, autrement dit, il trahit la cause donquichottesque, puisque Don Quichotte, en sa qualité d'Enfant trouvé totalement réfractaire à l'expérience et à jamais inéducable, a essentiellement pour tâche de résister à tout mouvement de progrès.

Marthe Robert, *Roman des origines et origines du roman*, Gallimard, coll. Tel, 1972, chap. III : « Robinsonnades et donquichotteries », p. 178-179.

[...] À leur degré différent de maturité correspondent deux niveaux de récit distincts, où auteur et héros n'entretiennent pas du tout la même sorte de relations. Le donquichottisme strict tisse en effet entre la créature fictive et le créateur des liens inapparents, conçus tout exprès pour faire croire à une séparation, là où en fait il y a dédoublement et même une forme subtile de duplicité. Defoe ne laisse certes pas de pressentir combien cette illusion d'impersonnalité est utile à son projet, c'est pourquoi il ne fait pas de Robinson son homologue ou son double voilé, ce qu'il est bien entendu au fond, mais un *autre*, un étranger qui vit pour son propre compte et dont rien ne signale qu'il puisse lui être apparenté.

[...]

L'avènement de Don Quichotte révèle la toute-puissance du désir (et le désir de toute-puissance) qui est le génie propre de la pensée infantile. À cinquante ans, le Chevalier, redevenu l'Enfant qu'il est depuis toujours au fond, descend au niveau psychique du petit être

Ibid., p. 191.

déçu, tout à la fois aimant, haineux, boudeur, dont les aspirations contradictoires se cherchent une issue dans une refonte totale des données de sa vie. Nous ne savons rien de ses parents, il est probable qu'il n'en a plus (la fable l'a débarrassé préalablement de toute famille pour l'affranchir plus sûrement des déterminations sociales et affectives dont l'individu dépend à jamais), mais tout ce qu'il entreprend atteste une volonté tenace de renier les liens du sang, bien plus, il est l'apôtre du reniement, l'homme tombé du ciel qui prétend s'engendrer lui-même sans le concours de parents humains (ce qui ne l'empêche pas de se passionner pour les familles fictives dont ses livres de chevalerie racontent les hauts faits, c'est pourquoi tout en reniant ses ascendants, il a le goût des généalogies). Né d'un acte souverain de l'imagination qui le fait surgir de rien avec son nom, son écuyer, son cheval et « l'appareil » épique nécessité par son étrange croisade, Don Quichotte accomplit point par point le programme mégalomaniaque de l'Enfant trouvé.

[...]

Par un trait de génie resté unique dans la littérature, quoique les plus grands y voient toujours un exemple à méditer, Cervantès accroche donc le « roman familial » de son vieil enfant incurable au genre de livres le mieux fait pour en soutenir la cause ambitieuse... la version chevaleresque ajoute au roman infantile le thème du héros libérateur, redresseur de torts et champion des faibles, que l'enfant normal et l'adulte névrosé y associent effectivement dans leurs rêveries éveillées... *Ibid.*, p. 195.

Pour Lucien Dällenbach, le *Quichotte*, après être parti en guerre contre les romans de chevalerie, « se sent assez d'assurance pour réfléchir sa première partie

dans la seconde et s'acclamer de la plus enthousiaste des façons » non sans se livrer à son autocritique.

Lucien Dällenbach, *Le Récit spéculaire. Essai sur la mise en abyme*, Seuil, coll. Poétique, 1977, p. 118.

Mais devenir spectateur en la même action dont on serait l'acteur, cela ne suppose-t-il pas une œuvre dont le protagoniste se muerait en lecteur de sa propre aventure jouée par lui-même ? N'en faisons pas mystère après avoir évoqué *Don Quichotte* : non seulement de tels récits existent, mais il en existe une variété. Sans nous livrer ici à un recensement exhaustif ni même opérer en toute rigueur les distinctions théoriques nécessaires, nous alléguerons trois exemples réalisés qui nous paraissent relever chacun de catégories différentes :

1. *Heinrich von Ofterdingen*[1] qui ne vise ni à susciter ni à rompre une illusion de réalité et dont l'onirisme — le fantastique aurait ici le même effet — atténue le caractère transgressif d'un dédoublement qui le sert en retour ;

2. *Godwi* de Brentano[2] qui rompt une première illusion de réalité en en instaurant une seconde et où le récepteur, donné pour non fictif, peut être confronté à sa fiction sans contrevenir à la vraisemblance ;

3. *Don Quichotte*, où la fictivité affirmée dès l'abord transforme en scandale narratif le fait que les protagonistes, comme échappés du premier livre, prétendent dans une seconde partie — tributaire de la même source ! — se faire juges de la première ; moyen privilégié de jouer avec l'illusion, cette intrusion de lecteurs fictifs dans la sphère où seule leur fiction peut être lue permet précisément à ces derniers de tenter une sortie hors du monde...

1. Roman de l'écrivain allemand Novalis (1772-1801), en deux parties. La première, « L'attente », est complète, la seconde « L'accomplissement », inachevée.

2. *Godwi* ou *La statue de la mère*, roman de Clemens Brentano (1778-1842), publié à Brême en 1801 avec le sous-titre : « Roman désordonné de Maria »

[...]

Après que les protagonistes ont discuté de la première partie avec le bachelier Samson Carrasco dont le rôle consiste précisément à la représenter tout au long de la seconde, le dialogue se poursuit en ces termes :

— *Et l'auteur, reprit don Quichotte, promet-il par hasard une seconde partie ? — Oui, certes, répliqua Samson ; mais il dit qu'il ne l'a pas trouvée, et qu'il ne sait pas qui la possède ; de sorte que nous sommes en doute si elle paraîtra ou non* [...].

Mais cette seconde partie qu'on remet à plus tard, ne sommes-nous pas en train de la lire ? N'avons-nous pas encore présente à l'esprit la phrase par laquelle elle commence : « Cid Hamet Ben Engeli raconte, dans la seconde partie de cette histoire et troisième sortie de Don Quichotte... » Que veut dire ce télescopage entre présent et futur ? Et que signifie en outre cette prétendue autonomie des deux personnages en quête d'auteur ? Serions-nous ici en présence de la réalité immédiate alors qu'auparavant nous nous mouvions en pleine fiction ? Il faudrait pour cela que la seconde partie ne fût pas placée elle aussi sous le patronage du même auteur more — donc aussi vraie et fictive que la première... On le voit, nous sommes pris dans le cercle d'un livre qui anticipe son propre avenir tout en s'opposant un déni d'existence sous prétexte qu'il n'est pas livre, mais réalité.

Cette manière vertigineuse de jouer avec l'illusion a connu de nombreux imitateurs, mais la finesse de Cervantès semble n'avoir eu d'égale que celle de Jean-Paul...

SÉLECTION BIBLIOGRAPHIQUE

La bibliographie existante sur l'œuvre de Cervantès et notamment sur le *Quichotte* est la plus importante qui ait jamais été consacrée à un écrivain ou à une œuvre de langue espagnole. Le « cervantisme », en effet, constitue à lui seul une branche spécifique de la recherche littéraire au sein de l'hispanisme international, dont il est impossible de rendre compte ici. La bibliographie « fondamentale » de Luis Andrés Murillo recense 500 titres, classés par thèmes, par époques et en fonction des deux parties et de leurs chapitres respectifs. Celle qui figure à la fin du volume complémentaire de l'édition Crítica, 1998, ne compte pas moins de 213 pages denses, avec 18 titres en moyenne par page, soit sans doute plus de 3 800 entrées... Cette sélection ne retient que quelques titres d'ouvrages français à l'exclusion des articles, beaucoup trop nombreux.

OUVRAGES

Bardon, Maurice, *Critique du livre de « Don Quijote de la Mancha » par Pierre Perrault (1679)*, Presses modernes, 1930.

— *« Don Quichotte » en France au XVIIe et au XVIIIe siècle*, Champion, 1931.

Bigeard, Martine, *La folie et les fous littéraires en Espagne, 1500-1650*, Centre de recherches hispaniques, Paris, 1972.

Canavaggio, Jean, *Cervantès*, Paris, Mazarine, 1986.

Capdeboscq, A.-M. (sous la dir. de), *Cervantès, La Licorne*, UFR Langues et littératures, Poitiers, 1997.

Cervantès, *Les Langues néo-latines*, 4e trimestre 1988, n° 267.
Chevalier, Maxime, *L'Arioste en Espagne*, Bordeaux, 1966.
Combet, Louis, *Cervantès ou les incertitudes du désir* Presses universitaires de Lyon, 1980.
Gerhardt, Mia Irene, *« Don Quichotte » : la vie et les livres*, N.V. Noord-Hollandsche Uitgevers Maarschappij, Amsterdam, 1955.
Guenoun, Pierre, *Cervantès par lui-même*, Seuil, 1971.
Hazard, Paul, *« Don Quichotte », Étude et analyse*, Mellottée, coll. Les chefs-d'œuvre de la littérature expliqués, 1949.
Joly, Monique, *Études sur « Don Quichotte »*, Publications de la Sorbonne, 1996.
May, Louis-Philippe, *Un fondateur de la libre-pensée, Cervantès. Essai de déchiffrement de « Don Quichotte »*, Albin Michel, 1947.
Moner, Michel, *Cervantès : Deux thèmes majeurs (l'Amour, les Armes et les Lettres)*, université de Toulouse-le-Mirail, 1986.
— *Cervantès conteur : Écrits et paroles*, Madrid, Casa de Velázquez, 1989.
Pelorson, Jean-Marc, *Cervantès*, Seghers, 1970.
Perrot, Danielle (sous la dir. de), *Don Quichotte au xxe siècle, réceptions d'une figure mythique dans la littérature et les arts*, Presses de l'université Blaise-Pascal, Clermont-Ferrand, 2003.
Redondo, Augustin, *L'Humanisme dans les lettres espagnoles*, Librairie philosophique Vrin, 1979.
Redondo, A. et Rochon A., *Visages de la folie (1500-1650). Domaine hispano-italien*, Publications de la Sorbonne, 1981.

Reichelberg, Ruth, *« Don Quichotte » ou le roman d'un juif masqué*, Seuil, coll. Points, 1999.

Reyre, Dominique, *Dictionnaire des noms et des personnages du « Don Quichotte »*, présenté par M. Molho, Paris, Éditions hispaniques, 1980.

Riley, Edward O., *Cervantes's Theory of Novel*, Clarendon Press, Oxford, 1962 ; trad. esp. : *Teoría de la novela en Cervantes*, Madrid, Taurus, 1966.

Robert, Marthe, *L'Ancien et le Nouveau, de « Don Quichotte » à Kafka*, Payot, 1967.

— *Roman des origines et origines du roman*, Gallimard, 1977.

Sanchez, Jean-Pierre (sous la dir. de), *Don Quichotte, Lectures d'une œuvre de Cervantès*, Éditions du Temps, 2001.

Sermain, Jean-Paul, *Le Singe de don Quichotte : Marivaux, Cervantès et le roman postcritique*, Voltaire Foundation, Oxford, 1999.

REVUES, MAGAZINES

Europe, n°s 121-122, 1956, p. 3-16, Pierre Vilar, « Le temps du *Quichotte* ».

Les Langues néo-latines, n° 267, 4e trimestre 1988, *Cervantès, Leopardi.*

La Licorne, n° 39, 1996, UFR Langues/Littératures Poitiers, *Cervantès.*

Le Magazine littéraire, n° 358, octobre 1997, *Cervantès* : Don Quichotte *ou l'invention du roman moderne.*

La Quinzaine littéraire, 1er-15 novembre 2001, *Cervantès.*

De très nombreux articles sur le *Quichotte* ont été publiés, en espagnol et en français, dans le *Bulletin hispanique*, université Michel-de-Montaigne-Bordeaux III.

TABLE

ESSAI

DOSSIER

Composition I.G.S.-C.P.
Impression Bussière
à Saint-Amand (Cher), le 12 avril 2005.
Dépôt légal : avril 2005.
Numéro d'imprimeur : 051545/1.
ISBN 2-07-042131-7./Imprimé en France.

5721